폭력과 정의

Modern&Classic

폭력과 정의 문학으로 읽는 법, 법으로 바라본 문학

1판 1쇄 인쇄 2019년 11월 29일 **1판 1쇄 발행** 2019년 12월 9일
지은이 안경환, 김성곤
펴낸이 고세규
편집 신종우 **디자인** 홍세연

발행처 김영사
주소 경기도 파주시 문발로 197(문발동) 우편번호 10881
등록 1979년 5월 17일(제406−2003−036호)
구입 문의 전화 031)955-3100 **팩스** 031)955-3111
편집부 전화 02)3668-3290 **팩스** 02)745-4827 **전자우편** literature@gimmyoung.com
비채 카페 cafe.naver.com/vichebooks **인스타그램** @drviche
트위터 @vichebook **페이스북** facebook.com/vichebook **카카오톡** @비채책
ISBN 978-89-349-9973-7 04810 책값은 뒤표지에 있습니다.

비채는 김영사의 문학 브랜드입니다.

이 도서의 국립중앙도서관 출판예정도서목록(CIP)은 서지정보유통지원시스템 홈페이지(http://
seoji.nl.go.kr)와 국가자료공동목록시스템(http://www.nl.go.kr/kolisnet)에서 이용하실 수 있
습니다. (CIP제어번호: CIP2019046360)

폭력과 정의

문학으로 읽는 법, 법으로 바라본 문학

VIOLENCE
AND JUSTICE

안경환 · 김성곤

비채

정의로운 삶이라는 이상을 통해 수렴되는 학문적 융합

안경환

정의란 무엇인가? 이 세상에 과연 정의가 있는가? 이 질문 앞에 누구나 나름대로 연상되는 사건이나 현상이 있을 것입니다. 법이란 무엇인가? 우리의 삶에 문학은 어떤 역할을 하는가? 우리는 영화를 통해 무엇을 얻으려 하는가? 이 모든 물음에 사람마다 자신에 고유한 답이 있을 것입니다. 그렇지만 모든 사람이 합의할 수 있는 '정답'은 존재하지 않습니다.

다만 한 가지 분명한 사실은 우리는 모두 정의로운 세상을 염원한다는 것입니다. 법의 궁극적 목적은 정의의 실현에 있습니다. 법은 시대의 산물이기에 법에는 시대가 투영되어 있습니다. 문학과 영화도 마찬가지입니다. 법이나 문학 또는 영화를 통해 세상을 읽어낼 수 있습니다. 법과 문학과 영화는 모두 우리의 일상적 삶과 직결된 것이고, 그 궁극적 목표는 정의로운 공동체를 건설하기 위한 담론을 제공하는 데 있습니다.

이 책의 두 필자는 오랫동안 세상의 변화에 깊은 관심을 두고 서로 영향을 주고받으며 공부한 도반道伴입니다. 《김성곤 교수의 영화에세이》(김성곤, 1994)와 《법과 문학 사이》(안경환, 1995)의 출판을 계기로 본격적인 학문적 교류가 시작되었습니다. 국내 학계에서는 처음으로 문학과 영화를 그리고 법과 문학을 연결하는 지적 작업을 시도한 저자들은 세부 전공에 집착하는 전래의 경직된 학문 풍토에 새로운 바람을 일으켰다는 평을 얻기도 했습니다. 두 사람은 '법과 문학과 영화'라는 과목의 합동강의를 열기도 했습니다. 서울대학교 사상 최초로 공동 강좌의 담당 교수 두 사람에게 각각 법정 책임시간을 인정받았습니다. 이 강좌에서 수강생들은 법과 문학과 영화가 어떻게 경계를 넘어 서로 만나며, 그와 같은 만남은 또 어떤 문화적, 학문적, 사회적 의미를 갖는지를 집중 탐구했습니다.

이 책은 "모든 위대한 문학작품은 예외 없이 법 이야기이다"(안경환)와 "영화는 문학 텍스트의 확장이자, 시대와 삶을 반영하는 문화텍스트이다"(김성곤)라는 두 명제에서 출발했습니다. 그래서 독자들은 이 책을 통해 법을 다룬 문학 텍스트와 영화 텍스트를 함께 성찰함으로써 법이 인간의 삶에 어떤 의미를 가지며 어떻게 정의를 실현(또는 유린)하는지, 판단의 단서를 얻을 수 있을 것입니다. 한창 바삐 움직이던 시절에 함께 책을 내자고 주고받은 약속을 현역에서 물러난 뒤 한참 후에라도 지킬 수 있어 기쁩니다.

이 책에서 논의된 영화와 문학 작품은 법과 영화 그리고 문학의 상관관계를 성찰함에 좋은 전범이 되는 것들입니다. 모든 텍스트의 이면에 깔린 물음은 '정의란 무엇인가'라는, 공동체의 영원한 숙제입니다. 이 책의 제1부는 안경환이,* 나머지는 김성곤이 초고를 쓰고, 초고 전체를 두 사람이 함께 읽으면서 다시 배우는 유익한 기회를 가졌습니다. 독자는 전공 학문이 다른 두 필자 각각의 관심 주제와 시각의 차이가 정의로운 삶이라는 이상을 통해 수렴되는 학문적 융합을 감지할 수 있으리라 믿습니다. 법과 문학과 영화가 만나는 이 책이 서로 다른 문화텍

* 안경환의 글 상당 부분은 이전에 출판한 내용에 가필하였음을 밝힌다. 안경환,《법, 영화를 캐스팅하다》(효형출판, 2001).

스트와 학문의 경계해체에 새로운 가능성을 제시해줄 수 있기를 바랍니다. 그동안 세상을 바꾸는 문화현상에 기민한 관심을 갖고 관련서적들의 발간에 선구적 공헌을 해온 김영사 비채에 감사드립니다.

**VIOLENCE
AND
JUSTICE**

차
례

제2부 정의와 편견

제3부 사회와 사람

VIOLENCE AND JUSTICE

모든 위대한 문학작품은 예외 없이 법 이야기이다. 법도 문학도 인간의 갈등을 소재로 삼는 시대적 텍스트이다. 영화는 새 시대의 문학이다. 문자세대의 독자의 이성과 영상시대의 관객의 감성이 결합하여 연면하게 생성, 발전하는 역사의 흐름을 읽을 수 있다.

_안경환

우리는 지금 모든 것의 경계가 해체되는 '크로스오버' 시대에 살고 있다. 그에 따라 최근에는 문학과 영화와 법 역시 서로의 경계를 넘나들며 정의와 편견 또는 인간과 사회 같은 문제들을 다양한 시각으로 성찰하고 있다. 문학과 영화는 세상을 '살아가는 법'을 보여줌으로써 서로 만난다.

_김성곤

VIOLENCE AND JUSTICE

제1부

법의 이면

하나의 법이 통과되기까지
〈미스 슬로운〉

미국은 세 가지 원초적이고 숙명적인 악몽에 시달린다고 한다. 첫째는 아메리카대륙에 나라를 세우기 위해 원주민을 학살하거나 보호구역에 몰아넣고 땅을 빼앗은 것, 둘째는 광활한 땅을 경작하기 위해 아프리카 흑인들을 끌고 와 노예제도를 시행한 것 그리고 셋째는 서부개척 과정에서 총기 소지를 널리 허용한 것이다. 아메리칸 드림을 퇴색시키는 이 세 가지 악몽은 지금도 해결되지 않은 채 미국을 괴롭히고 있다.

1862년 미국 정부는 인구분산과 서부개척을 촉진시키기 위해 홈스테드법Homestead Act을 발효시켜서, 누구나 서부로 가서 토지를 등록하면 160에이커약 0.6제곱킬로미터까지 소유권을 인정해주고, 일정 기간이 지나면 저렴한 가격에 불하해주었다. 이에 수많은 사람들이 포장마차를 타고 서부로 가서 농장과 목장을 경영했다. 그런데 곧 문제가 발생했다. 원주민들이 자기 땅에 들어온 정착민 일가를 학살하기도 하고, 지나가던 무법자들이 방어능력이 없는 농부들을 살해하기도 했다. 그러자 미국 국회는 세계에 유례없이 강력한 정당방위법을 통과시켰다. 이 법에 의하면 모든 미국인들은 자신의 영토와 가정을 지키기 위해 무장할 수 있고, 주인의 허락을 받지 않고 들어온 침입자가 무기를 소지하고 있을 때는 살인도 허용되었다.

이와 같은 정당방위 전통은 1890년 공식적으로 서부 개척이 끝난 후에도 계속되고 있어서, 오늘날 집에 총기를 소지하고 있는 미국인 수는 한국의 전체 인구보다 더 많다. 그렇다 보니 도로를 순찰하는 미국 경찰은 언제 누구에게 총을 맞고 죽을지 모를 위험에 늘 노출되어 있고, 학교나 패스트푸드점에서 총기를 난사하는 사건도 자주 일어나고 있다.

총기를 규제해야 한다는 여론이 높지만 현실적으로는 쉽지 않다. 총기를 규제하면 악한 자들은 어떻게 해서든지 총을 손에 넣겠지만 선량한 시민들은 무기가 없어서 속수무책으로 당할 수 있다는 우려 때문이다. 총기 판매로 막대한 돈을 벌어들이는 총기업자들은 바로 이 점을 부각시켜서 정계에 로비를 한다.

정치적으로 보면, 진보는 총기 규제에 찬성하고 보수는 반대한다. 진보는 총 같은 살상무기가 없어져야 평화로운 사회가 온다고 생각하고, 보수는 안정된 가정과 사회를 중요시하기에 무기가 있어야 악당들의 위협과 혼탁한 사회로부터 가정을 지킬 수 있다고 생각하는 것이다. 영화계를 예로 들면, 조지 W. 부시 대통령을 비판한 영화 〈화씨 9/11〉을 만든 진보 진영 영화감독 마이클 무어는 총기 규제에 찬성했다. 반면, 지금은 타계한 보수적인 유명배우 찰턴 헤스턴은 미국총기협회장까지 역임했으며 총기 규제에 적극 반대했다.

2016년에 개봉한 〈미스 슬로운〉은 미국 정부의 뜨거운 감자인 총기규제법안이 논란이 되는 가운데, 비윤리적인 행위를 했다는 이유로 미연방 상원 청문회에 불려가는 워싱턴의 여성 로비스트 미스 슬로운의 이야기이다.

청문회 삼 개월 전, 거물급 상원의원인 빌 샌포드가 총기규제법안의 의회 통과를 막기 위해 미스 슬로운에게 찾아온다. 슬로운은 샌포드의 제안을 거부한다. 그러자 소규모 로비 회사인 피터슨 와이엇의 대표 로돌포 슈미트가 접근하고 슬로운은 총기규제법안을 지지하기 위해 대부분의 직원들을 데리고 피터슨 와이엇으로 옮겨간다. 얼마 후 슬로운이 회사의 언론홍보를 맡긴 에스미가 사무실을 나서다가 괴한의 총부리에 위협을 당하자, 합법적인 총기를 소지한 시민이 괴한을 쏘아 죽이고 에스미를 구해준다. 이를 계기로 총기규제법안을 반대하는 목소리가 높아지고 이 법안은 상원의 지지를 얻지 못한다.

총기규제법안을 찬성하는 로비 회사의 대표이자 슬로운의 전 상사인 듀폰은 로널드 스펄링 상원의원에게 총기규제법안을 저지해달라고 부탁하며, 차에서 단둘이 있을 때 뇌물을 제공한다. 그러면서 자기 말을 들어주지 않으면, 스펄링의 약점을 이용해 정치생명을 끝내겠다고 협박한다. 협박도 신경이 쓰일뿐더러, 그 정도의 정치자금이면 재선될 수도 있기 때문에 스펄링은 듀폰의 유혹에 넘어간다. 스펄링은 총기규제법안을 저지하기 위해, 법안 통과에 앞장서고 있는 슬로운을 상원 청문회에 소환한다. 그 어떤 불법행위에도 관여한 적이 없다는 슬로운의 주장에 스펄링은 슬로운이 다른 상원의원의 해외여행 경비를 이해관계가 걸려 있는 기관의 돈으로 처리했다는 서류를 증거로 제시한다. 그 서류는 슬로운이 자필로 작성한 것임이 드러난다.

드디어 슬로운을 상원 윤리위원회에 회부해서 징계하기 위한 마지막 청문회가 열린다. 이 자리에서 슬로운은 폭탄선언을 해서 스펄링 상원의원에게 치명타를 가한다.

조력자를 시켜 스펄링 상원의원이 총기규제법안 저지를 대가로 뇌물을 수락하는 상황을 녹음했다는 것을 폭로하고, 그 테이프를 공개한 것이다. 슬로운은 로비스트이다. 로비스트는 뇌물을 주고 로비를 하는 비윤리적인 사람들이라는 오해와 비난을 받는다. 그러나 슬로운은 오히려 업자로부터 회유당하고 뇌물을 받은 상원의원의 비윤리적 행위를 폭로한다. 그녀는 로비스트들이 나쁜 것이 아니라 부패한 정치인들이 민주주의를 해치는 암적 존재라고 용기 있게 선언하고, 당당하게 체포되어 수감된다. 스펄링 의원은 파멸한다.

십 개월 후, 슬로운은 형무소에서 변호사의 방문을 받는다. 변호사는 총기규제법안이 통과되었다는 사실을 알려주며 그녀가 집행유예로 풀려나게 되었다고 말한다. 그러면서 변호사는 슬로운이 상원 청문회가 열리도록 하려고 일부러 자필로 해외여행 계획서를 작성했다는 사실을 지적한다. 청문회가 열려야 스펄링 의원의 강력한 반대를 무산시키고 총기규제법안을 통과시킬 수 있기 때문이다.

전과자가 된 슬로운은 다시는 전처럼 뛰어난 로비스트로 활동하지 못하게 될 것이다. 그럼에도 슬로운은 자신의 화려한 경력을 희생해서 스스로 옳다고 믿는 총기규제법안을 살려낸 것이다. 이 영화는 슬로운이 형무소에서 풀려나면서 끝이 난다.

〈미스 슬로운〉은 총기규제법안을 둘러싼 총기제조사들의 국회의원 뇌물 로비, 유권자와 재선을 내세운 협박, 워싱턴 정가의 부패, 상원 청문회의 허위증언과 불법도청 등 법과 윤리에 대한 문제들을 다각도로 다루고 있는 수작이다. 미국 사회의 현안인 총기규제라는 모티프를 통해, 정치권의 타락 및 법과 윤리 문제를 심도 있게 성찰하고 있다는 점에서 감동적이고 주목할 만한 영화이다.

미국 수정 헌법 제2조
'무기 소지권'을 둘러싼 논란
〈저격자〉

  미국의 총기 소지 문제를 다룬 또 하나의 영화가 바로 웨슬리 스나입스가 주연한 〈저격자〉이다. 리버티 월러스는 남편 빅터와 동업으로 경영하는 리버티 총기회사의 부사장이다. 돈만 주면 누구에게나 총기를 판매해 돈을 번 그녀의 생활은 난잡하고 비도덕적이다. 거리의 핫도그 판매대에서 마약을 구하고 연극배우와 불륜 중이다. 어느 날 그녀는 정부와 하룻밤을 보내려 정부가 있는 극장에 도착한다. 바로 그 순간, 휴대폰으로 조라는 남자의 전화를 받는다. 조는 그녀의 정부를 소리 및 동작 감지기로 작동되는 폭탄에 묶어놓았다고 말하며, 그녀마저 스스로 발목을 거리의 핫도그 판매대에 묶도록 지시한다. 만일 그녀가 도망치려 하거나 휴대폰이 꺼지면, 그 즉시 그녀의 회사가 판매한 장거리 조준 라이플로 그녀를 저격하겠다고 경고한다. 리버티는 꼼짝 못 하고 핫도그 판매대에 자신을 묶는다. 그리고 조가 학교 총기 난사사건으로 딸을 잃은 아버지라는 사실을 알게 된다.

진보주의적인 미국 민주당은 평등과 자유freedom, 프리덤를 중시하고, 보수주의적인 미국 공화당은 권리와 자유liberty, 리버티를 중시한다. 우리말로 번역할 때는 똑같이 '자유'인 영어단어 '프리덤'과 '리버티'는 사실 미묘하게 다르다. 프리덤이 표현의 자유나 집회의 자유 같은 구체적인 자유를 뜻한다면, 리버티는 추상적인 자유를 의미하며 외부의 위협에 대항해 자신의 기본권과 가정과 재산을 지킬 자유(권리)도 지칭한다고 볼 수 있다. 따라서 미국 헌법에 보장되어 있는 '리버티'는 외부의 위협으로부터 자신을 지키기 위해 총기판매와 총기사용을 정당화한다.

그런 의미에서 보면, 이 영화의 원제 '리버티 스탠드 스틸Liberty Stands Still'은 대단히 상징적이고, 스토리라인 역시 대단히 은유적으로 전개된다. 과연 이 영화에 등장하는 총기회사의 이름이 '리버티'이고, 부사장 이름 또한 '리버티'이다. '리버티'가 자유의 여신상처럼 여성의 이름으로 등장하는데, 바로 그 이름의 주인공인 리버티가 마약에 취해 도덕관념을 상실하고 방종하다는 점, 그러다 스스로를 사슬로 묶어놓는다는 점 그리고 리버티가 묶여 있는 핫도그 판매대는 마약뿐 아니라 폭탄도 장착되어 있다는 점 등이 모두 우화적이고 상징적이다.

문제는, 정당방위를 위해 필요하다는 총기들이 테러리스트나 정신이상자나 악한 자의 손에 들어가 무고한 사람들이 '리버티'의 이름으로 죽어가고 있다는 사실이다. 그러는 사이에 리버티는 마약과 폭탄에 스스로를 묶어놓은 채, 자신이 판매한 총기에 의해 위협받아 꼼짝 못 한 채 그저 가만히 서 있을 뿐이다. 미국에서 총기 판매가 선한 사람들의 자위권을 보호해주는지, 아니면 반대로 악한 사람들의 손에 무기를 넘겨줘 수많은 선량한 사람들을 죽이는지에 대해서는 여전히 많은 논란이 일고 있다. 몇 해 전 일어난 버지니아 공대 총기 난사사건도 미국에서는 다시 한번 총기 소지에 대한 논란을 불러일으켰다.

오늘날 미국에서 총기 소지 문제는 해결책이 없는 딜레마이다. 총기판매를 금지하자니 선량한 시민들의 자위 수단이 없어지고, 허용하자니 수많은 악인들의 손에 총기가 넘어가고 있기 때문이다. 〈저격자〉는 미국사회의 '뜨거운 감자'인 정당방위법과 총기 소지 문제를 정면으로 다룬, 그래서 미국 법에 대해 많은 생각을 하게 해주는 깊이 있는 작품이다.

헌법은 성매매여성에게도 예외가 아니다

〈대한민국 헌법 제1조〉

대한민국에는 무수한 법률이 있고 일 년에도 수백 건의 새 법률이 탄생한다. 법을 만들고 고치는 여의도 국회 의사당은 사시사철 분주하다. 아무리 기억력이 뛰어난 전문 법률가라 해도 나라에서 시행되는 법규정을 모두 알지는 못한다. 그러나 모든 법률가가 꿰고 있는 법조문이 하나 있다. 헌법 제1조이다.

(1항) 대한민국은 민주공화국이다.

(2항) 대한민국의 주권은 국민에게 있고 모든 권력은 국민으로부터 나온다.

법률가만이 아니다. 이 법조문을 모르면 대한민국 국민으로 행세할 자격이 없다.* 대한민국의 모든 법 규정 중에 가장 근간이 되는 구절로, 헌법의 다른 조항은 바꿀 수 있을지라도 국민주권의 원리를 선언하는 이 조항만은 절대로 손댈 수 없다. 문자 그대로 국민이 나라의 주인인 '민국'의 상징이자 핵심이기 때문이다.

구체적으로 누가 대한민국 국민인가? 그야말로 모든 국민이다. 사람 위에 사람 없고 사람 아래 사람 없으며, 일등국민, 이등국민이 따로 있을 수 없다. 2003년, 아직 대중의 자각이 미치기 전에 이러한 헌법정신을 천명하듯이 '대한민국 헌법 제1조'를 당당하게 제목으로 내건 영화가 있다. 그것도 성매매여성을 주인공으로 내세워서 말이다.

국회의원은 헌법이 규정한 국민의 대표자이다. 나이 스물다섯이 넘은 대한민국 국민은 누구나 국회의원이 될 자격이 있다. 도둑놈, 깡패, 사기꾼, 너나없이 국회의원이 될 수 있는데 유독 성매매여성만은 안 된다는 법이 어디에 있는가? 영화는 세인의 평가대로라면 온전한 국민이 아닌 성매매여성이 엄연한 나라의 주인인 '대한민국 국민'임을 내세운다. 이전에도 성매매여성 이야기를 정면으로 다룬 영화는 종종 있었다. 1970년대 '호스티스 소설'

---

* 차병직, 윤재왕, 윤지영,《지금 다시, 헌법》(로고폴리스, 2016).

의 원조 격인 최인호의 작품을 영화로 만든 이장호 감독의 〈별들의 고향〉이나 임권택 감독의 〈노는 계집 창娼〉 등이 나름대로 성과를 거두었다. 그러나 이 영화들은 가정과 사회에서 버림받은 가련한 여성의 애환과 비애에 초점을 맞춘, 그야말로 전형적인 윤락녀 스토리였다. 당당하게 성매매여성의 헌법적 권리를 정면으로 내세운 영화는 〈대한민국 헌법 제1조〉가 처음이다.

영화의 메시지가 기반을 둔 문서를 찾자면 세계인권선언 제1조가 될 것이다. "모든 인간은 태어날 때부터 자유롭고 존엄성과 권리에 있어 평등하다." 이 영화는 가련한 인간들을 자유대한의 헌법으로 품어안는다. 시대와 세태의 변화를 반영함은 물론이다.

대통령, 장관, 판사, 경찰 등 공직자에 대한 풍자와 비판은 자유로운 나라에 사는 국민의 자연스러운 권리이다. 영화는 시종일관 여의도 국회에 대한 진한 패러디로 이어진다. 은밀하게 집창촌을 찾은 국회위원이 과도한 성행위 끝에 사망한다. 속칭 '복상사'다. 공교롭게도 그의 사망으로 국회의 구성이 여야 동수가 되고 보궐선거의 향방에 따라 의정의 주도권이 바뀔 운명이다. 당연히 양당은 후보를 낸다. 자유당의 오만봉과 공화당의 허영진이다. '자유' '공화' '오만' '허영', 당과 후보자의 이름들에서 한국 의정사의 불쾌한 기억이 환기된다. 시대착오적인 국수주의자도 '민족당'의 후보로 나선다.

이런 상황에서 성매매여성 고은비가 주위의 부추김을 받아 무소속으로 입후보한다. 동료가 끔찍한 성폭행을 당했는데도 피해자가 성매매여성이라는 이유로 경찰이 수사를 거부하자 직접 출마를 결심한 것이다. 매스컴의 시선이 집중된다.

일반 여성에게 성매매여성은 사내들의 음험한 성적욕구에 기생하는 독버섯일 따름이다. 이들의 대중목욕탕 출입을 항의하는 동네 아낙이나, 창녀 주제에 뻔뻔스럽게 국회의원에 입후보했다며 성토하는 여성단체의 태도만 봐도 이들은 같은 여성에게조차 제대로 대접받지 못하는 소외 그룹이다. 그렇기에 전직 성매매여성이 당당하게 의회에 입성한 다른 나라의 '선구적' 사례는 이들 삼등국민에게는 희망의 등불이다. 세상에 대한 막연한 분노와 대책 없는 한숨 대신 자신의 인권을 대변해줄 동료를 국회에 진입시키는 '당사자 운동'을 전개하는 것이다. "하기 전에는 존댓말을 하지만 하고 나서는 반말을 지껄이는" 사내들의 횡포와 오만을 어떻게 응징할 것인가와 같은 전체 여성을 대변하는 메시지를 내는 한편, "윤락녀는 강간 대상이 아니다"라는 경찰의 편견 어린 일처리에 분개한다.

어두운 세계에 일상화된 각종 성적 비어卑語와 농어弄語에서 현실정치에 대한 풍자와 고발이 물씬거린다. 결혼의 본질을 일러 관성과 체념의 제도라고 했는데 타성에 젖은 부부 잠자리에 체위 변경이 필요하듯 침실만이 아니라 정치도 새로운 자세와 패러다임으로 임해야 한다는 것이 고은비 후보가 유세장에서 역설한 '새 정치'이다.

유세 과정에서 온갖 술수가 동원된다. 유언비어, 금품매수, 강제동원, 여론조작, 조직적인 유세방해, 노골적인 협박과 교묘한 언론플레이…… 여느 선거나 마찬가지다. 여러 차례 고비 끝에 흔히 보궐선거가 그러하듯이 지극히 낮은 투표율(35.2퍼센트)로 마감한다. 그런데 예상을 뒤엎는 젊은 층의 적극적인 참여로 판세가 반전되고 근소한 표 차이로 고은비가 당선된다. 새 시대의 도래를 알리는 '고운 비', 서우瑞雨가 내린 것이다. 그녀의 한 표에 국정향방이 달라질 운명이다.

태극기가 물결치는 시가행진 끝에 그녀는 한 손에 법전을 굳게 거머쥐고 보무당당하게 국회를 향해 발길을 내딛는다. 굳게 잠긴 철제 정문을 타고넘어 의사당을 향해 진군하는 고은비의 결연한 자태를 클로즈업하면서 영화는 막을 내린다.

이 영화는 우리 사회에 깊이 뿌리박은 견고한 편견의 성을 향해 '난쟁이가 쏘아올린 작은 공'이다. 멸시받는 소외계층의 상징으로 성매매여성을 등장시켜 성매매라는 인류의 오랜 악습에 기인하는 사회문제를 새로운 시각으로 조명한 공로가 크다.

이른바 자유로운 사회에서 가장 지키기 어려운 법 중 하나가 성에 관한 법이다. 대체로 성에 관한 규제가 엄격한 나라는 다른 법도 엄격한 경향이 있다. 그래서 현대사회에서 흔히 자유와 성을 같은 척도로 재기도 한다. 특히 젊은이들에게는 성적 자유가 곧바로 자유의 본질적 요소로 느껴지기도 한다. 성욕만큼 통제하기가 부자연스러운 인간의 욕망도 드물다. 인류는 성행위를 결혼이라는 제도 속에 묶어두는 윤리를 정착시키려 노력해왔다. 그러나 어떤 사회에서도 이러한 윤리와 제도를 관철시키는 데 성공하지 못했다. 성과 결혼의 배타적 결합이라는 '부자연스러운' 제도는 이를 보완하는 사회적 장치가 필요하다. 자유주의 사회가 존중하는 '사생활의 자유'가 어느 정도 그 간극을 메워준다. 배우자가 없는 성인 사이의 성행위는 사생활의 자유에 속한다. 그러나 사생활의 자유는 성을 공유하고 교환할 자유이지, 돈으로 성을 사고팔 자유는 아니다. 성을 상품으로 하는 거래는 야만의 잔재이다.

성매매 방지에 관한 국제협약이 존재할 정도로 성매매는 문명사회의 공통의 적이기도 하다. 어느 나라에서나 강도와 형태를 달리할 뿐, 다양한 성매매가 존재하는 것이 엄연한 현실이다.

그러나 이러한 윤리적 통념에 대한 반론도 만만하지 않다. 다소 냉소적인 비유를 동원하자면, 결혼도 따지고 보면 많은 경우 금전적 거래라는 것이다. 다만 한 번에 이루어지는 '빅딜'일 따름이다. 예나 지금이나 세인의 이목을 집중시키는 각종 '신데렐라 스토리'의 본질도 그러하다. 그러나 설령 결혼을 거래라고 치부하더라도 결혼은 성만이 아니라 지위, 사랑 등 많은 것을 포함한 포괄적인 거래이다.

그런데 한 가지 제기되는 근본적인 의문은, 왜 항상 성을 사는 쪽이 남성이고 파는 쪽은 여성인가 하는 점이다. 전통과 인습이라는 길고 긴 역사의 질곡에서 헤어나지 못하는 한 '평등한 세상, 차별 없는 세상'은 이룰 수가 없다.

그런가 하면 과거에는 상상조차 못 하던 항변도 제기된다. 성매매가 아니라 성노동으로 불러야 하며, 여성이 성노동을 통해 자신의 몸을 팔 자유를 왜 국가가 간섭하느냐는 것이다. 여성을 보호할 목적으로 제정했다는 법이 오히려 여성의 성노동의 자유를 유린한다는 성매매여성들의 시위는 실로 당혹스럽기까지 하다.

2004년 3월, 대한민국 국회는 속칭 '성매매규제 특별법'을 제정했다. 오랜 세월에 걸친 여성단체의 체계적인 노력의 결실이기도 하다. 성매매를 방지하고, '피해자'인 성매매여성을 보호하고 이들의 자활을 돕는 것이 입법 의도이다. 이전의 법과는 달리 이 법은 성을 파는 사람은 물론, 성을 사는 사람도 처벌한다. 그러나 고귀한 이상이 비열한 현실 앞에 빛을 잃고 마는 느낌이다. 법이 시행된 지 십오 년, 성매매는 여전히 성행하고 있다는 것이 공지의 사실이다. 널리 알려진 집창촌이 차례차례 폐쇄되자 오히려 성매매는 도시 전역에 퍼져나가고 있다는 증거가 확연하다. 한 언론은 '마사지 업소' 업주의 말을 빌려 법률가, 공무원, 의사, 교수 등 이른바 '점잖은 사람'들도 즐겨 찾는다고 전한다. 성직자도 예외가 아니라는 극언도 있다. 이런 보도를 개탄하면서도 별로 충격으로 받아들이지 않는 세태이다.

영화에서도 "군에 입대할 때 한 번, 제대할 때 한 번, 딱 두 번 했다"는 보좌관의 고백에 "행여 그럴까 봐 나는 아들을 군대에 보내지 않는다"는 오만봉 후보의 엉뚱한 위선이 아이러니하다. 도시생활에는 상수도와 하수도가 함께 마련되어 있어야 한다. 인간의 고상한 심성과 취향을 챙겨주는 곳과 더불어 저급한 본능을 충족해주는 곳도 함께 마련되어 있어야만 한다. 비도덕적이고 불법인 줄 알면서도 고객이 끊이지 않는 성매매 현실을 어떻게 할 것인가. 자유와 도덕이 함께 공존하는 세상을 만들 수는 없는가.

법정으로 간 남성 윤리 vs 여성 윤리

〈생과부 위자료 청구 소송〉

1999년에 선보인 강우석 감독의 코미디 영화〈생과부 위자료 청구 소송〉은 그저 한바탕 웃어넘길 영화가 아니다. 여성의 입으로 '신성한 법정'에서 남성 성기를 비하하는 말을 내뱉는 시원한 배설행위 이면에 담긴 진중한 메시지를 알아차려야 한다. 그것은 한국 사회의 본질에 대한 풍자이자 심판이다. 이 영화는 성장일변도로 숨 가쁘게 달려온 한국 사회의 근대화 과정을 심판하고, 장래에 나아갈 길을 제시하자는 메시지를 담고 있다.

별로 당차 보이지 않는 삼십 대 여성 이경자가 변호사 사무실에 나타나서 계면쩍어하며 소송을 의뢰한다. 남편 추형도의 회사를 상대로 '생과부 위자료 청구 소송'을 제기하려는 것이다. 회사가 남편을 너무나 혹사한 결과, 나날이 공방空房의 생과부가 된 책임을 물어 2억 원의 위자료를 달라는 소송을 제기하고 싶다는 것이다.

진지한 의뢰인에게 명성기 변호사는 법적으로 전혀 고려할 가치가 없는 허무맹랑한 발상이라며 핀잔을 준다. 실망하며 풀이 죽은 모습으로 사무실을 나서는 그녀를 바로 옆 사무실의 여성 변호사 이기자가 불러들인다. 명성기와 이기자는 부부 사이이다. 부부가 함께 법률사무실을 경영하고 있는 셈이다. 이기자는 명성기에 대한 비판을 쏟아내고는 자신이 사건을 맡겠노라며 한판승부를 건다. 피고인 일산그룹은 명성기를 변호인으로 고용한다. 소송이 진행되면서 부부 변호사의 대결은 남성윤리와 여성윤리의 정면대결로 발전한다. 이는 곧 한국 사회의 주류 기득권 세력 대 도전 세력 사이의 윤리 대결이라는 성격을 띤다.

명성기 변호사는 멀쩡한 허우대로 보아 이름대로 명성기名性器를 보유한 것처럼 보이나 실체는 허약하기 짝이 없다. 잠자리에서도 이기자의 능력을 감당하지 못해 핑계만 있으면 회피하려 하고, 어쩌다 자신이 주도한 실전에서도 허덕이기 일쑤이다. 그러면서도 옷을 입는 순간부터는 온갖 허세를 부린다. 이름뿐인 명기名器의 허약한 실체는 남성중심 세계의 기만과 허위를 상징한다. '이기자'라는 이름도 도전적이다. 남성이 지배하는 세계를 향해 던지는 결연한 여성의 도전장인 셈이다.

철학자 마사 누스바움은 타인을 배려할 줄 아는 인간애를 여성의 미덕으로 꼽았다. 문학과 예술이 추구하는 목표가 이 세상이 과연 살 만한 곳인가 강한 의문을 던지는 데 있다면, 인간애라는 여성의 미덕을 구현함으로써 평화롭고도 안온한 세상을 만들 수 있을 것이다. 이 영화도 은연중 이러한 누스바움의 철학을 대변하고 있다.

일산그룹의 추형도 부장은 더없이 충직한 회사원이다. 회사가 살아야 자신도 산다는 소신, '평생직장'의 신화를 신봉하는 가족적 기업관 그리고 비록 회사가 자신을 버리더라도 자신은 회사를 배신할 수 없다는 민춤한 정직함을 좌우명으로 삼고 직장생활을 해온 착하고 꽉 막힌 샐러리맨이다. 가히 아름다울 정도로 맹목적인 그의 직업관은 회사일을 떠나서는 자신의 삶 자체가 없다는 사적 신앙으로까지 발전한다. 그럼에도 불구하고 절대적 헌신을 바친 그에게 돌아온 것은 잦은 대기발령, 전출, 해외출장 그리고 구조조정을 내세운 퇴출 위기뿐이다.

아내 이경자의 입장은 다르다. 그녀는 사랑하는 남자와 여자, 아내와 남편은 하나라는 일신동체론—身同體論의 신봉자이다. 아내는 언제나 남편의 몸에 접근할 권리가 있다. 그런데 그 소중한 남편의 몸을 회사가 망가뜨렸으니

돈으로 물어내라는 것이다. 신혼에는 하루에도 몇 차례, 과장 때까지는 그래도 일주일에 두세 번씩 진한 잠자리를 나누었으나 남편의 지위가 높아지고 신상에 대한 불안도 가중되자 남편의 몸이 거의 불능이 되다시피 한 데서 비롯된 불만이다.

민법 제750조는 "고의 또는 과실로 인한 위법행위로 타인에게 손해를 가한 자는 그 손해를 배상할 책임이 있다"고 규정한다. 이른바 불법행위 조항이다. 이경자는 이 조항을 근거로 회사에 대해 2억 원의 손해배상을 청구한다.

열띤 법정공방 끝에 원고가 승소하고 벼랑에 몰렸던 결혼생활도 새로운 발전적 결합의 계기를 맞으면서 영화는 막을 내린다. 재판장은 최종판결을 내리기에 앞서 이 사건의 시대적 의미를 정리하는 중대발언을 한다. "한때는 노동자를 빨갱이로 여긴 시대가 있었다"라고 말문을 열면서 노골적인 노동법 위반은 물론, 명예퇴직 강요, 정리해고, 대기발령 등 눈에 보이지 않는 각종 악랄한 수법으로 노동자의 권리를 유린해온 기업에 대해 가차 없는 비판을 퍼붓는다. 그러한 인권유린의 차원에서 노동자의 배우자가 성적 향유권을 침해당했음을 인정한 것이다.

영화가 보여주고자 하는 바는 이경자 개인의 승리가

아니다. 원고 피고 쌍방의 변론에서 제기되었듯이 이 영화의 진짜 피고는 대한민국 그 자체이다. 이 재판 결과는 인권유린과 인간성의 희생 아래 경제성장 일변도로 달음박질해온 한국 현대사에 대한 심판이다.

경제성장과 성해방이 결합되는 시대의 변화를 법제도가 발전적으로 수용한다는 신선한 발상이 돋보이는 영화이다. 투쟁이 법정에서 벌어진다는 것, 그 법정투쟁을 여성이 주도한다는 것 그리고 변호사라는 전문직 여성이 주부를 도와 지극히 개인적인 문제에서 사회개혁의 단초를 열게 한다는 것, 이 모두가 시대의 흐름과 법의 역할을 전달하기에 적절한 플롯이다. 이러한 의도는 이 영화가 서초동 법조타운의 풍경을 그리는 방법에도 잘 나타나 있다.

첫째, 영화에 그려진 법률실무 현장은 고정관념을 과감하게 깬다. 우선 판사가 법정에서 웃는다. 당시까지 우리나라의 법정영화가 충실하게 지켜왔던 불문율 중 하나가 판사는 근엄해야 한다는 원칙이었다. 판사가 웃는 얼굴을 하면 판사의 품위와 재판의 권위가 떨어진다는 것이 법원과 대중의 통념이기도 했다. 그러나 근엄한 얼굴에 강압적인 질문을 무기로 재판의 권위를 높이던 시대는 이미 지나갔다. 밝게 웃는 판사의 모습을 통해 법이라는 조직과 기계가 아니라 인간의 판단을 받는다는 안도감을 주고, 나아가서는 법과 대중 사이에 존재하는 거리감을 좁혀준다.

둘째, 남성의 철옹성인 법의 세계에서 여성이 법률실무가로 성장하는 과정 중에 겪어야 했던 여러 가지 고충을 부각시킴으로써 여성 법률가의 사명감을 촉구한다. 이경자와 둘이 나누는 '원샷' 소주 파티에서 이기자는 법과대학 학생과 초임검사 시절에 여자이기 때문에 겪어야 했던 어려움을 토로하면서 개인적 성공으로 만족하지 않고 불합리한 사회제도를 바꾸는 데 나서야 한다고 역설한다. "네 남편은 우리의 적이야." "둘이서 나눈 은밀한 이야기를 네 적에게 털어놓은 사내야." "우리는 '사내공화국' '좆도민국'과 싸우는 것이야."

1990년대 초에 작은 파문을 일으킨 〈서울법대 여학생〉이라는 시가 있었다. "서울법대 여학생, 학력고사 무게에 평생을 가위 눌려 틀 속에 갇힌 천형의 무기수"로 시작하여 "서울법대 여학생, 수석입학, 수석졸업, 수석출석, 웬갖 수석 독점해도 말석 교수 한 사람 못 만드는 천하의 둘치"로 끝난다. 결코 수준 높은 시는 아니지만 메시지만은 선명하다.

여성의 개인적 성공이 남녀가 불평등한 사회를 개혁하

는 것으로 이어지지 못하면 그 의미는 반감된다. 변호사인 이기자의 "사내공화국, 좆도민국"에 대한 투쟁에 '가정과 출신' 주부 이경자도 동참하여 "자지를 한 방 맞고 뻗었다"라는 법정진술을 서슴지 않는 여전사로 변신한다. 우리나라 대학에서 '가정과'는 사라진 지 오래이다. 대신 생활과학과, 소비자아동학과 등으로 개명했다. 여성에게 가정이 생활무대의 전부였던 시대가 막을 내린 만큼 새로운 역할과 그 역할에 대한 자각이 요청되는 것이다. 이경자는 자신이 남편을 위해 쓴 은밀한 글이 법정에서 조롱감이 되자 "비록 시골 변소의 낙서에나 등장할 만한 내용이라도 내게는 청와대 변소나 마찬가지로 소중한 것이다"라고 맞서며 "남편은 내 몸이다. 그래서 나는 내 자존심을 위해 싸운다"라고 역설한다.* 가정주부인 이경자가 사회적 깨달음을 통해 비로소 남녀평등의 법제도 실현에 동참하는 것이다.

셋째, 이 영화는 변호사라는 직업에 대한 환상을 깬다. 영화가 개봉될 당시만 해도 많은 대한민국 국민이 변호사라는 직업에 대한 그릇된 인식을 가지고 있었다. 그중 하나는, 기업에 종사하는 사람보다 변호사의 사회적 신분

---

* 한국여성철학회, 《여성의 몸에 관한 철학적 성찰》(철학과현실사, 2000).

이 높다고 생각하는 것이었다. 그러나 따지고 보면 변호사는 고용된 서비스직에 불과하다. 그가 제공하는 서비스가 고객의 마음에 들지 않으면 언제라도 일거리를 빼앗기는 신세다. 명성기와 같은 기업변호사 또한 대기업의 소모품에 불과한 미미한 존재다. 고등학교 동창인 일신그룹의 조이사는 시종일관 명성기에 대해 철저하게 갑의 지위를 유지한다. 이 영화 이전에는 이렇듯 변호사라는 서비스직과 고객 사이의 주종관계를 분명하게 선언해주는 한국 영화가 거의 없었다.

코미디 영화 〈생과부 위자료 청구소송〉의 진수는 새로운 기운의 태동과 이를 가로막는 장애 그리고 이 대립이 화해로 결말지으면서 사회의 통합적 발전에 대한 가능성을 제시한다는 점이다. 이러한 관점에서 볼 때 영화는 전형적인 셰익스피어 희극의 전개 방식을 따르고 있다. 마지막에 회사가 내린 해외발령을 거부하고 아내의 품으로 돌아오는 추형도와 허세의 탈을 벗어던지고 이기자에게 "사랑해"라고 말하는 명성기, 말없이 남편의 처진 어깨를 들어올려주는 이경자와 "그 말 하기가 그렇게 힘들었어? 이 좆만아"라며 파안의 포옹을 선물하는 이기자의 당당함 속에 분명히 세상이 달라지고 있음을 확인한다.

신출내기 변호사의 성장담
〈레인메이커〉

'레인메이커'의 사전적 정의는 문자 그대로 '비를 내리게 하는 사람' 즉 인공우人工雨를 만드는 기상학자를 지칭한다. 이에 덧붙여 '세상에 좋은 소식을 가져오는 사람'이라는 뜻이 함께 통용된다. 아메리카 원주민들에게 이 단어는 기우제에 화답하기를 신에게 호소하는 제사장을 의미하기도 한다. 비는 자연의 축복이다. 때때로 문명사회를 파멸로부터 지켜주는 마지막 희망이라는 뜻으로도 사용된다. 물질 중심의 고도 산업사회에서 거대자본의 횡포로부터 인간의 존엄을 지켜내는 사람이 있다면 그를 레인메이커로 불러도 무방할 것이다. 그런가 하면 레인메이커는 미국 변호사업계의 속어로, 대형사건을 한 건 크게 잡은 행운아를 지칭하기도 한다.

거장 프란시스 코폴라 감독의 영화 〈레인메이커〉는 당

대 최고 인기를 누린 법률소설가, 존 그리샴의 동명소설을 원작으로 삼고 있다. 영화의 제목은 어깨가 움츠러든 소시민과 무명 법률가가 인간성의 이름으로 대기업과 막강한 법률팀을 상대로 벌이는 외로운 법정 투쟁이 정의를 실현한다는 것을 암시한다.

원작과 마찬가지로 영화는 전형적인 법정드라마에서 벗어나는 요소를 여러 가지 갖추고 있다. 이른바 스타 법률가의 길이 아닌 평범한 법률가의 길, 대도시가 아닌 지방 소읍의 변호사, 결코 일류가 아닌 삼류 법률가의 삶 그리고 형사사건이 아닌 민사사건을 대상으로 하고 있는 점이 그것이다. 이렇듯 '튀지 않는' 법이 오히려 법의 일상적 모습이다. 그렇기에 자칫 무미건조하게 느껴지기 쉬운 소재이지만 오히려 긴장감 있게 구성한 작가와 감독의 솜씨가 돋보인다. 600여 쪽에 이르는 다소 산만한 이야기를 단일한 두 시간짜리 이야기로 박진감 있게 재구성해낸 솜씨는 다섯 차례나 아카데미 감독상, 각색상, 각본상 등을 두루 수상한 거장의 경력에 걸맞다.

미국 영화 속에 법률가가 주인공으로 빈번하게 등장하는 이유로는 여러 가지를 들 수 있다. 그중 하나는 미국 사회에서 '영웅의 사라짐'과 관련이 있을 것이다.* 영웅은 이른바 '한계상황'에서 탄생한다. 전쟁과 혁명이야말로 영웅이 출현하는 가장 보편적인 한계상황이다. 그러나 인간 사이의 갈등을 해결하는 수단으로서의 전쟁은 지구 상에서 점점 후퇴하고 있다. 혁명과 이데올로기의 시대도 급격하게 퇴색하고 있다. 과거에 전쟁과 혁명이 차지하던 자리를 이제는 법이 대신하고 있다. 새로운 시대정신은 법제도를 통해 구현되고, 그 법제도를 움직이는 법률가 는 과거에 영웅이 수행하던 역할을 맡는다. 미국은 다른 어느 나라보다도 법이 국민의 일상생활 속에 깊이 뿌리 박힌 곳이다. 20세기의 대시인 W. H. 오든은 〈법은 사랑 처럼Law Like Love〉이라는 시에서 법은 '아침저녁 인사 같은 것'이라고 쓴 바 있다. 미국이야말로 그런 나라이다. 20세 기 후반 미국의 영웅은 법제도를 통해 반가운 비 소식을 불러내는 제사장인 법률가인 셈이다. 현실을 직시하여 새 로운 시대의 가치관을 제시하는 일, 그것이 법률가의 역 할이다. 그래서 미국인의 전형 가운데 하나로 법률가를 들 수 있다. 법률가는 미국인의 일상적 삶의 일부이다.

　미국 사회에서 법률가라는 직업인이 하는 일이 다양한 것도 법률가가 영화의 주인공으로 자주 등장하는 또 하 나의 이유이다. 다른 나라들과 마찬가지로 미국에서도 법

＊　김성곤, 《처음 만나는 영화》(알에이치코리아, 2017).

률가라는 직업은 세속적 성공의 상징으로 여겨진다. 자본주의가 무르익은 미국에서 물질적 성공이 사회적 신분과 결합한 대표적인 경우가 '월스트리트 변호사'로 상징되는 기업변호사이다. 그러나 또 다른 유형의 법률가도 존재한다. 속칭 '거리의 변호사'로 불리는 일단의 공익법 변호사들이다. 미국 전체 변호사의 15퍼센트 이상이 크고 작은 인권단체, 법률구조기금 등 공익법 활동에 종사하고 있다. 그렇기에 미국이란 나라에는 자본과 인권이라는 정반대되는 분야에서 법률가가 주인공이 될 수 있는 충분한 사회적 배경이 깔려 있는 것이다.

테네시의 다윗

주인공 루디 베일러는 로스쿨을 갓 졸업한 신출내기 변호사이다. 이야기는 그의 로스쿨 졸업반 시절부터 시작한다. 루디는 피자를 배달하며 어렵사리 대학을 마친 후 멤피스 소재 테네시 주립대학 로스쿨에 진학해 졸업을 앞두고 있다. 전형적인 법정소설의 주인공들처럼 일류 로스쿨 우등 졸업생이 아니라, 지방대학 로스쿨을 중간 정도의 성적으로 마친 지극히 평범한 인물인 것이다. 현직 학장의 신분으로 영화에서도 학장 역을 맡은 도널드 폴든(후일 산타클라라 로스쿨 학장 역임) 교수는 루디와 같은 보통 로스쿨 학생들이야말로 미국 사회에서 민초들의 삶을 알뜰히 보살피는 일꾼이라고 말한다.

루디의 어린 시절은 어두웠다. "장래 법률가가 되겠다는 나의 결심은 아버지가 법률가란 직업을 싫어한다는 사실을 알고 난 후 돌이킬 수 없이 굳어졌다"라고 시작하는 원작의 첫 구절에서 주인공의 불우한 가정환경을 짐작할 수 있다. 해병대에 복무한 경력이 유일한 자랑거리인 아버지는 모름지기 사내아이는 매로 다스려야 한다는 소신을 지니고 있었다. 루디는 어머니를 폭행하는 아버지에게 반항한다는 이유로 군사학교에 보내질 팔자였다. 일정한 직업도 없이 술주정뱅이로 살던 아버지가 사고로 죽자 어머니는 기다렸다는 듯이 재혼했고 동시에 아들과의 인연을 끊었다.

루디는 로스쿨을 졸업하자마자 삼류 법률사무소에 취직한다. 자신이 '낚아 오는' 사건에 따라 수입을 배당받는 이른바 '실적급' 계약변호사로 채용된 것이다. 루디는 마침 졸업반의 임상수업 과정에서 맺은 인연으로 두 사건을 가지고 들어가게 된다. 한 건은 할머니의 유언장을 작성해주는 싱거운 일이고, 다른 한 건은 보험사를 상대로 한 소송이다.

밋밋한 유언 사건은 밑바닥 출신 법학도에게 결코 극

적이지 않은, 지극히 평범한 일상생활의 배경 역할을 한다. 유언장 작성을 계기로 알게 된 버디 여사는 방세를 내는 대신 정원일을 하는 조건으로 루디를 자신의 집에 기거하게 하고, 남편의 폭행을 피해 은신처를 찾던 젊은 여성 켈리의 보호자가 되기도 한다.

보험사 사건은 성격이 판이하게 다르다. 대형 보험사 그레이트 베니핏great benefit, 위대한 시혜이 백혈병을 앓고 있는 청년에게 보험금 지급을 거절한 사건으로, 이 보험사는 '위대한 시혜'라는 기만적인 상호로 탐욕덩어리인 정체를 감추고 있다. 이 사건은 사회적 정의라는 루디의 로스쿨 진학 동기를 설명하는 중요한 의미를 내포한다.

변호사시험에 합격해 정식변론을 맡은 루디는 소송을 진행하는 과정에서 이 회사가 상습으로 서민층을 사취하는 악의 존재임을 알게 된다. 풋내기 변호사인 루디는 엄청난 경력 차이를 무릅쓰고 대기업의 일급 변호인단을 상대로 싸움을 전개한다. 통산 법조 경력 백 년 대 일 개월의 대결이다. 고전에 고전을 거듭하던 그는 사무장 덱쉬플릿의 도움으로 유리한 증인을 확보하고 보험사 사장을 신문하면서 확실한 증거를 얻어낸다. 몇 차례 합의 제의가 있었지만 의뢰인과 변호사는 단호하게 거절한다. 개인적 보상을 넘어서 정의 그 자체를 원하는 젊은 백혈병

환자의 투쟁은 사건의 성격을 사적 권리의 문제에서 사회구조적 불의의 문제로 전환시킨다.

청구기각을 노골적으로 위협하며 합의를 종용하는 등 친기업 성향이 완연한 백인 판사가 돌연 사망하고 그 자리를 하버드 대학교 출신으로 민권변호사 경력이 있는 흑인 판사가 이어받으면서 새로운 전기가 마련된다.

마침내 배심원단은 원고 승소의 평결과 함께 15만 달러의 손해배상에다 5000만 달러라는 천문학적 액수의 징벌적 손해배상을 명한다. 징벌적 손해배상은 미국 사법정의의 원천을 밝히는 중요한 제도이다. 징벌적 손해배상의 액수를 결정하는 것은 배심원단의 전권에 속한다. 피해자에게 발생한 법적 손해로는 가해자의 사악한 행위를 충분히 응징하지 못한다고 생각되는 경우에 사회정의의 이름으로 부과하는 처벌인 것이다. 눈물이 찔끔 날 정도로 따갑게 한다는 의미로 속어로는 '따끔 배상'으로 부르기도 한다. 이러한 유형의 손해배상은 다른 나라에서는 매우 드문, 미국의 고유한 제도로 인식된다. 다만 근래 들어서 다른 나라들에도 서서히 확대되어가는 경향을 보인다.

영화 속의 그레이트 베니핏 보험사는 조직적으로 서민층을 기만하고 착취한다. 보험 모집이나 가입 절차부터 사기성이 농후하다. 그리고 보험금 지급 청구가 들어오면 일단 지급거절 통지를 보내고 최대한 지연시킨다. 연간 통계를 보면 총 청구건수 중 80퍼센트 이상이 지급 거절된다. 의료기관과 돈이 오가는 뒷거래를 통해 결탁한 의혹이 짙다. 이 사건에서도 여덟 번째 지급거절 통지를 보내며 "당신은 진짜 진짜 멍청이!"라는 모욕적 언사를 서슴지 않고 편지에 담는다. 담당 직원이 재판에 소환될 상황에 처하자 그녀를 해고하면서 궁박한 상태를 이용해 자진퇴사를 위장한 사직서를 받는다. 게다가 이 직원이 승진하기 위한 중요한 요건 중에는 상사와의 섹스가 포함되어 있었다. 이 모든 악행은 징벌적 손해배상이 아니고서는 적절하게 응징할 수 없다.

악마에게는 악마의 방식으로

이 작품은 전형적인 '법-정의 드라마'에서는 좀체 드러나지 않은 법의 어두운 세계를 보여준다. 영화 초반, 죽음이 임박한 젊은 청년이 피를 흘리며 소장에 서명하는 모습은 상징하는 바가 크다. 찰스 디킨스의 《음산한 집》이래 되풀이하여 제기되는 법절차의 가장 중요한 문제점은 지연이다. 법의 지연은 디킨스보다 이백 년 이상 앞선 셰익스피어의 작품에서도 이미 제기되었다. "사느냐, 죽느냐"로 시작하는 그 유명한 햄릿의 독백도 '법의 지연'을 가장 감내하기 힘든 고통의 하나로 들었다. 우리나라 작가 정을병과 이문열도 각각 《육조지》와 《어둠의 그늘》에서 형사소송 절차상의 비리를 고발하면서 여섯 가지 악인 '육조지'를 들었는데 육조지 중에 최악인 '으뜸조지'는 판사의 '미뤄 조지기'라며 신랄하게 비판했다.

또 하나 법의 어두운 세계는 루디가 취하는 방식에 있다. 오로지 바르고 옳은 것만을 추구하는 이상적인 법률가의 꿈을 안고 변호사가 된 루디 앞에는 냉혹한 현실세계가 기다린다. 그는 실무에 발을 들여놓으면서 곧바로 악과 조우하고 그 악의 세계에서 승리하는 악마의 방법을 터득하게 된다.

흔히 미국 영화에서는 법의 천국인 미국에서 정의는 언제나 승리하며, 그 승리의 과정도 도덕적으로 전혀 흠이 없다는 사실을 부각시킨다. 그러나 이 영화는 악마는 악마의 수단으로 무너뜨린다는, 보다 현실적인 메시지를 전한다. 그것을 가르쳐주는 사람이 사무장 덱 쉬플릿이다. 여섯 차례나 변호사시험에 낙방한 덱이지만 현장에서 축적한 경험과 타고난 감각의 소유자이다. 그는 로스쿨을 졸업한 이상주의자 청년에게 험한 세상을 살아가는 지혜를 가르쳐주는 실용주의자이다. 루디가 처음으로 구한 직장인 '구급차 쫄쫄이ambulance chaser' 법률사무소를 박

차고 나와 스스로 법률사무소를 열게 되는 계기도 사무장 덱의 권유다. 상대방이 불법으로 자신의 사무실에 설치한 도청장치를 찾아내고 이를 역이용하여 자신에게 불리한 배심원을 배척하는 술수를 루디에게 가르치는 사람도 덱이다. 직무상 훔친 서류의 법적효력에 관한 판례를 찾아내는 것도 덱이 맺고 있던 악덕 변호사와의 연관 때문이다.

타락에 가까운 루디의 사회화 과정을 이른바 '성장소설'의 관점에서 분석해볼 수도 있다. 루디 자신의 독백처럼 그는 시간당 수임료 1000달러를 받는 특급변호사를 증오한다. 처음에는 그 자신이 그런 위치에 이를 수 없다는 선망과 질시 때문에 미워하나, 나중에는 그들이 변호하는 의뢰인 때문에 증오한다. 악을 깨기 위해 악마의 방법을 이용하는 성인의 세계에 들어온 루디는 자신의 행위가 지니는 사회적 의미를 깨닫는다. 그리하여 현대사회에서 서비스업의 상징인 보험사가 서민을 괴롭히는 착취자가 되어 저지른 악을 타파하는 첨병이 된다. 승산이 거의 없는 그의 싸움에 조력자 덱의 실용적 지혜가 가세하고, 판사의 호의적인 눈길과 민중의 준엄한 정의감이 원군이 된다.

패소한 보험사 간부들은 회사 재산을 빼돌려 파산절차

에 들어가고, 피해자는 단 한 푼도 수중에 넣지 못한다. 그러나 이렇듯 허무한 종결은 테네시의 한 이름 없는 중년 여인이 연약한 민중을 위협하는 괴물을 죽임으로써 희망의 비를 내리게 했다는 사회적 성취로 보상받는다.

한편 루디는 '구급차 쫄쫄이'로 종합병원에 나가 사건을 '낚던' 시절에 알게 된 가정폭력 피해자 켈리와 사랑에 빠진다. 당초에는 그녀의 처지를 동정하여 남편의 폭력에서 보호하려는 인간애의 발로였으나, 서서히 남녀 간의 사랑으로 발전한다. 그런데 그녀가 남편으로부터 탈출하도록 도와주다 루디는 사고로 남편을 살해하게 된다. 루디를 보호하려는 켈리는 자신이 살인혐의를 뒤집어쓰는데, 남편의 상습폭력 전력이 드러나면서 정당방위를 인정받아 기소를 면한다.

이 과정을 거치며 루디는 어두운 가족사의 악몽에서 벗어난다. 어두운 법의 세계에서 만난 연인과 함께 새 출발하기 위해 법의 세계를 떠나는 루디. 아버지에게 맞는 어머니를 무력하게 바라보기만 했던 유년시절의 악몽을 켈리를 구출함으로서 치유할 수 있었던 것은 법이라는 어른의 의식과 절차가 있었기 때문이다.

변호사는 필요악인가

〈데블스 에드버킷〉

영화 〈페어 게임〉에서 형사가 "변호사 백오십 명이 바다에 가라앉는다면?"이라는 질문을 하자, 변호사로 출연한 신디 크로포드가 "세상이 그만큼 더 좋아지기 시작하는 거지"라고 대답한다. 또 〈패밀리 퓨드〉라는 미국의 텔레비전 퀴즈프로그램에 변호사 가족과 목사 가족이 라이벌로 출연한 적이 있었는데 "죽으면 지옥에 떨어지는 직업은?"이라는 질문에 각기 자기네 직업인 변호사와 목사를 지명했다. 정답도 1위가 변호사, 2위가 목사여서 시청자들을 웃겼다. 이와 같은 장면들은 변호사라는 직업에 따르는 윤리적 문제의 심각성을 잘 보여주고 있다. 이들은 이권을 챙기려는 대기업을 대변해 불쌍한 개인을 파멸시키기도 하고, 범법자들을 변호하는 과정에서 신량한 피해자들의 가슴에 못을 박기도 한다. 〈데블스 에드버킷〉은 변호사의 바로 그러한 문제를 우화적으로 다룬 영화이다.

예순네 번 재판에 예순네 번 승소 기록을 갖고 있는 플로리다의 유능한 변호사 케빈 로맥스는 뉴욕의 대형 법률회사로부터 거액의 연봉과 함께 스카우트 제의를 받는다. 그런 제의를 받는 순간이, 바로 그가 어린 여자아이의 성추행범이 분명한 피고의 편을 들어 가엾은 어린아이를 반대심문에서 제압해 무죄평결을 받아낸 직후라는 사실은 대단히 중요하다. 비인간적일수록 또는 영혼을 잃어버릴수록 변호사로서는 더욱 유능해지고 유명해진다는 것을 암시하고 있기 때문이다. 또한 그가 승소한 후 화장실 거울을 바라보고 있을 때 스카우트 제의가 들어오는 것도 다분히 의미심장하다. 거울은 자신의 모습을 비추어보는 상징적 장치이기 때문이다.

아내 매리 앤과 함께 뉴욕으로 이주한 케빈은 법률회사 사장 존 밀턴(그가《실락원》의 저자와 같은 이름이라는 점 역시 상징적이다)을 만난다. 밀턴은 마치 아버지처럼 자상하게 케빈이 맡은 사건에서 승소하도록 도와준다. 케빈이 속한 법률회사는 세계의 경제적, 정치적 이익이 걸린 일들을 해결해주기에, 케빈이 맡는 재판들은 결국 세계의 경제, 정치와 직결되는 것들이 대부분이다. 케빈은 점점 재판에서 이기는 것에 강박관념을 갖게 되고, 이기기 위해서는 도덕과 윤리도 저버리게 된다. 그 과정에서 회사의 정책에 반대하던 회사 운영파트너 에디 바준이 밀턴의 명령에 의해 사고사로 위장되어 살해되는 사건이 발생한다. 그걸 눈치채면서도 케빈은 존 밀턴을 떠나지 못한다.

한편 법률회사에서 마련해준 맨해튼의 직원용 아파트에 입주해서 행복해하던 케빈의 아내 메리 앤에게도 이상한 일이 생긴다. 이웃에 사는 다른 변호사 부인들이 벽지부터 간섭을 시작하더니, 모든 것을 통제하려고 하는 것이다. 그뿐만 아니라, 그녀들의 얼굴이 때로는 악마의 얼굴로 보이기 시작한다. 공포에 질린 메리 앤은 케빈에게 플로리다로 돌아가자고 조르지만, 뉴욕에 맛을 들인 케빈은 아내의 부탁을 거절한다. 매리 앤은 두려움에 시달리다 정신병원에 입원하게 되고, 케빈은 돈과 명예만을 추구하다가 결국 아내와 가정을 잃게 된다.

케빈은 자기 집을 찾아온 어머니로부터 존 밀턴이 바로 자신의 아버지라는 사실을 알게 된다. 어머니는 젊은 시절 뉴욕에 처음 왔을 때 밀턴을 만나 관계를 가졌고 그 결과로 케빈을 낳았다는 것이다. 이러한 설정은 다분히 작위적이지만, 이 영화가 우화라는 점을 생각하면 두 사람을 부자관계로 설정한 것은 상당히 설득력이 있다. 어머니는 존 밀턴이 악마라는 사실을 케빈에게 알려준다.

　드디어 악마로 변한 밀턴은 케빈이 자기 아들임을 밝히며 마치 파우스트를 유혹하는 메피스토펠레스처럼, 자기에게 영혼을 넘기면 변호사로서의 성공이 보장되어 있다고 케빈을 설득한다. 케빈은 저항하고, 이윽고 두 사람의 최후의 대결이 벌어진다. 밀턴의 방은 지옥불에 뒤덮이고, 케빈은 그 지옥에서 빠져나온다.

　그 순간 화면은 플로리다의 화장실 거울 앞으로 바뀐다. 이 모든 것은 케빈이 화장실에서 거울에 비친 자신의 모습을 보는 순간, 그의 머릿속에서 일어난 환상이었던 것이다. 정신을 차린 케빈은 안도의 한숨을 쉬며 밖으로 나간다. 이제 케빈은 악마에게 영혼을 팔지 않을 것이고, 승소하기 위해 수단과 방법을 가리지 않는 비인간적인 짓을 그만둘 것이다. 그러나 마지막에 기자들과 대화하는 케빈의 모습은 그가 아직도 부와 명예에 대한 미련을 완전히 버리지 못했음을 암시한다. 〈데블스 에드버킷〉은 '악마의 옹호자'라는 뜻이다. 그것은 곧 변호사가 자신의 양심을 저버릴 때 악마에게 영혼을 판 악마의 옹호자로 전락할 수밖에 없다는 것을 예시하고 있다.

배심제도의 본질에 대한 성찰

〈12인의 성난 사람들〉

미국식 자유주의의 대변자로 알려진 시드니 루멧 감독의 데뷔작 〈12인의 성난 사람들〉은 미국 법정드라마의 최고 고전으로 많은 배심원 영화의 정전으로 굳건하게 자리 잡고 있다. 배심제도의 본질에 대한 성찰과 함께, 국민이 나라의 주인이며 사법도 주권자인 국민의 몫이라는 미국식 자유주의에 대한 확신을 담은 작품이다.

법전문가인 판사가 아닌 일반 국민이 재판에 참여하는 배심제도는 미국 민주주의의 핵심기재로, 연방헌법은 무려 다섯 개의 조항을 두어 배심제도를 구체화하고 있다. 배심제도의 의의는 관료가 아닌 동료 시민으로부터 판결을 받는다는 것이다. 그러나 보다 적극적인 의미는, 국민이 단순히 수동적으로 국가의 사법서비스를 받는 데 그치지 않고, 능동적으로 국가의 사법제도를 운영해 참여민주주의의 이상을 실현하는 데 있다.

　미국의 배심제도는 식민지 시절부터 전승된 영국의 법제이나, 영국과 미국만의 고유한 제도는 아니다. 역대 지구상에 출현했던 어떤 민주주의 사회에서도 시민이 사법제도의 운영에 참여한 연면한 역사가 있다. 고대 그리스에서도 배심제도가 시행되었다. 페리클레스 민주주의 시대에 배심제도가 시행되었고, 근소한 표 차이로 소크라테스를 사형에 처한 것도 배심제도였다. 그리스 비극의 시조, 아이스퀼로스의 작품 〈에우메니데스〉에 그려진 인류 최초의 법정에도 아테네 시민으로 구성된 열두 명의 배심원이 참여한다. 그리스 문물을 승계한 로마 시대에도 유사한 제도가 있었고 고대 스칸디나비아 지방에서는 오늘날의 배심제도와 유사한 주민 참여 사법제도가 인정되었다.

　프랑스에서도 특별법원인 상사법원과 노동법원은 국민에 의해 선출된 사람으로만 재판부를 구성하고 나머지는 법관과 일반인으로 구성된 혼합법원으로 운영한다. 특히 형사중죄법원에는 법률전문가 외에 일반인의 참여가 보장되어 있다. 스페인에서도 프랑코 독재정권 아래서 폐지되었던 배심제도가 1993년에 부활했으며 러시아에서도 볼셰비키 혁명으로 폐지되었던 형사배심이 1995년에 부활했다. 일본에서도 1923년 '다이쇼 민주주의'의 바람을 타고 형사배심이 도입되었다가 태평양전쟁이 발발하기 직전인 1941년에 정지되었다. 그랬던 것이 2007년에 들어 일본 사정에 맞추어 변형되어 부활했다.

배심제도를 폐지한 나라들의 경우, 주된 원인은 강력한 중앙권력을 보유한 독재정부의 출현이었다. 국민에게 사법운영의 참여권을 인정하면 사법통제가 힘들어지기 때문이다. 따라서 절대권력이 사라진 민주화 시대에 배심제도라는 민주적 제도가 부활하는 것은 지극히 자연스러운 일이다. 일본과 같이 관료제에 대한 국민적 신뢰가 견고한 사회에서 배심제도의 부활이 심각하게 논의되었던 중요한 요인 중 하나는 검사와 판사의 정서적 유착에 대한 국민적 우려였다고 한다. 판검사라는 전문 법률가들 사이에는 국민이 생각하는 정의감과는 부합하지 않는 직업적 편견이 지배하고 있다는 불만이 있기 마련이다.

재판은 사실 인정과 법 적용이라는 두 단계로 구성된 국가의 사법작용이다. 양자를 모두 전문 법관에게 맡기든, 아니면 법관에게는 법 적용만 맡기고 사실 인정은 국민 스스로의 권한과 책임으로 하든 그것은 주권자인 국민이 선택할 일이다. 우리나라에서도 2009년부터 제한적으로나마 국민참여재판제도가 시행되고 있다. 도입 당시에는 법률가들의 반대가 강했으나 시행한 후에는 대체로 긍정적인 반응을 보인다. 다만 국민의 적극적인 참여의식이 아쉽다는 이야기가 들린다.

미국은 형사사건에서 열두 명의 배심원이 토론을 통해 합의된 결론에 이른다. 중죄 사건에서는 전원이 합의하지 않으면 평결을 내릴 수가 없다. 만약 한 사람이라도 끝내 반대하면 배심원단을 해산하고 새로 구성해야 한다. 이러한 사실을 배경으로 〈12인의 성난 사람들〉은 '진실은 참여와 토론을 통해 발견된다'는 자유주의의 이상을 충실하게 반영한다. 시작과 끝을 제외하고는 폐쇄된 공간 안에서 벌어지는 진지한 토론의 연속이다. 시각보다는 정신을 흡입하는 흑백영화의 장점을 최대한으로 살리고 있다.

무료한 표정의 판사가 배심에게 설시說示를 내린다. 푸에르토리코 이민 가정 출신 청년인 피고는 아버지를 죽인 일급살인 사건으로 유죄평결이 내려지면 전기의자로 직행하게 된다는 내용이다. 잔뜩 겁에 질린 피고의 얼굴이 비친다. 열여덟 살이라고 하나 아직 소년티를 벗지 못한 앳된 모습이다. 배심원단은 즉시 토의에 들어간다. 열두 명은 모두 백인 남성이다. 그중 한 사람이 히스패닉일 뿐 나머지 열한 사람은 '와스프WASP, White Anglo-Saxon Protestants'이다. 중년, 노인, 갓 이민 온 사람, 사무원, 노동자 등 영화 제작 당시의 기준으로는 미국 사회의 보통 사람들 집단일지도 모른다. 여성과 유색인종을 철저하게 배제한 미국 민주주의와 사법제도의 불완전함을 엿볼 수 있다.

재판에 제시된 모든 증거가 의심의 여지없이 피고가 유죄임을 보여준다. 움직일 여지 없이 불리한 증언이 차고 넘친다. 사건이 발생한 곳은 기찻길 옆 빈민아파트. 철로를 사이에 두고 맞은편 아파트에 사는 할머니가 자신의 침실 유리창을 통해 살인 현장을 목격했다고 증언한다. 살인 장소 바로 아래층 할아버지는 "아버지를 죽여버리겠어요!"라는 피고인의 외침에 이어 마룻바닥에서 둔탁한 소리가 났으며 곧이어 피고인이 계단을 황급하게 뛰어내려가는 모습을 자신의 아파트 현관문을 통해 보았노라고 증언한다. 범행무기로 제시된 잭나이프를 최근에 피고인에게 팔았다는 점원의 증언도 있다. 피고인이 내세우는 알리바이도 허약하다. 그날 밤 11시부터 이튿날 새벽 3시까지 영화관에 있었다고 하나, 관람한 영화의 제목도, 주연배우의 이름도 제대로 기억하지 못한다.

배심장이 선출되자마자 예비투표에 들어간다. 유죄 11대 무죄 1. 유일한 반대자는 중년의 건축기사이다. 나머지 열한 명은 경악한다. 반대자는 즉시 유죄를 평결하기에는 무언가 석연치 않은 점이 있다고 말한다. 대립하는 양쪽 당사자 중 조금이라도 증거가 우세한 쪽이 승리하는 민사사건과는 달리, 죄를 다루는 형사사건에서는 이른바 합리적 의심을 넘는 강력한 유죄의 증거가 없으면 무죄가 된다.

배심원 열두 명 모두 화가 나 있는데 화가 난 이유는 저마다 다르다. 대중의 예단과 편견에 성이 난 건축기사, 예상보다 길어진 토의 때문에 끝내 야구경기를 놓친 야구광, 빈민가 젊은 양아치들의 파렴치한 행태에 분노하는 중산층 아저씨, 모두 나름대로 불만에 차 있다. 건축기사의 외로운 반대 의견은 무더운 여름 날씨에 짜증난 사람들을 더욱 피곤하게 만든다.

자욱한 담배연기 속에 이름 대신 번호로 통칭되는 배심원들의 열띤 설득과 논쟁이 다시 이어진다. 외로운 반대자로서 의연한 자세를 견지하는 건축기사에게 감명받는 노인이 동조함으로써 '반란'이 시작된다. 계속되는 반란의 과정은 인간사의 가장 원초적인 감정들을 미국 사회의 취약점과 함께 엮어냄으로써 시대상의 축약도로서 영화의 역할을 충분히 수행하고 있다.

건축기사의 진지한 의문 제기와 논리적인 설득에 지금까지의 예단이 차례차례 무너진다. 살인 무기로 제시된

잭나이프를 판 점원은 그런 디자인의 칼은 생전 처음 보았다고 증언하지만 건축기사는 자신도 똑같은 칼을 전당포에서 손쉽게 구입했다고 밝힌다. 또한 피고인이 범행 현장에서 도주하는 것을 목격했다는 노인의 진술에도 의문을 제기한다. 불편한 다리를 이끌고 자신의 침대에서 일어나 창문까지 십오 초 만에 걸어갈 수 없다는 것을 실험을 통해 밝혀낸 것이다. 게다가 지극히 침착한 동료 배심원조차도 최근에 본 영화의 내용을 제대로 기억하지 못하고 있는 사실을 지적함으로써 더없이 견고해 보이던 증거들의 신빙성을 무너뜨린다.

수차례 투표 끝에 1대 11로 역전되고, 아들에게 버림받은 후 이 세상 모든 젊은이들을 적으로 여기던 최후의 반대자마저 새로운 다수의 압력에 굴복하여 입장을 바꾼다. 이렇게 하여 패륜아로 찍혀 전기의자에 끌려갈 처지였던 피고는 대명천지를 보게 된다.

영화는 무성의하고 안일한 대중의 편견과 예단이 얼마나 무서운가를 보여주면서도, 진지한 참여와 토론을 통해 이러한 오류가 극복될 수 있다는 참여민주주의의 이상을 전한다. 카메라의 절제가 빛나고, 롱테이크와 몽타주 기법을 통해 한정된 공간 안에서 벌어지는 치열한 심리전의 긴장감을 잘 살려 영화의 흡인력을 더한다.

이른바 전문 법률가인 관료가 운영을 독점하는 사법제도를 가진 나라 사람들에게는 낯설기만 한 영화일지도 모른다. 물론 전문적인 법률가의 몫도 존재한다. 그러나 사람을 죽였는지 아닌지, 남의 재물을 훔쳤는지 아닌지와 같은 사실의 문제는 전문 법률가 한 사람의 판단보다 보통 사람 열두 명의 합치된 의견이 더욱 진실에 가까울 가능성이 높다. 일찍이 프랑스의 정치학자 알렉시스 토크빌은《미국의 민주주의》라는 명저에서 민주주주의 학습장으로서의 배심제도에 찬탄을 금하지 못했다. 이 점은 결코 소홀히 할 수 없는 배심제도의 강점이다.

배심원제도의 허점

〈런어웨이〉

미국 뉴올리언스에서 한 남자가 총에 맞아 사망한다. 과부가 된 여자는 총기회사를 상대로 수백만 달러의 손해배상을 제기하는 소송을 하고, 그래서 다시 한번, 정당방위를 인정하고 총기소지를 허용하는 미국 수정 헌법 제2조에 대한 논란이 시작된다. 그리고 재판을 위해 배심원 선정 작업이 이루어진다. 영미법에서는 배심원단이 유죄나 무죄로 평결을 내리면 판사는 거기에 근거해 형량을 선고하게 된다. 그래서 배심원이 누구인가에 따라 피고에게 유리하거나 불리할 수도, 평결이 180도 달라질 수도 있다. 예컨대 유색인이 피고인 경우, 배심원 전원이 백인이라면 피고에게 결정적으로 불리하게 된다. 특히 총기 문제의 경우, 배심원이 자유주의적 성향인가 보수주의적 성향인가에 따라 평결은 달라질 수밖에 없다.

변호사이자 작가인 존 그리샴의 소설《사라진 배심원》
은 바로 그러한 배심원 제도의 문제점으로부터 시작한다.
그것은 이 소설을 원작으로 제작된 영화 〈런어웨이〉도 마
찬가지이다.

과부가 된 여자의 변호사 웬들 로는 배심원 선정 전문
가인 강력한 라이벌 변호사 랜킨 피치와 싸워야 하는 불
리한 위치에 놓여 있다. 미국에서 운전면허증을 소지한
주민은 누구나 주법에 의해 배심원이 될 의무를 갖게 된
다. 일단 배심원으로 소환되면 특별한 이유가 있어 사유
서를 제출하는 경우를 제외하고는 법정에 출두해서 자격
심사를 받고 마지막 선정 절차를 거치게 된다. 랜킨 피치
는 바로 그 시점에 개입해 배심원 선정에 결정적인 역할
을 한다.

최첨단 도청 및 감청 장비를 갖춰놓은 사무실에서 피
치는 배심원 후보자들의 사생활을 세밀하게 감시하고 관
찰한다. 그리고 후보자가 자기 쪽의 배심원으로 적합한지
아닌지 판단한다. 그는 이 방법으로 그동안 많은 소송에
서 자신의 의뢰인이 승소하도록 만든 화려한 경력을 갖
고 있다. 이번에도 그는 총기회사의 의뢰를 받고 배심원
선정에 개입한다. 상황은 완벽하게 총기 회사의 승리로
돌아가는 듯하다.

그런데 마치 혼돈이론에서처럼 뜻밖의 변수가 발생한다. 너무 평범해서 해롭지 않겠다고 생각해 배심원으로 선정한 닉 이스터라는 남자가 갑자기 배심원들을 자신이 원하는 방향으로 이끌어가기 시작한 것이다. 동시에 닉 이스터의 친구인 말리라는 정체불명의 여자가 변호사 로와 피치에게 접근해 거액의 돈을 내고 배심원의 평결을 사라고 제안한다. 로는 거부하지만, 피치는 회사에 부탁해 거금 1500만 달러를 입금한다. 그러나 돈을 받고서도 닉 이스터는 피치의 의도대로 움직이지 않는다. 결국 닉 이스터의 노력으로 총기회사에 배심원들의 유죄평결이 내려지고, 판사는 천문학적인 액수의 보상금 지급을 판결한다. 그렇게 피치는 파멸한다.

술집에서 혼자 술을 마시고 있는 그에게 닉과 말리가 찾아온다. 그들은 앞으로 피치가 또다시 배심원 선정에 개입하면 그가 1500만 달러를 보낸 입금증을 국세청에 통보하겠다고 협박하면서 드디어 정체를 드러낸다.

오래전, 인디애나주 가드너의 어느 학교에서 총기 난사로 학생들이 죽었다. 피해자의 가족들은 총기를 판매한 회사 블랙웰을 상대로 소송을 제기했으나, 피치가 배심원 선정에 개입함으로써 패소했다. 그때 패소한 피해자 가족이 바로 닉과 말리였던 것이다. 그들은 배심원 제도의 문제점을 이용해서 이번에는 반대로 피치에게 통쾌한 복수를 한 셈이다. 닉과 말리는 그 돈을 그동안 피치에게 억울하게 당해 패소한 피해자의 가족들을 위해 쓰겠다고 말한다. 두 사람이 돈을 받으려 한 목적은 탐욕이라기보다는, 법의 맹점에 대한 고발과 그 맹점을 악용하는 총기회사나 피치 같은 사람들에 대한 복수라고 볼 수 있다.

법정에서 펼쳐지는 풍자와 해학
〈나의 사촌 비니〉

신화비평의 대가 노스럽 프라이는 역작《비평의 해부》에서 셰익스피어의 희극을 논하면서 희극의 본질은 늙은이로 상징되는 기성세대의 정체된 가치관이 젊은 주인공으로 상징되는 새 시대의 가치관으로 대체되는 역사의 발전 과정을 그리는 것으로 해석했다.

코미디 영화 〈나의 사촌 비니〉는 이러한 희극의 본질을 꿰뚫어본 수작이다. 이 영화는 1960년대 이래 오늘에 이르기까지 진보와 보수 사이 이념대립의 해소를 해학적으로 그렸다. 첨예한 이념대립이 법제도를 통해 발전적으로 해소된다는 메시지를 전달하는 점에서 지극히 미국적 정서에 부합하는 영화이기도 하다.

뉴욕의 두 청년이 캘리포니아주에 있는 대학으로 진학하기 위해 자동차로 대륙횡단에 나선다. 앨라배마주를 통과하던 이들은 슈퍼마켓에 들러 장난삼아 참치통조림 한 개를 주머니에 집어넣는다. 상식에 어긋나게 비싼 물건값에 대한 일종의 투정이다. 이러한 장난은 전혀 예상치 못한 엄청난 재앙을 초래한다. 두 사람이 자신의 잘못을 인정하고 소액절도 범행을 자백하자, 그 자백에 살인범을 추적하던 경찰의 의혹이 결합한다. 이에 더하여 경찰과 피해자 쌍방의 오해가 겹쳐 사태는 심각하게 발전한다. 살인강도 혐의로 체포되는 위기에 처한 두 청년은 뉴욕에서 날아온 변호사 '사촌 비니'와 그의 약혼녀의 도움으로 누명을 벗는다.

이렇듯 단숨에 요약되는, 싱겁다면 싱거운 줄거리의 이면에 스쳐가는 생각을 붙들어 매는 묵직한 메시지가 담겨 있다. 정체된 사회의 법은 부패하기 마련이고 세상의 발전은 개방과 참여를 통해서만 이루어진다는 사회발전의 원리이다. 이러한 메시지는 지리적 배경, 플롯, 등장인물의 성격과 배역의 선정 등에서 서서히 드러난다.

먼저 미국 사회에서 앨라배마주가 가지는 특수한 의미에 주목할 필요가 있다. 흔히 앨라배마주는 미국의 사법정의 시스템에서 소외를 넘어 사각지대의 상징으로 묘사된다. 보수적인 남부의 여러 주가 그러하지만 특히 앨라배마주는 조지아주, 미시시피주와 더불어 중앙정부에 대한 불신이 가장 강한 주이다. 자족적인 자치공동체의 원리를 신봉하는 곳으로, 국제사회와 중앙권력으로부터 유리된, 고립되고 폐쇄적인 사회로 흔히 거론되는 곳이다. "연방법은 북부 양키의 법에 불과하다"는 시대착오적 자부심으로 똘똘 뭉친 곳, 평화와 정의의 이 땅에 행여나 양키의 타락과 불의가 잠입할세라 엄한 경계의식으로 항상 무장된 옹벽이다.

영화의 벽두에 등장하는 '무료 인분' '흙 판매'와 같은 조잡한 간판, 자동차를 보고 놀라 짖는 개, 마구 풀어두고 먹이는 닭, 새벽 5시 30분에 기상시간을 알려주는 제재소의 경적소리, 지진을 방불케 하듯 천지가 진동하는 굉음을 내며 꼭두새벽부터 질주하는 화물 기차, 이른 새벽 경적 못지않게 울어대는 올빼미 등 이 모든 것이 이곳이 현대문명의 중심에서 벗어난 오지임을 말해준다. 검사실에 비치된 컴퓨터나 자동차에 설치된 휴대폰이 오히려 이질감이 드는 곳이다.

도시문명으로부터의 유리는 국제사회와의 단절을 의미한다. 비첨 카운티는 여자 주인공의 불평대로 싸구려 중국집 하나 없는 곳이다. 세계 어느 곳을 가도 웬만한 규모의 도시에는 어설픈 형태로나마 하나쯤 있기 마련인 것이 중국집이다. 법원이 소재한 곳이면 그 지역의 중심

도시인데도 중국집 하나 들어서지 못한 연유는 '그릿grit, 거칠게 간 옥수수 요리'이라는 남부의 요리가 '에그롤egg role, 미국식 중식당에서 흔히 제공하는 튀김 요리'의 침입을 용납하지 않았기 때문이다.

앵글로 색슨계 백인 '와스프'의 왕국이자 세상과 단절된 이 폐쇄된 소읍은 마치 카프카의 《성》을 연상시킨다. 성내 사람들은 바깥에서 온 사람들을 의심과 질시의 눈으로 바라본다.* 바깥 사회에 대한 동경과 개방을 통한 발전 가능성은 원천적으로 봉쇄되어 있다. 카프카의 또 다른 작품 〈유형지에서〉에서 자신이 제작한 처형 기계를 광적으로 신봉하는 장교처럼 법에 대한 맹목적인 확신에 차 있다.** 죽은 선임 사령관이 설계한 오래된 처형 기계는 오작동을 일으키지만 이를 광적으로 신봉하는 장교는 그 사실을 인정하려 들지 않는다. 폐쇄된 사회의 법은 부패하기 마련이다.

이 영화에서 앨라배마주에 들른 외지인 청년들이 대륙 횡단 중이었다는 사실도 주목할 필요가 있다. 여행은 미국 대륙 전체를 휩쓸었던 진보와 개방의 물결을 상징하는 중요한 메타포이다. "미국인의 꿈은 여행을 통해 성취

* 안경환, "프란츠 카프카의 법(1)", 〈저스티스〉 제25권 2호(1992), 7-19쪽.
** 안경환, "프란츠 카프카의 법(2)", 〈저스티스〉 제 26권 1호(1993), 38-47쪽.

된다"는 명제는 미국 문학의 전형적인 주제이다. 이 영화는 새로운 미국을 건설할 주역인 청년들이 뉴욕과 캘리포니아, 두 군데의 개방된 문명사회를 연결하는 여행의 노정에서 폐쇄된 사회의 저항에 부딪쳐 일시 주춤하나 종국에는 승리한다는 이야기 틀을 취한다.

폐쇄된 사회의 법제도를 주도하는 판사와 검사는 물론 전형적인 와스프이다. 체임벌린 홀러 판사를 괴물 프랑켄슈타인 역으로 정형화된 이미지를 굳힌 배우 프레드 그윈이 연기한 것도 이러한 의도일지도 모른다. "당신의 이의신청은 법률적 근거를 갖추었으며 논리정연하고도 사려 깊소. 그러나 기각하오." 판사의 말은 와스프 사법부를 호위하는 견고한 편견의 장벽을 실감하게 한다. 반면 피고인 두 청년은 각각 이탈리아계와 유대계 미국인임을 이들의 이름이 빌리 감비나와 스탠 로텐스타인이라는 사실로 감지할 수 있다. 변호사와 그 약혼녀도 마찬가지로 이탈리아계로 하급 백인이다. 이들 외부인들은 폐쇄된 와스프 사회를 개안시켜 편견으로부터 해방되도록 돕는다.

그러나 영화 〈나의 사촌 비니〉가 담고 있는 가장 중요한 메시지는 여성과 과학의 결합이 새로운 세상을 여는 가장 중요한 무기가 된다는 것이다. 두 청년의 무죄 평결을 얻어내는 데 결정적으로 기여하는 것은 비니의 약혼녀 모나 리사가 자동차에 대해 가진 전문지식이다. 모나 리사는 노련한 FBI 수사관의 전문지식을 압도하며 범행 현장에서 채취된 자동차 바퀴 자국의 정체를 밝혀낸다. 그 결과 범행에 사용된 차량은 피고인들의 자동차인 64년형 뷰익 스카이라트가 아니라 63년형 폰티악임이 드러나 사건 해결에 결정적인 실마리를 제공한다.

20세기 동안 인류가 이룬 가장 큰 업적은 과학기술의 발전이다. 과학적 진보가 곧바로 사회 전체의 진보로 직결되었고, 과학기술을 통해 성취한 물질적 성공이 인간 삶의 질을 결정하다시피 했다. 학문의 질적 수준을 결정하는 것도 과학적 진보였다. 인간의 이성과 합리성을 신봉하는 근대 사회를 이루는 데 과학적 진보가 절대적으로 기여했기 때문이다.

1970년대에 미국에서 가속된 '법과 문학' 운동에 동참한 여성 법학자 로빈 웨스트는 '경제적 남성'과 '문학적 여성'이란 구호로 주류 학문에 도전장을 던졌다. 가장 뛰어난 페미니스트 법학자 중 한 명인 웨스트는 주류 학문에 내재한 성적 편견을 체계적으로 비판하고 나섰다. 당시 미국은 자연과학적 합리성에 가장 충실한 사회과학이라는 이유로 경제학이 사회과학의 왕자 자리를 굳히면서 효용과 합리성이 곧바로 사회적 선으로 수용되는 인식의 틀이 자리잡기 시작했다. 그러나 기술과 과학 그리고 효용과 합리성은 남성의 미덕이자 인간의 악덕이라는 것이 웨스트의 주장이다. 한때 인류의 삶의 질을 높이는 데 결정적으로 기여한 과학기술과 경제적 합리성이 이제는 오히려 인류의 삶 그 자체를 위협하는 재앙이 되었다는 것이다.

이러한 위기의 시대, 기술의 시대에 인간이 어떠한 역할을 자임할 것인지가 21세기 인류공동체가 해결해야 할 최대의 과제가 되었다. 철학자 마사 누스바움은 과학기술의 발전으로 인류의 삶 전체의 안정과 예견가능성을 확보하는 것이 법의 임무이고, 인간으로 하여금 기계의 주인으로서 굳건한 자리를 지키게 하는 것이 문학의 사명이라고 한다. 그것이 바로 여성적 미덕을 인류의 자원으로 삼아 '인간성'의 위병을 양성해내는 일이라고 한다. 《시적 정의》라는 문제작에서 시인과 판사가 일심동체가 되는 세상이라야 공적 영역에서 정의가 꽃핀다는 주장을 편 누스바움은 실로 여성 법률가의 든든한 지적 리더이다.

전쟁의 시대에서 평화의 시대로 대체되면서 여성의 미덕이 빛을 보게 되는 것은 필연적인 추세이다. 과학적인 삶이 일상화된 새로운 세기에 문학의 중대한 과제는 여성성과 과학적 합리성의 발전적 융합을 이루는 것이다.

전통적으로 기계는 남성의 전유물로 여겨졌다. 이 영화는 이러한 기존의 관념을 정면으로 파괴한다. 비니의 약혼녀 모나 리사는 기계와 과학의 시대에 빛나는 여성이다. 고장난 모텔방의 수도꼭지도 고치는 등 모든 기계는 그녀가 다룬다.

그녀는 변호사가 되어 첫 사건에서 승소하면 결혼하겠다는 어설픈 사내의 약속을 믿고 육 년을 기다려왔다. 여섯 차례 낙방 끝에 비로소 변호사 자격을 얻게 된 사내, 자격증을 얻은 지 육 주 만에 생전 처음으로 법정에 선 남자를 그녀는 충실하게 '보조'한다. 그러나 그녀의 보조는 단순한 조수의 수준을 넘어선다. 모나 리사는 논리적 사고력이나 지적 능력에 있어서도 비니보다 월등히 앞선다. 사냥길에 동행한 덕택에 검사의 수중에 있는 소송자료를 얻어냈노라고 자랑스럽게 떠벌리는 사내를 조롱이라도 하듯이 "그 자료는 법적으로 당연히 건네주었어야 하는 것"이라며 형사소송 절차법 조문을 내보인다. 다른 주의 변호사인 비니에게 변론을 허용하면서 판사가 건네준 앨라배마 형사소송법전을 혼자서 읽어낸 것이다.

어금니와 목젖이 훤히 드러날 정도로 파안대소하는 모나 리사의 당당함은 여성 총잡이를 연상시킨다. 과학과 기계의 당당한 주인이 된 그녀가 남성 중심의 폐쇄적인 사회의 법을 파괴하는 첨병이 되는 것은 다가올 시대의 성격을 예고하는 중요한 신호탄이다.

또한 이 영화는 미국의 전형적인 형사소송절차를 이해하는 데 충실한 교과서와 같은 내용을 담고 있다. 범죄용의자의 체포와 '미란다 경고' 그리고 묵비권의 포기, 범죄피의자인지 절차, 다른 주 변호사의 변론 허가, 국선변호인의 선임과 지극히 미미한 역할, 구속과 보석, 배심원단의 구성절차, 법정질서의 유지, 재판 전 유죄협상_{프리바게닝} plea bargaining에 이르기까지 코미디와 사실적 요소를 훌륭하게 융합했다.

당사자에게는 더없이 중요한 재판 절차의 모든 단계마다 희학적인 요소가 가미되어 뜻밖의 결과를 초래한다. 이를테면 언어의 이중적 의미 때문에 발생하는 '이유 있는' 오해가 관객의 허파와 머리를 동시에 자극한다. 〈나의 사촌 비니〉는 코미디의 본질을 아는 사람만이 웃을 수 있는 탁월한 영화이다.

증인으로 서기 위한 용기

〈워터프론트〉

엘리아 카잔 감독의 작품 〈워터프론트〉는 어떤 기준으로도 '할리우드 고전영화'의 목록에 빠지지 않는 영화이다. 이 작품은 어렵고도 암울한 시절, 한 사람의 자각이 어떻게 세상을 바꾸는지를 보여주는 명화이다. 그 한 사람은 교육과 사상을 갖춘 특별한 사람일 필요가 없다. 이렇다 내세울 것이 없는 필부도 역사가 명하는 결정적인 순간에 양심의 명령에 따르면 세상이 동조하는 것이다.

뉴욕의 호보켄 부두는 폭력이 난무하는 무법지대다. 그 세계에서는 노동조합의 조합장 조니 프렌들리가 검은 제왕으로 군림한다. 경찰과 검은 거래를 주고받는 조니는 심복 찰리를 시켜 조합의 비밀을 누설한 동료를 살해한다. 그가 왜 죽었는지와 누가 범인인지는 모두가 짐작하고 있다. 그러나 존 프렌들리 일당에게 죽임을 당할 것이

두려워 아무도 입을 열지 못한다.

세상의 본질을 모르는 무식한 건달 테리는 형 찰리와 함께 프렌들리 일당의 비호 아래 생계를 유지해왔다. 테리는 프렌들리의 '보살핌'을 고마워하면서도 일말의 양심의 가책을 지울 수 없다.

비보를 듣고 인근 마을의 대학 기숙사에서 달려온 피살자의 누이동생 에디가 진실을 밝히려고 나선다. "왜 학교에 돌아가야 해요? 저렇게 시퍼렇게 살인과 불법이 설치고 있는데요." 자신을 말리는 아버지에게 대들며 그녀가 던지는 항변이다. 테리는 죽은 오빠의 시신을 부여안고 통곡하는 여동생 이디에게 빠져든다.

영화는 테리와 에디의 교감 과정에 주목한다. 건장한 테리가 가녀린 에디와 함께 부두를 걷는다. 에디의 싸구려 장갑 한 짝이 땅에 떨어진다. 테리가 이를 천천히 주워들어 흙을 털어낸다. 그러고는 놀이터의 그네 위에 앉아 다소 거만하게 윗몸을 흔든다. 커다란 손을 억지로 장갑 속으로 쑤셔넣는다. 장갑이 찢어질 것만 같은 위기감에 겁먹은 표정으로 에디는 장갑을 되돌려 받으려는 몸짓을 한다. 무식한 건달과 예비 교사인 여대생 사이에 몇 마디 어쭙잖은 대화가 오간다. 마침내 낚아채듯 장갑을 되찾아 끼고 에디가 길을 나선다. 테리도 따라 나선다. "다시 만나고 싶은데요." "왜요?" "그냥."

남녀의 어색한 교감이 사상을 싹트게 하고 그 사상은 사랑을 감싸준다. "오빠도 당신처럼 비둘기를 키웠지요." 허름한 시멘트 건물 옥상에 사육장을 만들어놓고 이웃의 어린 소년과 한가로운 잡담을 즐기는 테리에게 에디가 찾아와 화답한다. 그녀가 죽은 오빠의 옷을 테리에게 입혀줌으로써 둘은 영적으로 결합한다. 엘리아 카잔 감독은 "당하기 전에 선수를 쳐야 한다"를 인생 좌우명으로 삼은 거친 사내와 이 세상은 "누구나 함께 사는 것"임을 믿는 이상주의자 여대생 사이의 인격적 결속을 주목함으로써 사랑이 사상의 원동력임을 암시한다.

영화는 필자 세대 지식청년의 우상이었던 소설가 이병주의 문제작 《관부연락선》을 연상시킨다. 이 작품에서는 유태림에 대한 존경과 사랑이 서경애의 사상을 생성시킨다. 마찬가지로, 부패한 부두 노조의 보스 프렌들리 일당에게 테리가 저항하는 것은 거창한 이념이나 사상 때문이 아니다. 오로지 에디에 대한 사랑 때문이다.

이 지역 교구의 베리 신부의 종용에 따라 경찰에 양심선언을 한 노동자가 '사고사'를 당한다. 경찰에 넘긴 서류가 통째로 프렌들리 일당에게 넘어간 것이다. 경찰과 노조 사이에 견고한 부패의 연결고리가 존재하기 때문이다.

절망하는 에디에게 신부는 신념을 잃지 말고 때를 기다리라고 위로한다.

번민하는 테리에게 베리 신부는 에디를 사랑한다면 진실을 밝히라고 다그친다. 마침내 오빠의 죽음에 자신이 관여되었다는 사실을 고백하는 테리, 뱃고동 소리가 삼켜버리는 에디의 절규, 이를 멀리서 지켜보는 베리 신부, 이 장면은 한 사회의 축약도로 규정해도 무방할 것이다.

테리가 법정에서 진실을 증언할 기미가 보이자 프렌들리는 테리의 형, 찰리에게 동생을 죽이라고 명령한다. 그러나 형은 마지막으로 동생을 설득할 기회를 달라고 간청한다. 할리우드 영화사의 한 페이지를 장식하고 있는, 택시 뒷자리에서 나누는 형제 간의 절박한 대화 장면이다. 동생은 이제까지 형이 자신을 인도해준 인생노정의 의미를 반문한다. 형의 보호 아래 권투 선수로서 꿈을 키웠던 자신이 결국 사기게임으로 풀칠하는 신세를 면하지 못하고 그나마 나이가 들어 깡패 조직에 기식하는 건달이 되지 않았는가. "제대로 풀렸다면 나는 정식으로 챔피언 도전자가 될 수도 있었어! 그런데 보시다시피 '쓰레기' 신세가 되었잖아. 더 이상 형처럼 사기꾼, 범죄조직의 하수인 노릇 하기 싫어."

이제 동생이 새사람으로 태어난 것을 확인한 형은 더

이상 설득하기를 포기하고 동생 대신 죽음을 맞는다. 테리는 형이 남긴 총을 들고 복수에 나선다. 그러나 배리 신부가 총을 뺏어 사태의 확산을 막는다. 총을 내던지기 전에 테리는 프렌들리 일당이 경영하는 바의 거울에 붙어있는 프렌들리의 사진을 향해 방아쇠를 당긴다. 그러나 그의 분노의 총구가 겨냥한 진짜 표적은 불법적인 착취자 프렌들리가 아니라 거울에 비친 테리 자신이었을 것이다. 그의 총격은 부정한 권력에 기생하던 과거의 자신을 향해 던지는 결별 선언인 것이다.

맨손으로 프렌들리 일당에게 맞서던 테리는 무참하게 린치를 당한다. 그러나 이 과정에서 권리의식을 자각한 동료 노동자들이 무언의 결속을 통해 부패와 독재에 항거한다. 고래고래 악을 쓰는 프렌들리만을 남겨두고 노동자들은 부두 하역장을 향해 당당하게 걸어간다. 피투성이의 테리가 비틀거리며 이들을 인도한다. 이 장면을 목격한 에디와 배리 신부가 감격의 포옹을 나눈다. 사랑과 사상, 그것은 작게는 청춘남녀의 결합이지만, 크게는 새 시대를 여는 두 개의 열쇠인 것이다. 사랑이 없는 사상은 메마르고, 사상이 빠진 사랑은 경박하다.

적지 않은 노인층은 청계천에 선 전태일의 동상을 보면서 〈워터프론트〉를 연상한다. 1970년 11월, 서울 청계천의

봉재공장 재단사가 자신의 시린 몸에 기름을 끼얹어 불을 댕기면서 절규했다. "근로기준법을 지켜라!" 이 땅의 역사에 일대 전기를 마련한 대사건이다. 전태일의 일기장 구절이다. "나에게는 왜 대학생 친구 하나 없나!" 행여 그에게 에디와 같은 대학생 여자친구가 있었더라면 역사는 달라질 수 있었을까?

원시와 신화의 세계에서 법과 문명의 세계로

〈리버티 밸런스를 쏜 사나이〉

서부로 간 법률가

서부영화가 사라진 지 오래이다. 그래도 서부는 사나이의 영원한 고향이다. 광야, 총, 기병대 그리고 아쉬움을 접어 뒤에 두고 떠나는 여인…… 스크린으로 옮긴 서부는 전쟁을 숭배하던 시대에 세계의 사내들을 사로잡던 진한 환각이었다. 반면, 사나이도 황야도 더 이상 존재하지 않는 밋밋한 시대에 서부영화는 흘러간 세월에 대한 아련한 그리움을 불러일으킨다.

존 포드 감독은 서부영화의 대부이다. 〈역마차〉〈황야의 결투〉 등 한 시대를 주름잡던 그의 서부극은 세상 모든 사내아이의 꿈을 사로잡고 혼을 빼앗던 건전한 마취제였다. 그의 만년 작품 〈리버티 밸런스를 쏜 사나이〉는 서부의 영웅들을 떠나보내는 아쉬운 고별장이다. 앞선 서부영화들이 문명화되지 않은 사회에서 영웅적인 무법자들의 미덕과 이상을 부각시켰다면 이 작품은 그 영웅들에 대한 장엄한 사망선고이기도 하다.

스토리는 싱거울 정도로 단순하다. 은발의 상원의원 랜섬 스토다드가 아내와 함께 신본Shin Bone, 정강이뼈이라는 기이한 이름의 시골 기차역에 내린다. 젊은 시절 자신이 '정강이뼈'를 내딛은 마을이다. 놀란 지방신문이 연유를 캐묻는다. '순수한 사적용무'라며 취재를 거부하는 그에게 기자는 "언론은 공인의 행적을 알아야 할 권리가 있다"며 떼를 쓴다. 인터뷰에 응한 상원의원은 카우보이 톰 포니언의 장례식에 참석하기 위해서 왔노라고 말문을 연다. 가족도, 돈도, 심지어는 총 한 자루 남기지 않고 죽은 톰은 정부 보조를 받아 약식장례를 치러야 할 판이다.

영화의 대부분은 마을의 초기 역사와 전설을 전하는 스토다드의 플래시백으로 구성된다. 동부에서 법대를 졸업한 청년 스토다드는 미개척지에서 법률가의 이상을 펴기 위해 역마차를 타고 신본 마을로 오는 도중에 무법자 리버티 밸런스 일당에게 무자비하게 유린당한다. 법과 질서를 내세우는 백면서생에게 밸런스는 '서부의 법'을 가르쳐준다. 스토다드는 무자비한 폭행을 당하고 애지중지하던 법전마저 찢기는 수모를 당해 내동댕이쳐진다.

스토다드가 당한 수모는 마크 트웨인 만년의 수작《얼간이 윌슨》의 주인공의 경험을 연상시킨다. 동부의 명문법대를 졸업한 윌슨이 미주리주의 작은 마을에 도착하는 바로 그날, 낯선 사람에게 짖는 개를 보고 던진 수준 높은 농담을 이해하지 못한 마을 사람들은 그를 바보로 낙인찍어버린다. 그 바람에 윌슨이 법률가로서 이상을 펼 기회는 봉쇄된다. 그러나 묵묵히 연마한 지문분석 능력이 후일 살인사건을 푸는 결정적인 단서가 되어 빛을 발한다. 마찬가지로 스토다드가 법률가로서의 능력을 발휘하기 위해서는 장구한 굴종과 인고의 세월이 필요했던 듯하다.

"젊은이여, 서부로 가라!" 무법과 미개의 땅에 문명과 질서, 법치의 이상을 실현하는 것, 한때 많은 미국의 젊은 이상주의자들이 품었던 꿈이자 대서양과 태평양 사이에 가로놓인 거대한 대륙에 문명사회를 건설한다는 청년나라 미합중국의 공식적인 슬로건이기도 했다.

아메리카대륙에서 '변경'이 사라지고, 문명과 교육이 황무지를 평정했음을 공식적으로 선언한 후로는, 법을 통해 세상에 기여하겠다는 꿈을 지닌 서부의 소년에게 주는 격문檄文이 "젊은이여, 동부로 가라!"가 되었다. 미국 연방대법원 역사상 가장 진보적인 대법관이자 약자의 대변인으로 빛나는 업적을 남긴 윌리엄 더글라스 판사는 약한 자의 한숨과 눈물을 담아내지 못하는 법은 제대로 된 법이 아니라고 믿었다. 자수성가하여 아메리칸드림을 성취한 더글라스가 자서전의 제목으로 택한 이 구호는 이제 미국 전체의 중심이 워싱턴과 뉴욕에 있음을 알려주는 안내문이었다. 또한 그것은 거친 시대, 무법자 영웅의 시대가 막을 내렸음을 공시하는 사망선고이기도 했다.

그러나 수도 워싱턴과 뉴욕 월스트리트에서 법과 정치에 부대끼며 몸에 밴 문명의 노폐물을 세척해내기 위해 주말마다 비행기를 타고 태평양 연안으로 날아가 자신의 산장에서 대자연의 기를 충전하곤 했던 더글라스의 말처럼, 절차와 세칙으로 겹겹이 싸인 법과 문명의 정의는 태고 이래로 흔들림 없는 장엄한 원시의 정의 앞에 경의를 표해야 했다. 그 야만의 원시 속에 인간의 본질이 살아 있는 것은 아닐까? 더글라스가 판결문에 인디언의 시구를 인용했듯 원시의 자연에서 세속법의 뿌리가 되는 자연법이 배태되는 것이 아닐까?*

상처입고 쓰러져 있던 스토다드를 톰 포니언이 구출하여 자신의 애인인 핼리에게 간호를 맡긴다. 포니언은

* 안경환, 《윌리엄 더글라스 평전》 (라이프맵, 2016).

리버티 밸런스와 대적할 수 있는 유일한 총잡이이다. 그는 스토다드를 '순례자'라 부르면서 동정과 연민의 눈으로 바라본다. 이 말은 물론 새로운 성지를 찾아 뉴잉글랜드에서 이주해온 순진한 이상주의자를 지칭한다. 포니언은 스토다드에게 서부에 정착할 생각이면 책 대신 총을 배우라고 충고한다. 세상에서 가장 빛나는 것이 약자에게 보내는 연민의 눈물이라면 포니언은 넓은 어깨와 함께 연민으로 충만한 가슴을 가진 사나이 중의 사나이이다. 그러나 오로지 머리뿐인 스토다드에게는 포니언도 밸런스나 마찬가지로 폭력을 숭상하는 야만인에 불과하다.

결코 신본을 떠나지도, 총을 사지도 않을 것이라고 다짐하는 스토다드, 변호사 명판을 조리실 선반에 얹어두고 조소와 동정을 감수하며 앞치마를 두른 채 접시를 나르는 이 이상주의자는 사설학교를 열어 헌법과 선거제도를 가르치고 독립선언문을 암송하며 법 앞의 평등을 강론한다. "우리는 모든 인간이 평등하게 창조되었음을 자명한 진리로 신봉하고……."

그의 꿈은 작게는 밸런스를 법의 심판대로 보내는 것, 크게는 법의 제국을 건설하는 것이다. 스토다드는 신본 마을이 자리한 준주準州를 연방의 정식 주로 편입시키려고 노력한다. 그러나 이미 무법의 기득권을 확보한 카우

보이들은 이를 저지하기 위해 리버티 밸런스를 고용한다.

스토다드와 밸런스의 결투에서 뜻밖에도 밸런스가 죽고 스토다드는 무뢰한을 응징한 정의의 사도라는 명성을 얻는다. 준주 대표 선출대회에 참가한 스토다드는 포니언의 배려로 대표자로 선출된다. 사람을 죽인 피 묻은 손으로 어찌 법과 질서를 집행하는 인민의 대표가 되겠느냐며 주저하는 스토다드에게 포니언은 사실 밸런스를 죽인 사람은 자신이라고 고백한다. 자신의 애인이던 핼리의 마음이 스토다드에게 기울어져 있음을 알고 그녀의 행복을 위해 스토다드의 목숨을 구했노라고 고백한다.

포니언의 선택, 핼리의 선택

톰 포니언은 밸런스의 원시적 야만성과 스토다드의 순박한 이상주의를 중재한다. 그는 시대의 흐름을 감지하고 있다. 새로운 시대를 맞아 자신이 할 수 있는 역할의 한계를 인식하고 있다. 자신이 속한 야만과 무법의 세계가 스토다드의 부상과 함께 이내 종언을 고할 것을 예측하고 있다. 그리하여 그는 이미 여명이 비치고 있는 법치의 이상을 선택하고 그 선택에 사랑하는 여인을 맡기는 것이다. "투표는 총을 이길 수 없다"고 믿는 그는 "핼리의 행복을 위해" 무법자를 쏜다. 그러나 포니언은 자신의 선택에 대한 희생과 대가를 치른다. '냉혈의 살인자' 밸런스를 죽이고 스토다드를 구출함으로써 자신은 외롭고 쓸모없는 인간이 되어 여생을 식물처럼 보낸다.

그리고 핼리의 선택이 있다. 그녀 또한 스토다드와 포니언, 둘 중 한쪽을 택해야 한다. 포니언이 꺾어 만들어 주는 '사막의 장미(선인장꽃)' 정원과 스토다드가 약속하는 진짜 장미 정원, 즉 원시와 문명 사이에서 선택을 내려야 한다.

스토다드의 플래시백이 시작되기 전, 핼리는 포니언의 옛 하인을 대동하고 사막 한가운데 불에 탄 채로 버려져 있는 포니언의 옛집으로 말을 타고 달려간다. 포니언이 핼리를 위해 짓던 집, 밸런스를 쏘고 핼리를 문명세계로 보내던 날 만취해 스스로 불 질렀던 집이다. 핼리는 그곳에 아직도 남아 있는 선인장꽃 한 송이를 꺾어와 포니언의 관 위에 놓는다. 선인장꽃은 정원과 사막, 문명과 자연 사이의 무너진 신의를 상징한다. 문명과 야만이 불안하지만 타협 가능한 선에서 균형을 이루고 있던, 잃어버린 세대를 상징하기도 한다.

영화평론가 토마스 샤츠의 말을 빌리면, 이 영화는 사실과 전설, 역사와 신화의 두 대립적 요소가 어떻게 서로 영향을 미치는가를 기록하려는 노력이다. 과거의 이야기에서 미국의 비전을 끄집어내려 하기보다는 현재의 미국인들이 과거를 조작하는 과정에 주목했다는 해석이다. 〈역마차〉와 〈황야의 결투〉가 이상화한 이미지를 감독 스스로 해체하고 비판함과 동시에, 역사와 문명의 발전 과정에서 필수불가결한 요소였던 신화와 전설로서 그 역할을 인정하는 것으로 결말을 맺는다는 것이다.

이 작품에서 과거와 현재의 연결을 담당하는 중계자가 등장한다. 신본 마을신문의 창립자이자 알코올 중독인 편집장이다. 그는 철학자와 같은 역할을 하면서 신화와 전설의 일부가 된다. "리버티 밸런스 페베Liberty Balance Defeeted"라고 오자가 있는 헤드라인을 크게 뽑으면서 위대한 법과 정의의 승리를 외친 그가 밸런스의 폭력과 독재에 항거하여 언론의 자유를 수호하는 모습은 장렬하기까지 하다.

이러한 신화적 전설을 이고 등장한 새 편집장은 전설과 사실, 신화와 역사, 과거와 현재를 중재하면서 스스로 선택을 내린다. 스토다드의 플래시백이 끝나자 그는 인터뷰한 내용을 찢어버린다. 그가 던지는 명언은, 언론과 서부의 법칙은 전설이 사실로 굳어지면 전설을 택한다는 것이다.

마지막 시퀀스에서 스토다드가 탄 열차가 바람을 날리

며 워싱턴으로 달려갈 때, 친절에 고마움을 표시하는 스토타드에게 승무원이 답한다. "리버티 밸런스를 쏜 영웅에게 무엇이 과분하겠습니까?" 사실이 전설이 되면 이내 역사의 일부가 된다. 핼리의 선택도 역사가 요구하는 불가피한 선택이었다. 그녀는 자신의 선택이 옳았음을 확신하고 역사 또한 그것을 입증한다. 열차 안에서 핼리가 스토다드를 옆에 두고 던지는 독백에 가까운 대사에서도 확인된다. "한때는 황무지였던 땅이 이제는 정원으로 바뀌었네." 그러면서도 핼리는 자신의 뿌리가 신본에 있음을 거듭 선언하고 스토다드는 "정계에서 은퇴하면 신본에 돌아와 법률사무실을 열까?"라고 화답한다.

이제 신본도 공식적으로는 다듬어진 법의 정원이 되었지만, 그곳에는 아직도 선인장꽃의 장엄한 아름다움이 전설과 함께 살아 있다. 비록 원시와 신화의 세계가 물러나고 그 자리를 법과 문명의 세계가 대신했지만 그럴수록 웅대한 자연과 사나이 시대의 정의는 점차 고갈되어가는 인간성의 샘에 물줄기를 대주는 원천이 아니겠는가.

한때 서부영화 팬이었다면 누구나 기억하는 장면이 있다. "셰인! 셰인!" 소년의 애절한 목소리가 남기는 긴 여운을 뒤로하고 석양의 지평선을 향해 말머리를 재촉하며 떠나는 영화 〈셰인〉의 한 장면이다. 그가 관객에게 남기는 말은 "사람을 죽이는 일로 먹고살 수는 없지." 개척시대, 준주시대의 법은 총이 가장 빠른 사나이의 법이었다. 미국 역사에서 준주는 과도기적 성격을 띤다. 서부개척으로 충분한 숫자의 시민이 정착한 후에 준주는 정식 주로 승격되었다. 역마차 대신 철도가 들어서고 준주가 정식 주로서 연방헌법의 품에 안기고 정착민을 보호하는 홈스테드법이 시행된 이후에는 총 대신 법전이 다스리는 시대가 되었다. 이제는 카우보이 대신 개척이주민이, 선술집과 매춘부 대신 온 가족이 함께 기도하는 저녁상이, 소 대신 양이 그리고 거친 적자생존의 법 대신 평화 공존의 법이 이 땅의 주인이 되었다.

〈셰인〉에서 개척이주민 가장 조 스타레트는 황야의 의인이 가진 마력에 아내와 어린 아들의 사랑과 존경을 내주지만, 〈리버티 밸런스를 쏜 사나이〉에서 "여자는 성낼 때가 더욱 아름다운 법"이라며 가볍게 엉덩이를 다독거리는 포니언은 앞치마를 두른 채 접시를 나르며 만민이 평등하다는 위대한 이상을 믿고 허접스러운 일상에서 이를 실천하는 생활인 스토다드에게 애인을 내줄 수밖에 없다.

대배우 존 웨인이 연기한 포니언이 상징하는 서부의 영웅은 가족제도 밖에 서 있다. 그 자신은 가족적 가치를 갈구하나 말과 총이 이를 용납하지 않는다. 그리하여 가족제도를 통한 서부 사나이와 여성의 결합은 불가능한 것으로 결말이 난다. 톰 포니언은 셰인처럼 말을 타고 황야의 계곡으로 사라지는 대신 영원한 죽음 속으로 사라진다. 포니언의 죽음으로 서부 사나이는 이제 입에서 입으로만 전해지는 아득한 전설이 되었고 마을박물관이 재생하는 역사의 몫이 되었다. 영웅이 떠난 빈자리를 밋밋한 스토다드의 법이 대신 차지했다. 필연적인 역사의 흐름이다.

그러나 이따금 법이 과연 정의의 편인지 강한 회의가 들거나. 법을 방패로 온갖 추잡하고 비열한 짓거리를 서슴지 않은 '법비法匪' 무리들을 보면, 차라리 초법시대의 총잡이 영웅이 그립기까지 하다.

당대의 법에 대한 은유

《음산한 집》《두 도시 이야기》

법률소설가 디킨스

찰스 디킨스는 빅토리아시대 영국을 대표하는 작가이다. 웬만한 사람은 평생을 두고 읽어야 할 만큼 분량이 방대한 디킨스 작품은 모두 대영제국의 수도 런던이 무대이다(단 한 작품 《어려운 시절》만이 예외이다). 디킨스와 런던은 서로 떼놓을 수 없다. 런던의 골목 하나하나, 그 어느 것도 디킨스의 펜이 스치지 않은 곳이 없을 정도이다. 디킨스로 인하여 런던은 명실공히 세계의 수도가 되었고 디킨스의 죽음과 함께 서서히 영화의 자리에서 물러났다.

디킨스가 그린 것은 단순히 런던의 풍물이 아니었다. 그는 런던을 무대로 전개되는 온갖 인간드라마의 원인인 각종 사회제도에 대한 날카로운 비판을 제기했다. 그를 문학작품을 수단으로 한 사회비평가로 칭송하는 사람도 많다. 인간 사이의 갈등을 조정하고자 인간이 만든 제도가 법이다. 디킨스의 작품은 법과 법제도에 대한 비판과 함께 건설적 대안으로 가득 차 있다. 외국인으로서 가장 훌륭한 영국사를 쓴 앙드레 모루아의 말을 빌리면, 후기 빅토리아시대의 영국은 희망과 융화의 철학이 지배했었고, 현실묘사는 감상과 유머로 분장하여 해피엔딩으로 귀결되는 것이 하나의 공식에 속했다. 디킨스의 작품에도 대체로 이러한 공식이 적용될 수 있다. 법제도에 관한 묘사와 비판도 단순한 조소와 풍자를 넘어선 건설적인 제안으로 이해할 수 있다. 디킨스의 법은 파괴의 법이 아니라 희망과 건설의 법인 것이다.

역대 그 어느 작가보다도 찰스 디킨스는 법과 가까이 살았다. 아버지의 파산과 투옥으로 학업을 중단한 채 구두약 공장의 공원으로 전락한 열두 살 소년은 돈이 없으면 감옥에 가는 자본주의 법의 냉엄한 현실을 체험한다. 청년 기자로 작가의 디딤돌을 쌓기 전 몇 년 동안 변호사 사무실에서 일한 경력도 있다. 법에 관한 디킨스의 묘사가 누구보다도 정확한 이유이다.

디킨스 법률소설의 대명사로 불리는《음산한 집》은 종합 사회비판서의 전형이다. 영국 정의의 상징이라는 형평법원의 운영에 대한 사실적이고도 풍자적인 고발이다.

작가는 형평법원과 법질서의 혼란을 사회 전체의 혼란의 은유로 사용한다. 비효율적인 법, 빈자에 대한 관심과 배려의 부족, 비위생적 환경. 법적 부정의를 우연한 것이 아니라 사회구조 그 자체의 문제로 본 것이다.

> "런던. 마이클마스* 직후…… 도저히 대책 없는 11월 날씨. 심한 폭우가 유린하고 지나간 거리는 진흙투성이…… 온통 안개천지. 강 위에도 강 아래에도…… 눈알 속까지도, 목구멍 깊숙이까지도…… 생경한 오후는 더할 수 없이 생경하고 짙은 안개는 더할 수 없이 짙어…… 안개 한복판에 형병법원장 나리는 더할 수 없이 근엄한 자세로 앉아 계시다……."

첫 단어이자 첫 문장이 바로 '런던'이다. 수도 런던이 상징하는 것은 빅토리아 영국이다. 영국 사회가 분해의 대상이다. '법'의 런던이다. 두 번째 문장은 법을 지칭한다. 그 법은 온갖 외형적 불결함을 안고 있다. 둘은 서로 연관되어 있다. 진흙은 복리이자처럼 불어나고 이 소설의 주제인 금전과 법률가의 유착은 날로 견고해진다. 네 번째 문장에서 안개가 템플 바에서 더욱 짙어지고 그 중심

* 9월 29일로 성 미카엘, 가브리엘, 라파엘 대천사 축일.

에 형평법원장 나리가 앉아 있다. 형평법원이 영국의 법제도 자체를 상징한다는 사실은 등장인물들의 입을 통해 되풀이하여 강조된다.

법률소설《음산한 집》의 결말은 그야말로 법의 음산함과 불의와 불합리의 극치를 보여준다. 반세기나 끌어온 소송은 마침내 종결된다. 그러나 대물림한 수많은 원고, 피고 그 누구도 승소하지 못한다. 법원의 최종판결이므로 시비를 가릴 필요가 없어졌다는 것이다. 왜냐하면 소송의 목적물인 재산이 모두 그동안 발생한 비용에 충당되었기 때문이다.

이 작품은 디킨스 당대 영국의 법과 사회제도를 은유한다. 세상은 거대한 감옥이다. 사람을 감옥에 보내는 법도, 지키는 법도 벗어날 수 없는 감옥이다. 제각기 법이 구원해줄 것이라 기대하지만 기껏해야 무한정 연기해줄 뿐이다. 법에 의한 궁극적인 구원은 기대할 수 없다.

런던과 파리, 두 도시 이야기

한 역사가의 말대로라면 인류는 '자유'와 '평등'이라는 두 개의 고귀한 이념 사이를 표류해왔다. 1789년 프랑스혁명은 근대사에서 가장 중요한 사건이다.《두 도시 이야기》를 통해 런던의 작가, 디킨스가 도버해협을 건너 프랑스의 파리로 작품의 무대를 확장한 것은 작가에게는 큰 모험인 만큼 독자에게는 커다란 선물이었다. 이 작품은 파리와 런던, 도버해협을 사이에 두고 마주한 두 도시를 배경으로 전개되는 인간드라마이다. 고귀한 사상이 현실의 제도로 정착하는 과정에서 발생되는 각종 부조리와 잔혹한 인간의 모습이 소름끼칠 정도로 적나라하게 묘사된 걸작이다. 이 작품이 성공한 이후로 '두 도시 이야기'는 영어 관용어가 되었고 각종 변용을 더하여 오늘에 이르고 있다. 외국 언론은 한반도 문제를 논할 때 흔히 "두 도시 이야기: 서울과 평양"으로 제목을 뽑는다.

소설의 첫 구절에서 작품 전체의 기조가 감지된다.

영광의 세월이자 치욕의 세월이었다. 지혜의 시대이자 몽매의 시대였다. 믿음의 시절인가 하면 불신의 시절이었다. 광명의 계절인 동시에 암흑의 계절이었다. 희망의 봄이 곧바로 절망의 겨울이었다. 우리들 앞에 모든 것이 마련되어 있는가 했으나 실제로는 아무것도 이룰 수가 없었다.

디킨스의 수많은 소설 중에 젊은 연인들의 사랑을 가장 많이 받았던 소설이 이렇게 펼쳐진다.

작품에 등장하는 한 법률가의 모습이 특이하다. 문학

작품에 등장하는 전형적인 법률가의 모습은 알량한 법률 지식을 무기로 약자를 괴롭히는 강자의 대변인이거나 고작해야 자신의 업무를 엄정하게 수행하는 성실한 직업인에 불과하다. 이런 관점에서 볼 때 작품의 주인공 시드니 카턴은 극단적인 예외에 속하는 인물이다. 그는 '잘나가는' 속물 변호사 스트라이버의 보조로 만족할 뿐 냉소적인 해학과 파괴적인 음주벽으로 자신을 죽여나간다. 그는 비인간적인 법제도에 회의를 느끼면서도 이를 혁신하고자 하는 의지를 보이지 않는다. "그의 마음속에 숨은 빛은 숙명적인 어둠으로 뒤덮인, 유유히 떠도는 구름으로 가려져 있을 뿐이었다" 혹은 "탁월한 능력과 착한 감성의 소유자이면서도 그것들을 정당한 행동과 자신의 행복을 위해 쓰지 못하는" 인물이라고 표현되어 있다.

이러한 그를 생의 빛을 향해 고개를 돌리게 해주는 계기는 사랑이다. 여자 주인공 루시 마네트는 세 청년의 눈과 가슴을 사로잡는다. 변호사인 카턴, 스트라이버 그리고 프랑스에서 온 다네, 세 사람의 만남은 영국 형사정의의 상징인 (동시에 불의의 상징이기도 한) 런던의 올드베일리 형사재판소에서 일어난다. 프랑스의 작위와 재산을 포기하고 영국에서 소시민으로 새 인생을 모색하던 피고 샤를르 다네는 도버해협을 건너는 정기선에서 미국독립전쟁에 관해 언급한 것이 화근이 되어 반역죄로 기소된 것이다. 평판 높은 스트라이버가 변호를 맡아 조수 카턴과 함께 법정에 출정한다. 우연히 정기선에서 다네와 동승했던 루시가 증인으로 소환된다. 카턴의 승부수 덕분에 다네는 배심원단의 무죄평결을 얻어 방면된다. 이 재판의 결과로 세 청년이 공통으로 얻은 것은 루시를 향한 애정이다. 루시를 두고 세 사람이 벌이는 사랑의 삼파전에서 최종승자는 다네로 결정된다. "탁월한 능력과 착한 감성의 소유자이면서도 그것들을 정당한 행동과 자신의 행복을 위해 쓰지 못하는" 카턴에게는 처음부터 승산이 없는 게임이었다.

다네는 파리에서 수감된다. 과거에 자신을 섬기던 하인이 위기에 처했다는 소식을 듣고 그를 구하러 위험을 무릅쓰고 파리에 갔다가 혁명세력에 의해 체포된 것이다. "훌륭한 옷차림을 한 사람이 감옥에 끌려가는 것은 작업복을 입은 노동자가 일터로 가는 것처럼 자연스러운 광경이던 혁명 직후 광란의 보복 시기였다." '착취계급'의 후손은 모두가 '공화국의 적'으로 간주되어 피에 굶주린 인민배심원의 복수심의 제물이 된다. 두 차례의 즉결 인민재판 끝에 다네는 길로틴에 의한 사형을 선고받는다. 작가의 해학대로라면 "두통의 특효약, 효과 만점의 백발

예방제, 모가지째로 날려버리는 인민의 면도날"에 의한 두부의 영구절단 처방을 받은 것이다.

우울한 천재의 흉리凶裏 깊숙이 감추어진 보석상자가 드디어 뚜껑을 열고 찬연한 빛을 드러낸다. 다른 사내를 택한 여인을 보내면서 그녀의 행복을 위해서라면 언제 어떤 일이라도 하겠노라고 맹세했던 카턴은 늙은 아비, 어린 딸과 함께 남편의 출옥을 기다리고 있는 루시 곁에 있기 위해 파리에 달려간다. 옥지기를 매수하여 처형이 임박한 다네를 탈옥시킨 후 전 가족을 영국으로 피신시킬 조치를 완벽하게 주선한다. 그러고선 자신과 다네의 얼굴이 쌍둥이처럼 닮은 점을 이용하여 다네 대신 길로틴을 맞는다.

사랑하는 여인의 행복을 위하여 자신의 생명과 남의 생명을 바꾸는 희생은 법률가로서의 차원을 넘어선 행위이다. 그러나 목숨을 버림으로써 사랑하는 여인과 그녀의 후손의 영혼을 지배하겠다는 고도의 계산이라면 천재법률가로서는 해봄직한 도박이었는지도 모른다.

더없이 평화로운 얼굴, 가장 장엄한 예언자와도 같은 표정으로 최후를 맞는 청년의 내면에 흐르는 독백을 작가는 이렇게 전한다.

"나는 아노니, 배심원, 재판관 등등 구제도의 파괴로 태어난 새로운 압제자들의 긴 대열이, 이 보복적 흉기를 제대로 휘두르기도 전에 바로 그 흉기에 의해 소멸해갈 것임을. 나는 아노니, 이 생지옥으로부터 아름다운 도시와 영광스러운 인민들이 일어설 것임을. 그리고 나는 아노니, 현대의 죄악과 어쩔 수 없이 그 죄악을 낳게 한 전대의 죄악이 참된 자유를 쟁취하려는 투쟁과 장차 오랜 세월에 걸친 승리와 패배의 되풀이 속에서 서서히 자신을 속죄하여 소멸해갈 것임을.

나는 아노니, 내 생명을 바쳐 사랑한 그들의 후손들이 내가 다시 보지 못할 영국 땅에서 평화롭고 보람되고 행복한 일상을 영위해나갈 것임을. 나는 아노니, 내 사랑하는 여인이 아들을 낳아 내 이름을 붙여주고 그 애를 가슴에 꺼안고 있을 것임을.

나는 아노니, 내가 그들의 가슴속에 그리고 그들의 자손과 자손의 자손들의 가슴 속에 하나의 성전으로 고이 간직될 것임을. 나는 아노니, 파파할머니가 된 그녀가 매년 이날, 내 기일에 나를 위해 눈물을 흘려줄 것임을. 나는 아노니, 그녀와 그녀의 남편이 이승의 행로를 작별할 마지막 침상에 나란히 누워서 영혼 속에서 서로가 숭배하고 존중하듯이 나를 숭배하고 존중해줄 것임을.

나는 아노니, 그녀의 품속에 안긴 그 아이, 내 이름을 이어받은 그 아이가 자라서 한때 나의 것이기도 했던 인생행로를 당당

하게 걸어갈 것임을. 나는 아노니, 그 아이가 성공하여 그의 영
광으로 내가 내 이름 위에 뿌렸던 얼룩을 지워줄 것임을. 나는
아노니, 그 아이가 공정한 재판관과 정의로운 인간으로 성숙하
여, 또다시 나의 이름을 따른 자신의 아들을 이 자리에 데려와
서, 청아하고도 물기 섞인 목소리로 나의 이야기를 들려줄 것
임을.

　내가 지금 취하려는 행위는 내 평생 행한 행위 중에 가장 숭
고한 행위이며, 내가 지금 가려는 길은 내 평생 걸어온 길 중에
가장 평안한 길임을."

혁명의 위험을 제거해야

　세상을 거대한 감옥으로 보는 디킨스의 관점에 서면
이 작품도 물론 감옥 이야기이다. 혁명 전 프랑스 사회는
감옥 같은 속성 때문에 붕괴하고 무정부상태로 추락한다.
정치적 종교적 우화의 성격을 구비한 이 소설은 타락한
사회의 재건은 영웅적인 희생만으로 가능하고, 이 모든
것의 기초이자 원동력은 사랑이라고 주장한다.

　디킨스에 의하면 프랑스혁명은 필연적인 결과였다. 하
층민에 대한 귀족층의 착취가 폭력혁명으로 몰아간 것이
다. 그러나 혁명의 결과로 무정부상태가 초래되었고, 이
에 대한 반동으로 경찰국가가 등장했다. 명백한 혁명의

실패이다. 이것이 디킨스의 역사관이다. '피의 혁명'을 막은 영국의 역사에 자부심을 품었던 많은 영국 지식인들의 정서를 대변한다.

이 작품을 쓰기 위해 디킨스는 시대의 석학, 토마스 칼라일의 《프랑스혁명사》에서 큰 줄기와 세부사항을 옮겼다. 또한 도서관에서 칼라일이 추천한 자료를 카트 두 대분이나 대출받았다고 한다. 광범한 문헌조사를 통해 정확한 일자와 함께 사회적 정치적 평가를 가미했다. 바스티유감옥을 공격할 때 사용하던 무기의 종류, 함락 당시 감옥에 있던 간수와 죄수의 숫자(각각 일곱 명) 등등 여러 곳에서 칼라일을 참고했다. 서문에 칼라일의 저술을 언급한 것은 지극히 자연스러운 일이다.

디킨스는 작품에서 시드니 카턴과 마담 드파르주, 두 허구의 인물을 마치 역사적 인물인 양 부각시켰다. 사랑과 헌신 그리고 구원이라는 다소 진부한 주제를 승화시킨 작가의 역량이 돋보인다.

영국 사회도 피의 혁명의 위험을 내포하고 있었고, 따라서 그 위험을 경고하고자 한 작가의 사명감이 감지된다. 1830년대, 1840년대에 노동자들은 차티스트 운동을 일으켰고 실업은 심각한 사회적 위협이었다. 다행스럽게도 1850년대 이후 경제성장으로 일시적인 안정을 이루었으나 위험은 상존하고 있었다. 빈민가에 대한 정부와 자선기관의 역할은 미미하기 짝이 없었다. 마르크스의《공산당선언》의 첫 구절대로 19세기 전반, 유럽 전체가 폭력혁명이라는 '유령'의 뒤뜰이었기에 영국 중산층의 우려도 만만치 않았다. 개인적 체험과 사회적 논제로서의 빈곤은 디킨스의 초미의 관심사였다. 이런 시대적 상황에서 디킨스가 영국 땅에서 계급혁명의 위험을 경고하기 위해 프랑스혁명을 소재로 차용한 것은 의미 있는 일이었다.

이 작품에는 프랑스혁명의 폭력성이라는 정치적 주제에 더하여 부활이라는 종교적 주제가 결합되어 있다. 주인공 시드니 카턴은 예수 그리스도의 이타적인 죽음을 상징한다. 작가는 기독교의 구원이론을 세속적 차원에서 작품 속에 투영하여 천상의 세계가 아니라 카턴의 친지와 사회적 재생으로 구현한다.

영화 〈두 도시 이야기〉

인기 작가 디킨스의 다른 작품들처럼《두 도시 이야기》도 여러 차례 영화화되었다. 가장 먼저 제작된 1935년 미국 영화가 가장 호평을 얻고 있다. 잭 콘웨이 감독이 메가폰을 잡은 이 영화는 그해 아카데미 작품상 후보로 지명되었다. 카턴 역을 맡은 로널드 콜먼에게도 찬사가 따랐다. 1935년 12월 26일자 〈뉴욕타임스〉는 당시까지 선보인 디킨스 영화 중에서 가장 잘 만든 작품이라는 평을 달았다. 그러나 영국의 대중은 시큰둥했다. 런던의 수호 작가, 디킨스의 영화가 영국땅 밖에서 탄생한 사실 자체가 은근히 자존심 상하는 일이었을 것이다.

1958년, 드디어 영국에서도 영화가 제작되었다. 랄프 토머스 감독은 더크 보가드, 도로시 투틴, 폴 괴르 등 개성파 배우를 캐스팅했다. 그는 한때 문학작품을 영상으로 옮길 때는 흑백이어야만 한다고 고집을 부렸다. 책은 하얀 종이 위에 검은 문자로 쓴 것이므로 영화도 동치를 이루어야 한다는 신념이었다. 이 영화에서도 신념을 유지했다. 그러나 그는 후일 생각을 바꾸었다. 상업영화는 총천연색이어야 성공을 거두기 쉽다. "영화는 본질적으로 자기도취적이다." 흑백으로 엮은 문학작품도 책 밖으로 나들이할 때는 찬란한 태양과 푸른 강물과 녹색 숲의 축복을 누려야만 한다. 어쨌든 이 영화는 1958년에 제작된 영국 영화들 중 가장 제작비가 많이 든 영화로 기록되었다. 프랑스의 로르계곡에서 육 주에 걸쳐 촬영되었다. 전봇대가 없는 유일한 곳이라서 선정되었다. 인근의 대도시 오를레앙에 주둔한 미군 수천 명이 엑스트라로 출연하였는데, 디킨스 독자가 절대다수인 두 나라의 합작을 이룬 셈이다.

　1980년 미국에서 두 시간 사십이 분짜리 텔레비전용 대형영화가 탄생했다. 물론 총천연색이었다. 짐 고다드 감독은 카턴과 다네, 두 사람 역을 크리스 서랜던 한 명에게 맡겼다. 원작에서 둘이 쌍둥이로 오인받을 정도로 외모가 닮았다는 점에 착안한 것이다.

　《두 도시 이야기》는 세 편의 장편 영화 외에도 소품의 형식으로 끊임없이 재생산되고 있다. 연극무대에서도 잊히지 않고 명맥을 잇고 있다. 2008년 브로드웨이에서 2막짜리 뮤지컬로 선보였다. 영국, 일본에 이어 2013년에는 한국 공연도 성사되었다. 《두 도시 이야기》는 빅토리아시대 영국의 대문호, 찰스 디킨스의 작품 중에서도 사랑과 사상, 삶의 가장 근본인 두 주제를 깊이 파고든 수작이다. 그렇기에 많은 세월이 흐르고 시대가 달라져도 여전히 감동받는 독자가 줄을 이을 것이다.

역사 속으로 사라진 형평법

《필경사 바틀비》

법률문학의 대가, 허먼 멜빌

허먼 멜빌은 팽창기 미국을 대표하는 작가이다. 멜빌의 생애 동안 미국은 지리적으로 엄청나게 팽창했다. 동부의 변경, 오하이오 계곡에서 출발한 서행 끝에 태평양 연안에 이르는 대지를 '개척'했다. 동부 해안의 작은 식민지 연합체가 광대한 아메리카대륙을 지배하는 초강국으로 성장한 것이다. 그 과정에서 건국의 이상과 현실적 이해가 충돌하는 내전을 겪기도 했다. 남북전쟁이 끝난 후에는 엄청난 물질적 번영이 따랐다. 철도, 전화, 전보, 재봉틀 등 수많은 산업발명품이 국민생활에 근본적인 변화를 초래했고, 새로 부상한 상업세력이 사회발전을 이끌게 되었다. 후일 금융자본산업의 본산이 된 뉴욕 월스트리트가 자본주의 미국의 상징으로 등장하기 시작했다.

이 시기 동안 새로운 문예사조가 태동했다. 멜빌이 초기 작품을 생산할 즈음 미국 작가들은 혁명과 건국의 이념을 뒤로하고 낭만주의, 민주주의 등의 이념과 사조를 창작의 자양분으로 삼기 시작했다. 이들은 혁명으로 성취한 자유와 민주의 이상을 무기 삼아 새로운 국가를 건설하는 지적 작업에 참여했다. 그러나 전반적으로 보아 미국 작가들은 여전히 유럽의 문학적 전통과 영향을 벗어나지 못하고 있었다. 멜빌 또한 유럽 문학의 전통을 경배했고 당대 미국 작가들 중에는 너새니얼 호손 한 사람에게만 경의를 표했다. 멜빌은 1851년 7월, 세계문학사에 불멸의 고전으로 남은 《모비딕》을 호손에게 바쳤다.

《모비딕》을 제대로 읽은 독자는 우선 책머리에 제시된 '문헌부'에 압도된다. 구약성경을 위시한 서양 고전에 나타난 고래에 관한 언급이 망라되어 있다. "이제 하느님은 거대한 고래를 창조하셨나니"(구약성경 《창세기》). "이제 하느님이 거대한 물고기를 마련하시어 요나를 삼켜버리게 하셨도다"(구약성경 《요나》). "햄릿, 참으로 고래 같구나"(《햄릿》).

고래잡이의 역사도 상세하게 기록되어 있다. "가능하면 북극해를 통해 인도로 가는 뱃길을 열려고 했던 네덜란드와 영국 사람들은 항해 목적은 달성하지 못했지만 뜻밖에도 고래 떼의 서식지를 세상에 밝혔다." "아마도 입법부가 제정한 최초의 포경법은 1695년에 네덜란드 의회가 제정한 법률일 것이다. 다른 나라에서는 성문화된 포경법은 없지만 미국의 어부들은 스스로 입법자가 되었다. 그들은 간단명료함에 있어서 유스티아누스 법전이나 중국의 '남의 일에 간섭하는 것'을 금지하는 협회 정관보다도 우수하다."

작품에 동원된 법률문헌도 엄청나다. "국왕의 통상 세입의 열 번째 항목은 해적과 강도 행위로부터 해양을 방어하기 위해 고래, 철갑상어 등 '국왕의 어류'를 지정한다. 이들은 해안에 떠밀려오건 해상에서 포획하건 불문하고 국왕의 재산이 된다"《블랙스톤》. 본문 89장과 90장은 그 자체가 일급 법률리포트이다. 89장에서는 '잡은 고래'와 '추적 중인 고래'에 관한 영국의 판결과 학설이 총동원되어 있다.

만약 멜빌이 《모비딕》을 쓰지 않았더라면 중단편으로 세계문학의 중심에 섰을 것이라고들 한다. 많은 독자들이 《모비딕》의 작가 정도로만 알고 있는 멜빌은 실은 법률문학의 대가였다. 멜빌의 많은 중단편 중에 '법률 삼부작'으로 불리는 《필경사 바틀비》《베니토 세레노》 그리고 《선원, 빌리 버드》는 지속적인 명성을 누린다.

멜빌은 정평이 난 독서가였다. 멜빌의 독서습관은 당대의 거장 법률가의 지도 아래 형성되었다. 1846년, 멜빌은 식인종과 함께 산 경험을 바탕으로 쓴 첫 작품《타이피》를 매사추세츠주 대법원장 르무엘 쇼에게 헌정한다. 쇼는 당대 최고의 지성인 법률가의 한 사람으로, 멜빌의 아버지의 절친한 친구이자 한때 그 여동생의 연인이었다. 사업에 실패한 친구가 빈털터리로 죽자 친구가 남긴 열세 살짜리 아들의 후견인이 되었고 마침내 자신의 딸과 혼인시켰다. 멜빌은 쇼의 딸, 엘리자베스를 아내로 맞으면서 자신의 첫 작품을 혼수처럼 장인에게 바친 것이다.

중편소설《필경사 바틀비》

《필경사 바틀비》는 멜빌의 모든 작품 중에서 가장 난해한 작품으로 평가된다. '가장 이상한 필경사' 바틀비가 변호사 사무실의 필사원으로 고용되었다가 곡절 끝에 죽는 줄거리다. 일인칭 법률가 화자의 절대적 지배 아래 스토리가 전개된다. 그러나 플롯이 전개될수록 독자는 화자가 지닌 정보가 지극히 제한되고 상황에 대한 통제력을 상실하는 것을 깨닫는다. 한동안 업무에 성실하던 바틀비는 어느 순간부터 업무를 거부한다. "안 하는 편을 택하겠다"는 것이다. 변호사는 자신의 상식과 직업윤리에 따라 최대의 호의를 베풀지만 바틀비는 모든 업무를 거부하는 편을 택한다. 끝내 사무실에서 쫓겨난 바틀비는 부랑자 수용소에 감금되자 음식마저 거부하고 죽음을 택한다. 그가 죽고 난 후에 비로소 변호사는 그의 기이한 행동의 이면에 담긴 인생스토리에 관심을 가진다. 그는 한때 우체국에서 배달불능 우편물의 처리담당으로, 세상과의 연결고리를 잃은 사람들의 사연을 영원히 죽이는 일을 했음이 밝혀진다. 마침내 무언가를 깨달은 변호사는 때늦은 탄식을 쏟아낸다. "아, 바틀비! 아, 인간이여!"

작품의 화자는 성공한 직업인이다. 자신은 직업적 성취와 평판에 상응하는 양식과 인간애의 보유자임을 자부한다. 그러나 합리적인 고용주인 그도 사무실을 찾는 고객과 동료 법률가들의 압력을 견디지 못하고 직원인 바틀비를 축출한다. 무엇보다도 바틀비의 내면세계에는 무지하다. 화자에게 성공과 행복의 척도는 물질이다. "나로 말할 것 같으면 젊어서부터 평탄하게 사는 게 제일이라는 확고한 신조로 살아온 사람이다. ……부자들의 채권이나 저당권 또는 등기권리증이나 다루면서 안온한 은신처에 마련된 유유자적한 평화를 즐기며 산다. 나를 아는 사람들은 모두 나를 일러 더없이 안심할 수 있는 사람이라고 여긴다." 화자에게는 안정된 물질적 부를 축적하고 유지하기 위한 일상적 질서, 인내와 신중함이 좌우명이자 생활수칙이다. 그러나 부가 증가할수록 일상은 불안정해진다.

작품의 부제는 '월스트리트 이야기'이다. 월스트리트는 미국 금융자본주의의 심장부인 뉴욕의 중심가이다. 금융과 법률이라는 자본주의의 두 핵심 기재가 결합하여 인간성을 유린하는 사회이다. 또한 어원처럼 '벽$_{wall}$'으로 차단된 사회를 의미한다. 인간 사이의 소통을 가로막는 각종 벽과 담이 즐비한 숨통 막히는 사회이다. 바틀비의 책상이 놓여 있는 창문에서는 높은 벽만 보일 뿐이다. 일을 하다 말고 그는 종종 면벽 공상에 잠기곤 한다. 자신을 바깥세상으로부터 완전히 차단한 벽을 향해 묵묵히 저항하는 행위이기도 하다. 그의 책상 앞에 우뚝 서 있는 벽, 그가 죽은 교도소의 두꺼운 담은 바로 인간사회 자체를 상징한다.

작품의 주인공이 필경사이고 변호사가 고용인이라는 점은 특별한 주목을 요한다. 고대에 필사는 주로 교육받은 노예들이 담당했다. 중세의 필경사는 주로 수도원에 소속된 하급 성직자였다. 예를 들어, 베네딕트 수도회의 회칙은 기도와 독서는 물론 육체노동도 요구했는데 이 육체노동에 필사도 포함되었다. 수도사들은 '스크립토움'

이란 폐쇄된 공간에서 필사작업을 했다. 바틀비의 작업 공간의 원조라고 할까.

그 무렵 변호사는 형평법원의 사법관으로 호사를 누렸다. 아리스토텔레스에 의하면 '형평'은 실정법을 초월하는 정의의 개념이다. 멜빌이 살던 시대에 최고의 영국 작가였던 찰스 디킨스의 작품들에 잘 그려져 있듯이 형평법원은 문자 그대로 '형평'을 챙김으로써 구체적 정의를 실현하기 위해 설립된 법원이었다. 건국 초기에 미국의 각 주는 영국의 선례에 따라 형평법 사건을 전담하는 법원을 설치했다. 그러나 1846년 뉴욕주가 이를 폐지하자 다른 주들도 뒤따랐다.

형평법은 온정적 가부장제의 이상을 구현한다. 1863년에 출간된 이 작품은 폐지된 형평법원의 사법관을 화자로 내세움으로써 형평법원을 낡은 가부장제의 상징으로 설정한다. "나는 새로 개정된 주 헌법에 의해 형평법원 사법관 직이 느닷없이 폐지된 것은 시기상조였다고 믿는다. 나는 그 자리에서 종신수입을 기대했는데 단지 몇 년치 봉급을 받았을 뿐이다." 화자의 입을 통해 언급된 형평법원의 폐쇄는 중요한 상징적 의미가 있다. 또한 월스트리트가 형평법의 몰락을 주도한 세력으로 그려지는 것은 의미심장하다. 형평의 법리는 자선의 이념과도 밀접한 연관이 있다. 형평법원의 사법관은 많은 인상人傷사건에서 피해의 구제수단을 결정했다. 화자는 그 대가로 상당한 수입을 올리고 이에 더하여 정신적 이익을 얻고자 바틀비에게 자비를 베풀려 한다. 그러나 바틀비의 수동적인 저항으로 변호사의 자비는 설 땅을 잃는다. 그는 필경사를 자비롭게 대하고 싶어하나, 결과적으로 무자비하게 대하게 된다.

멜빌의 생애 동안 미국 사회의 권력판도에 중대한 변화가 발생한다. 권력의 주도권이 법률가에게로 이전된 것이다. 멜빌의 개인적 경험도 이를 뒷받침한다. 화자의 법률실무는 대중의 시선이 주목되는 배심재판을 피하고 오로지 판사 한 사람을 상대로 한다. 형평법원이 폐지된 것은 화자에게는 유감이지만, 시민의 사법참여를 갈구하는 대중의 입장에서 볼 때는 너무나 당연한 새 시대의 요구이기도 하다.

화자인 법률가와 바틀비 사이에는 사물을 인식하는 방법과 습성에 중대한 차이가 있다. 법은 인간의 모든 행동을 '추정'의 원리로 설명한다. 추정은 반증이 있을 때까지 한시적으로 유효한 잠정적 사실이다. 상황의 변화에 따라 언제나 번복될 수 있는 한시적 진리인 셈이다. 그러나 행위자로서 바틀비 자신은 단순한 추정이 아니라 확고한 신념에 차 있다. 법률가의 생활철학인 추정의 원리는 바틀비의 '우선선택권preference'의 원칙과 대비된다. 바틀비는 '하는(또는 안 하는)' 편을 '택한다prefer'. 이 차이는 작품에서 중요한 의미를 가진다. 화자의 입장에서 볼 때 바틀비는 전후좌우 상황을 면밀하게 고려한 끝에 내린 추정을 가차 없이 무력화시킨다. 변호사는 합리적인 절차를 거쳐 바틀비가 제거될 것으로 추정하나, 바틀비에게는 전혀 통하지 않는다. 자유의사에 기한 선택은 그것이 작위든 부작위든 불확실한 결과를 감수하는 능동적인 행위이다. 바틀비에게 있어서 '택한다'라는 것은 자신이 택하는 행위의 의미를 지각하고 그 행위가 초래할 결과를 책임지는 일이다. 한순간도 주저하지 않고 '하지 않는 편을 택하는' 바틀비의 행위에 따르는 결과는 오로지 하나밖에 없다. 그는 모든 삶의 행위가 무의미함을 알고 신념에 찬 죽음을 택한다. 그에게 죽음을 유일하고도 불가피한 최종 선택인 것이다.

영화 〈바틀비〉

읽기도 어려운 작품을 영화로 만들기는 더욱 어려운 일일 것이다. 1970년 영국에서 《필경사 바틀비》의 영화화가 이루어졌다. 앤서니 프리드먼 감독에 폴 스코필드와 존 맥너리가 캐스팅됐다. 스코필드는 성인으로 추앙받는 법률가 토마스 모어의 일생을 그린 영화 〈사계절의 사나이〉에서 모어 역을 열연했던 인기배우이다. 바틀비 역을 맡은 존 맥너리는 리들리 스콧 감독의 데뷔작 〈결투자들〉에서 개성 있는 연기로 주목받았다. 영화 〈바틀비〉는 뉴욕 월스트리트의 원조임을 자부하는 금융의 도시 런던을 무대로 하여 원작을 충실하게 재연했다. 그러나 모두가 외면했다. 영화는 문학작품의 숨은 묘미를 손상한다는 고정관념에 찬 독자들은 소설 《필경사 바틀비》의 영화화 자체를 시큰둥해했다. 그런가 하면 영화가 대중민주주의 시대의 총아임을 확신하는 관객들은 너무나 감당하기 힘든 바틀비의 고뇌를 시각적으로 소화해야 하는 이중고문을 거부했다.

그로부터 삼십 년 후인 2001년, 바틀비의 고향 미국에서 코미디로 각색한 영화가 제작되었다. 더없이 심각한 작품의 주제와 무드를 안온하게 풀어낸 조너선 파커 감독의 재기가 돋보였다. 원작에서 과감하게 벗어나 현대적 오피스를 무대로 삼아 시트콤 스타일의 유머에 초현실주의적 색채를 가미했다. 크리스핀 글로버가 바틀비 역을, 데이비드 페이머가 보스 역을 맡았다. 영화 포스터는 '엉뚱한 코미디'로 선전하고 유쾌한 영화임을 대문자로 강조

했다. 신시사이저를 사용한 전자 배경음악이 음습하면서도 익살스러운 무드의 동반자가 된다.

영화의 초입에 내레이션으로 멜빌의 생애가 요약된다. 《모비딕》과 《필경사 바틀비》의 저자로 명성을 날리던 작가는 작품을 써서 생계를 유지할 수 없게 되자 뉴욕 세관의 하급직원 자리를 얻었으며, 일흔두 살의 은둔자로 생을 마감할 때는 그가 누군지 아는 사람이 거의 없었다는 요지이다. 위대한 작품의 저자가 이내 무명으로 전락하고 망각 속에 사라지는 인생은 작품의 주인공 바틀비의 운명과 궤를 같이한다.

이어지는 장면이다. 화자인 보스는 공공기록보관소의 소장으로, 육교 위에 처량한 모습으로 서 있는 한 사내를 발견한다. 보스의 사무실은 거대한 언덕 위에 자리한 건물로 걸어서는 접근하기가 매우 어렵다. 보스는 사무실에 직원 세 사람을 고용하고 있다. 성마르고 허술한 어니스트, 전형적인 악당 행색의 로키에 더하여, 사내만 보면 말이 많아지고 헤픈 웃음을 던지는 여직원 비비안이다. 원작에 등장하는 세 직원은 모두 별명으로 불렸다. 영국인 술주정뱅이 멍청이 터키(술을 마시지 않은 오전에는 유능한 직원이다), 까칠하기 짝이 없는 필경사 니퍼스, 되바라진 어린 사환 진저 넛이 영화에서는 보다 상식적인 캐릭터로 대체된 인상이다. '안 하는 편을 택하는' 바틀비, 그는 분노나 혐오 때문에가 아니라 오로지 절대적 무관심 때문에 매사를 거부하는, 현대사회에서 소외된 인간의 표상이다. 그와 대조적으로 보스는 상식과 양식을 넘어서는 인간애를 보여준다. 원작과 마찬가지로 동료 직원들은 하나같이 까칠하다.

원작에서처럼 보스는 제4의 직원을 고용하려 채용공고를 낸다. 그러나 응모자는 단 한 사람, 육교 위에 서 있던 바로 그 추레한 사내이다. 인터뷰에서 바틀비는 배달불능 우편물 처리소에서 팔 년간 일했으나 사무실이 옮겨가는 바람에 실직자가 되었다고 말한다. 보스의 다른 질문에 대해서 바틀비는 지극히 추상적인 답을 건넨다. 보스는 확신이 서지 않지만 달리 도리가 없어 바틀비를 채용한다.

불과 몇 주 만에 바틀비는 사무실의 보배로 떠오른다. 다른 직원의 일주일분 일거리를 단 이삼 일 만에 해치운 것이다. 신바람이 난 보스는 바틀비에게 중요한 서류의 필사를 부탁하나 바틀비는 거절한다. 이때부터 영화가 끝날 때까지 그의 입에서 되풀이해서 나오는 말은 단 한마디, "안 하는 편을 택하겠다"이다.

원작에 없는 작은 서브플롯이 영화에 첨가된다. 여직원

비비안은(원작에는 여성이 전혀 등장하지 않는다) 보스의 후원자인 시청 공무원 프랭크 왁스먼과 가까워진다. 로키와 어니스트는 바틀비를 조롱한다. 왁스먼은 바틀비가 정신병자라고 생각하고 시장에게 보고한다. 보스가 뒤에서 조종한 것이 분명하다.

영화는 자신의 책상 위에서 윙윙거리는 선풍기를 물끄러미 보며 멍하게 있는 바틀비의 초췌한 모습을 조명한다. 사무실이 휴무인 일요일, 보스는 애인을 데리고 사무실에 들렸다가 바틀비를 발견하고 분노한다. 그동안 바틀비가 출퇴근하는 모습을 본 사람은 아무도 없었다. 처음부터 바틀비는 사무실에 살았던 것이다.

보스는 바틀비와 '합리적' 대화를 시도하면서 그의 신상에 대해서도 관심을 가지려 애쓴다. 그러나 다른 직원들도 '○○하는 편을 택하겠다'라는 바틀비의 어휘를 일상적으로 쓰게 된 사실을 알고 경악한다. 바틀비는 '택하는' 것을 넘어서 사무실에서 어떤 일도 영원히 '포기한다'고 선언한다. 도리 없이 보스는 바틀비를 해고한다. 며칠 말미를 줄 테니 사무실을 비우라고 통고한다. 퇴직금에다 위로금을 더해 수표를 남긴다. 그러나 바틀비는 미동도 하지 않는다. 보스가 남긴 수표는 손도 대지 않는다. 보스의 고민은 깊어간다. 마침내 극약처방으로 사무실을 옮긴다. 바틀비를 남겨둔 채 떠나면서 보스는 공들여 쓴 추천서도 건네준다. 행여 새 직장을 구할 때 도움이 되었으면 하는 마음이다. 청소부가 와서 바틀비의 책상 선풍기에 끼어죽은 새를 제거한다. 원작에 없는, 강력한 상징적 효과를 동반하는 장면이다.

사무실의 새 주인이 보스를 찾아온다. 바틀비가 건물을 떠나지 않고 진종일 계단에 앉아 있다가 로비에서 잔다는 것이다. 더 이상 자신과는 무관한 인물이니 알아서 처리하라고 보스는 내뱉는다. 그러나 새 주인의 끈질긴 요구에 마음을 돌려 바틀비와 최후의 대면을 한다. 보스는 다른 일자리를 구해줄 테니 건물을 비우라고 애원한다. 그러나 바틀비는 요지부동이다. 절망한 보스가 떠나자 바틀비는 경찰에 인계되어 감옥에 갇힌다. 뒤늦게 이 사실을 들은 보스는 바틀비를 찾아 나선다. 부랑자수용소에서 그를 발견한 보스는 무심결에 스스로도 놀랄 제안을 건넨다. 자신과 함께 살자는 제안이다. 그러나 이 제안 또한 바틀비는 거절한다. 바틀비가 아사 직전임을 알게 된 보스는 인근의 식당으로 달려가서 긴급히 음식을 주문하나 요리사는 순서대로 긴 줄 뒤에 서라며 차갑게 답한다. 어렵사리 음식을 갖고 왔을 때 바틀비는 이미 죽어 있다. 보스가 새 사무실로 옮긴 직후부터 바틀비는 일체의 음식을 '안 먹는 편을 택한' 것이 분명하다. 보스는 바틀비의 외투 주머니에서 자신이 썼던 추천서를 발견한다. 이제 그 편지는 배달불능의 '죽은 편지'가 되었다. 보스는 회한에 찬 탄식을 내뱉는다. "아, 바틀비! 아, 인간이여!"

바틀비의 죽음에 양심의 가책을 느낀 보스는 사무실을 폐쇄하고 바틀비와 함께 나눈 시간을 되돌아보는 회고록을 쓴다. 그러나 출판사는 주제가 너무 어둡다며 출판을 거절한다. 보스는 바틀비의 이야기는 너무나 귀중한 삶의 교훈이라며 집요하게 매달린다. 화가 난 출판사 직원은 방에서 나가라고 소리친다. 이때 보스의 입에서 나온 대답은 "안 하는 편을 택하겠소." 놀란 직원은 자리를 뜬다. 마침내 바틀비가 자신의 인생에 미친 영향을 깨달은 보스는 이 경구를 반복하여 되뇐다. "안 하는 편을 택하리라!" 영화는 비탄 속에 맨 처음 바틀비를 발견한 육교를 향해 걸어가는 보스의 모습을 비춘다. 건조하고도 음험한 사무실 건물들을 보여주며 영화는 막을 닫는다. 하나같이 커다란 언덕 위에 자리한, 보스 자신의 옛 사무실을 닮은 고립된 건물들이다. 돈이 지배하는 '자본주의 동물농장'의 흉흉한 모습이다.

죄인도 변호사의 도움을 받을 권리가 있다
〈기디언의 트럼펫〉

"여호와의 신이 강림하시어 기드온*으로 하여금 나팔을 불게
하시니 동포들이 모여 그를 따라 나서다."
_구약성경《판관기(사사기)》

미국의 어느 고급 호텔 스카이라운지 식당에서 일어난
일이다. 구레나룻이 무성한 한 사내가 기막힌 향내의 시
가를 두어 모금 빨다가 서둘러 비벼끄고 휴지통에 내던
진다. 선망과 질책의 눈길을 주는 옆자리의 사내에게 "이
정도 담배는 쿠바에는 지천으로 깔려 있소"라고 말하자
건너편 청년이 병째로 주문한 보드카를 한 모금 들이켜
다 말고 땅바닥에 내동댕이치며 내뱉는다. "이따위 술은

___
* '기디언(Gideon)'은 영어식 발음으로, 성경에서는 기드온으로 표기한다.

러시아에서는 거지도 마시지 않아!" 이런 법석에도 아랑곳 않고 홀 한 귀퉁이에서 조용히 서류를 펴놓고 무언가 심각하게 이야기를 주고받는 두 사내가 있다. 그중 한 사람이 상대방을 번쩍 들고는 창밖으로 던져버리더니 손바닥을 털면서 뱉어낸다. "그자는 엉터리 변호사였소."

1980년대 유머집의 한 구절이다. '아재 개그' 수준의 옛날 농담이다. 쿠바의 시가, 러시아의 보드카처럼 변호사는 미국의 잉여물이자 특산물이다. 그즈음 이 땅에서 유행하던 유머인 "남산에서 명동을 향해 돌을 던지면 사장님 머리에 맞는다"처럼, 미국에는 "뉴욕 시내에서 교통사고를 내면 십중팔구는 변호사를 친다"는 유행어가 있었다.

그러나 그처럼 흔해빠진 미국 변호사도 돈 없는 사람에게는 그림의 떡이었다. 1963년 얼 기디언이라는 한 중년 사내가 분 트럼펫 소리에 연방대법원이 화답하기 전에는. 〈기디언의 트럼펫〉은 이 역사적 판결 과정을 재현한 영화이다. 판결 직후에 나온 같은 제목의 소설로 미국인에게는 지극히 친숙한 내용이기도 하다.

영화의 첫 장면이다. 죄수복을 입은 기디언이 변호사에게 자신의 일생을 증언한다. 목소리가 매우 건조하다. 열네 살에 가출하여 쉰한 살이 되도록 네 차례나 중죄를 저

질러 일생의 대부분을 교도소에서 보낸 중늙은이의 팍팍한 인생여정이 지극히 담담한 어조로 술회된다. 웃음의 기색을 전혀 찾아볼 수 없는 배우 헨리 폰다의 얼굴과 음색은 진지한 사실감을 더해준다.

사내의 얼굴에는 그의 이력이 드러난다. 굵은 주름이 가득한 핏기 없는 얼굴, 항상 떨고 있는 목소리와 손, 연약한 신체, 나이보다 빨리 찾아든 백발, 이 모든 것이 파란만장한 그의 삶을 대변한다. 하지만 수많은 전과에도 불구하고 그는 결코 상습범죄자도, 포악한 성정의 소유자도 아니다. 단지 안정된 직장을 가져보지 못했고, 그래서 이따금씩 소액의 도박과 절도로 생계를 유지할 수밖에 없었던, 사회에서 버림받은 인간일 뿐이다. 동료 죄수를 포함하여 그를 아는 모든 사람들은 한결같이 그가 남에게 해악을 끼칠 위인이 못 되며 기껏해야 이 세상의 광음光陰을 누릴 날이 얼마 남지 않은 중늙은이라고 생각한다.

그러나 아직도 인간 기디언의 가슴속에는 맹렬하게 타고 있는 한 줌의 불꽃이 있었으니, 그것은 자신의 생명과 자유에 대한 집착과 불굴의 정의감이다. 많은 사람들이 무모한 짓이라고 냉소하나 그는 미국의 사법정의 시스템이 자신을 위해 무언가를 해주었어야 했다고 믿는다.

영화는 법원과 교도소에서만 촬영되었다. 전반부는 그

에게 다섯 번째 철창행을 명령한 판결이 연방대법원에 이르는 과정을 그린다. 플로리다주의 한 작은 마을에서 기디언이 야간에 당구장의 자동판매기에서 동전을 훔친 혐의로 체포된다. 이러한 행위는 플로리다주 법에서는 중죄에 해당된다.

중죄로 기소된 그는 국선변호사를 선임해달라고 법원에 요청하나 판사의 대답은 플로리다주 법은 사형에 해당하는 죄에만 국선변호사를 선임한다는 것이다. "연방대법원에 의하면 나는 변호사의 조력을 받을 권리가 있다." 기디언의 주장에 그 누구도 귀를 기울이지 않기에 그는 그동안 교도소를 들락거리며 얻은 법률 지식에 의존하여 스스로 자신의 변호사가 되어야 한다.

시골 법정의 모습은 더없이 삭막하다. 방청객 하나 없고 증인, 배심원으로 선정된 여섯 명의 남자 그리고 낡은 선풍기 도는 소리만이 게으른 오후를 질책한다. 엄격하고도 복잡한 증거법을 알 리 없는 기디언의 변론은 번번이 검사의 이의신청과 판사의 제지를 받는다. 배심원단은 즉시 유죄평결을 내리고 이어서 판사는 오 년 징역형을 선고한다. 판결에 불복한 기디언은 플로리다주 대법원에 인신보호영장을 청구하여 자신이 불법으로 구금되어 있다고 주장하지만 간단하게 기각당하고 만다.

최후의 희망은 연방대법원뿐이다. 그러나 가능성은 매우 희박하다. 하루에도 수백 통의 탄원서가 문을 두드리는 최고법원, 그 법원의 심사를 받을 기회를 얻기란 실로 하늘의 별따기이다. 연방대법원 문서 분류표에 '기타 사건'으로 분류되는 항목은 대부분 대법원에 정식으로 서류를 접수시키는 데 필요한 비용(약 100달러)을 부담할 능력이 없는 극빈자들의 자필소송이다. 라틴어로 '거지꼴로 in forma pauperis'라는 의미를 지닌 이런 형식의 청원서는 실제로는 많은 죄수들이 자신의 복역이 연방법에 위배되는 판결의 결과임을 호소하는 수단이다.

감옥에서 무료로 제공된 단선괘지에 연필로 쓴 청원서에는 기디언의 인적사항이 거의 기재되어 있지 않다. 다만 남부에서 발생한 사건이라는 점에 비추어 많은 사람들이 으레 그가 흑인이려니 하고 생각하지만 실은 100퍼센트 백인(라틴계)이다. 기디언의 주장은 세련된 법적 용어가 동원되지 않았으나 그 요지는 명확하다. 연방대법원의 판결에 의하면 모든 중죄 사건의 피고인은 변호인의 조력을 받을 권리가 있음에도 불구하고 플로리다주 법원이 이러한 자신의 권리를 묵살했다는 것이다. 극빈 피고인에게 변호인을 선임해주지 않은 채 진행한 재판은 연방헌법의 적법절차 조항 위반이라는 것이다.

그러나 연방대법원의 판결에 관한 그의 해석과 주장이 인정받으려면 일정한 전제조건이 충족되어야만 한다. 불과 이십 년 전의 판결에서 대법원은 적법절차 조항이 모든 주에서 적용되는 것은 아니라고 판시한 바 있었다. 또한 후속판결들도 피고인이 문맹, 무지, 연소, 정신능력의 미약, 판사나 검사의 불공정한 행위 등 적법절차의 기본정신인 '본질적 공정성'이 침해된 사실을 입증해야 한다고 판시한 바 있었다.

교도소에서 수련한 풍월법률가 기디언이 이렇듯 정교한 법리를 알 리 없다. 다만 재판절차의 첫 순간부터 그의 머릿속에 자리잡고 있는 것은 오로지 "헌법은 아무리 가난한 사람이라도 변호사의 조력을 받을 권리를 부여한다"라는 맹목적인 확신뿐이다. 대법원에 제출한 청원서도 따지고 보면 법원에 종래의 입장을 바꾸라는 엄청난 주문인 것이다.

그런데 기적이 일어난다. 뜻밖에도 대법원 판사 아홉 명 중 네 명이 이 사건을 재판하는 데 합의하고, 기디언에게 변호인이 선임된다. 대법원이 극빈자의 민권사건을 심사하는 경우에 변호인을 선임해주는 것은 법적 근거는 없으나 그 누구도 이의를 제기하지 않는 확립된 전통이다. 이렇게 선임된 변호인에게는 보수가 지급되지 않지만, 지고한 권위의 상징인 연방대법원에 출정할 기회 자체를 더없이 큰 영광으로 여기는 변호사들이 무수히 많다.

대법원 역사상 가장 위대한 대법원장으로 공인되어, 오늘날까지 '수퍼 치프Super Chief'로 불리는 얼 워렌은 기디언의 변호인으로 워싱턴의 일류 변호사 에이브 포터스를 위촉한다(포터스는 후일 존슨 대통령에 의해 연방대법원 판사에 임명된다). 자신의 조수 존 엘리(후일 스탠포드 법대 학장을 지낸 헌법학자)와 함께 준비에 착수한 포터스는 대법원의 인적 구성이나 판례의 추세가 기디언에게 유리한 방향으로 움직이고 있음을 감지한다. 1963년 3월 15일, 대법원은 포터스의 전문가적 예견과 기디언의 맹목에 가까운 확신을 새로운 미국의 법으로 선언한다. "모든 중죄 사건에서 변호인의 조력을 받을 권리는 필수불가결한 권리장전의 일부이다." 매우 드문 전원일치의 판결이었다.

대법원의 새 판결은 미국의 모든 중죄 혐의자에게 변호인의 도움을 받을 권리를 보장하지만 그렇다고 판결의 당사자인 기디언에게 즉시 자유를 선사하지는 못한다. 기디언은 다시 한 번 같은 사건으로 같은 법원의 재판을 받아야 한다. 이번에는 변호사의 도움을 받으며.

인권의 나팔수

영화의 후반부는 같은 사건에 대한 제2의 재판에서 석방에 이르기까지를 찬찬히 옮긴다. 이미 이 년 동안 복역한 기디언이 누명을 벗는 과정이 인상 깊다. 변호인의 교체, 자신에게 유리한 증인의 확보 등 까다로운 주문을 주저하지 않는다.

첫 재판에서 불리한 증언이 되었던, 다량의 동전을 소지했던 사실도 비로소 해명된다. 그것은 기디언의 오랜 습관으로, 어떤 때는 100달러를 모두 25센트짜리 동전으로 소지하기도 했으며, 심지어는 하숙비조차도 동전으로 낸 적이 있다는 하숙집 주인의 증언이 더해진다. 또한 평소에 술을 입에 대지도 않으며, 전화를 걸 때도 행여 다른 사람에게 방해가 될세라 복도에 설치된 공중전화기 대신 길 건너편의 전화박스를 이용할 정도로 공중도덕의식이 높은 사람이라는 증언도 나온다. 범행 현장에서 기디언을 보았다고 진술한 청년의 신빙성에 결정적인 타격을 주는 심문이 이루어지고 반대증거가 제출된다. 이 모든 과정에 변호인의 전문지식과 변론기술이 주효했음을 물론이다. 이렇듯 자신의 무죄를 밝히려는 집념의 노력이 보상받아 마침내 기디언은 무죄 평결을 얻어낸다.

영화 〈기디언의 트럼펫〉은 이름 없는 민초의 자유를 위한 투쟁에 초점을 맞춘다. 연방대법원의 변론 장면을 담은 미국 영화는 대체로 재판을 맡은 대법관과 외모가 유사한 배우를 선택하는 것이 정석이다. 많은 미국 국민이 대법관의 용모를 기억하기 때문일지도 모른다. 그러나 이 영화에서는 이러한 '대법원의 정석'이 깨진다. 워렌 역을 맡은 존 하우스먼을 비롯해 대법관 역을 맡은 아홉 명의 배우 그 누구도 실존인물과 전혀 닮지 않았다. 오로지 변호사 포터스 역을 맡은 배우만 실물의 외향과 분위기를 풍긴다. 그의 변론도 아홉 명의 대법관을 상대로 한 일방적인 연설에 가깝다. 이는 민권을 위한 투쟁에서 판사보다도 소송 당사자의 역할이 더욱 중요하다는 것을 강조하기 위한 의도적인 설정이다. 대법원에 보내는 청원서를 교도소 우편함에 넣는 기디언의 떨리는 손을 주시하는 동료 죄수 수백 명의 눈동자는 법이라는 기계를 움직이는 주인은 다름 아닌 민초임을 부각시키는 장치일 것이다.

기디언 판결 이후 연방대법원과 각급 법원은 국선변호사가 극빈자 피고인을 위해 성실하게 변론해야 한다는 세부원칙을 정립해나갔다. 그리하여 영어에 능통하지 않은 소수민족 피고인을 위하여 피고인의 모국어로 조력을 받을 권리까지 확장하기에 이르렀다. 기디언의 승리는 가진 것 없는 힘없는 약자, 심지어는 찾아올 일가친척 하나 없는 혈혈단신의 죄수도 나라의 최고법원으로 하여금 법을 바꾸게 할 수 있다는 가능성을 실증했다.

기디언의 이야기는 작게는 한 인간의 드라마이자, 크게는 1960년대 미국 전역을 휩쓴 민권운동의 기념비이다. 구약성경이 전하는 기드온의 생애처럼 기디언에게도 시대의 나팔수의 소명이 주어졌는지 모른다. 순박한 농부 기드온에게 미디언족을 정복하고 이스라엘 민족을 위기에서 구해내는 중차대한 역할이 주어졌듯이, 오십 평생을 흘려버린 기디언이 인생의 후반에 인권과 정의의 나팔을 불어 차별적인 법제도를 타파하기 위한 민권전쟁에 동원령을 내린 것이다.

마지막 장면은 총잡이가 주역인 전형적인 서부영화를 연상시킨다. 조잡스러운 이층 목조건물들 사이로 난, 마차가 다닐 법한 길을 어깨가 구부정한 사나이가 걸어간다. 허리의 총 대신 포켓 속의 지폐 두 장을 감추고서. 무죄판결을 받고 곧바로 자유의 몸에 된 기디언은 환영 나온 사람들에게서 2달러를 얻어 자신의 '범행 현장'으로 선언되었던 당구장 바를 향해 걸어간다. 그 걸음을 나팔 소리가 인도한다.

당구장을 향해 걸어가는 기디언의 등 뒤로 킹스필드

교수(인기 드라마 〈하버드대학의 공부벌레들〉의 주연 존 하우스만)의 귀에 익은 목소리가 법무장관 로버트 케네디의 말을 인용하며 이 사건의 의미를 정리한다. "한 외진 소읍 모퉁이에서 클레어런스 얼 기디언이 연필로 자신의 사연을 적지 않았더라면 그리고 그 사연에 대법원이 귀를 기울이지 않았더라면 미국 역사는 달라졌을 것이다." 그러나 기디언은 결코 혼자 싸운 것이 아니었다. 기드온이 피를 뿜어내듯 분 나팔 소리에 법이, 정의가, 판사의 양심이 그리고 인간 존엄을 표방하는 헌법정신이 장단을 맞추었던 것이다. 여기에 법제도의 위력이 있다.

법은 과연 진실의 편인가

〈프라이멀 피어〉

윌리엄 딜 원작, 그레고리 호블릿 감독의 〈프라이멀 피어〉는 인상적인 법정 장면이 기억에 남는 특이한 영화이다. 재판 장면이 길어지면 지루하기 쉬운 법인데, 이 영화의 재판 장면은 작품의 상당 부분을 차지하면서도 조금도 지루하지가 않다. 그것은 그만큼 이 영화가 시종일관 팽팽한 긴장 속에 진행되고 있으며, 높은 수준의 작품성과 세련도를 유지하고 있다는 것을 의미한다.

시카고의 덕망 높은 러시먼 대주교가 일흔여덟 번이나 칼에 찔리고 신체의 일부가 여기저기 잘려나간 채 참혹하게 살해된다. 시체의 가슴에는 'B32-156'이라는 숫자가 칼로 새겨져 있다. 한편 근처에서는 온몸에 피를 뒤집어쓴 소년 복사服事 애런 스탬플러가 도망치다가 체포되어 일급살인 혐의로 재판받게 된다. 그의 옷과 신발에 묻은 피가 러시먼 대주교의 피라는 사실이 드러나면서 애런은 검찰에 의해 살인범으로 기소된다. 한때 주 검사장 존 쇼너시 밑에서 검사로 일하다가 그만두고 지금은 유능한 인기 변호사가 된 마틴 베일은 그 소년의 무죄를 믿고 자청해서 변론을 맡는다. 그에게는 예전에 사랑에 빠졌으나 지금은 헤어진 재닛이라는 동료 검사가 있다. 그런데 존 쇼너시는 재닛에게 이번 사건의 기소를 맡긴다. 마틴은 이제 옛 연인과 법정에서 대결하게 된 것이다.

변호사와 검사로서 마틴과 재닛은 한 치의 양보도 없이 서로 팽팽하게 대치한다. 재닛은 마틴에게 "정신이상에 의한 무죄 탄원"을 해보지 그러냐고 빈정대지만, 애런의 무죄를 믿는 마틴은 흔들리지 않는다. 그러한 과정에서 두 사람은 사건의 배후에 놀라운 사실이 숨어 있음을 발견하게 된다. 처음에 재닛은 애런의 범행을 확신하면서도 대주교를 아버지처럼 사랑했다는 애런으로부터 아무런 살해동기를 찾지 못해 딜레마에 빠진다. 더구나 애런은 말을 더듬는 소심한 성격의 소년이다. 마틴은 또 한 사람의 소년 복사를 찾아내어 그로부터 러시먼 대주교가 실은 성도착증 변태성욕자였다는 놀라운 사실을 알게 된다. 러시먼 대주교는 자기가 데리고 있던 린다라는 소녀와 두 소년에게 변태 성행위를 시키고 그 장면을 비디오로 촬영했던 것이다. 이제 애런에게는 훌륭한 살해동기가 생긴 셈이다.

그러나 포르노 비디오를 법정에 증거물로 제출해 배심원들에게 보여줄 경우 여론이 나빠질 것을 우려한 마틴은 그 비디오테이프를 재닛의 집 현관에 몰래 갖다놓는다. 재닛은 다시 한번 딜레마에 빠진다. 그녀의 상관인 존 쇼너시 주 검사장은 그 비디오테이프를 없애버리라고 명령하지만, 재닛은 법정에 테이프를 제출한다.

마틴은 심리학자 배링턴 박사의 도움으로, 애런이 정신분열증 환자이며 두 개의 인격을 갖고 있다고 주장한다. 처음에는 그가 거짓말을 한다고 생각하는 재닛에 의해 법정에서 조롱만 당한다. 하지만 증언대에 선 애런을 재닛이 무섭게 추궁하자 위협을 느낀 애런이 갑자기 또 하나의 인격인 로이로 변해 재닛에게 폭행을 가하는 사건이 발생한다. 마틴은 애런이 해리성정체장애(다중인격)을 갖고 있다는 것을 법정에서 증명함으로써, 재닛의 노력을 일거에 무산시킨다. 이제 사람들은 모두 애런이 해리성정체장애 환자라는 것을 믿게 된다. 기소는 중지되고 재판은 취소되며 애론은 정신병원에 보내지게 된다. 정신병자는 자신의 행동에 책임을 질 필요가 없기 때문에 무죄판결을 받는다. 그리하여 마틴은 승리한다.

영화의 마지막에 마틴은 마지막으로 애런을 찾아간다. 기소가 중지되었다는 좋은 소식을 전하고 떠나가는 마틴에게 애런은 "재닛에게 미안하다고 전해줘요. 목을 눌러서 미안하다고 전해줘요"라고 말한다. 로이가 되어 있는 동안에는 아무것도 기억하지 못하던 애런의 이 말에 의아해하는 마틴을 비웃으며 애런은 비로소 진실을 털어놓는다. 그는 해리성정체장애을 가진 정신분열 환자인 척했을 뿐, 사실은 멀쩡한 정신을 가진 사람이었으며, 러시먼 대주교뿐 아니라 여자친구인 린다까지도 살해했던 것이다. 애런은 "창녀 같은 계집애 린다도 죽어야만 했어. 그러나 러시먼 대주교를 죽인 것은 예술작품이었지"라고 마틴을 조롱한다. "그럼 로이는 애초에 존재하지 않았다는 말이냐?"고 묻는 마틴에게 애런은 "애초에 존재하지 않았던 것은 애런이야"라고 대답한다. 영화는 망연자실한 마틴이 힘없이 걸어나오면서 끝난다.

〈프라이멀 피어〉의 중요한 주제 중 하나는 물론 '분열된 자아'일 것이다. 죽은 러시먼 대주교의 가슴에 새겨진 B32-156은 너새니얼 호손의 소설 《주홍 글자》의 한 구절을 가리키는 암호인데, 그 내용은 다음과 같다.

사람이란 오랫동안 이중의 얼굴을 갖고 생활하다 보면 도대체 어떤 것이 진짜인지 구별하기 어려워지는 법이다.

　러시먼 대주교는 분명 분열된 자아를 가진 사람이었다. 한편으로는 근엄한 종교지도자였으면서, 다른 한편으로는 어린 소녀와 소년들을 성적으로 학대하고 러시먼 재단을 만들어 엄청난 돈을 주물렀다. 러시먼 대주교를 살해한 애런 역시 분열된 자아로 위장해 교묘하게 법망을 빠져나간다. 애런은 수줍어하고 연약한 소년이지만 로이는 거칠고 사나운 정반대의 인격이며, 사람들은 어느 것이 그의 진짜 모습인지 알지 못한다. 애런은 법관들은 물론 심지어 전문가인 심리학자까지도 속여넘긴다. 법정에서 대결하는 마틴과 재닛 역시 분열된 인격의 한 전형을 보여준다. 그들은 한때 하나로 합일된 적이 있는 서로 사랑했던 연인 사이다. 서로의 성격과 생각을 너무나 잘 알고 있는 그들은 마치 자신의 분신과 싸우고 있는 해리성 정체장애와도 같은 모습을 보여준다.

　〈프라이멀 피어〉의 두 번째 주제는 '복수'이다. 애런은 자신을 괴롭히는 대주교에게 복수한다. 마틴 역시 자신이 싫어하는 주 검사장 쇼너시에게 복수하기 위해 애런 사건을 맡는다. 마틴은 자신이 검사였을 때 쇼너시가 나쁜 짓을 많이 시켰다고 회상한다. 어떤 의미에서 그것은 러시면 대주교가 애런에게 시켰던 나쁜 짓과도 병치된다. 그래서 마틴은 더욱 애런의 무죄를 믿고 싶어한다. 즉 마틴은 애런에게서 옛날의 자기 자신을 보는 것이다. 마틴은 쇼너시를 증언대에 세운 다음, 러시먼 재단에 투자했다가 거액의 돈을 손해 본 쇼너시가 오히려 애런보다 더 큰 살해동기를 갖고 있다고 폭로함으로써 쇼너시에게 잔인하게 복수한다. 상징적으로 볼 때 그것은 마치 애런이 러시먼을 칼로 난도질한 것과 같은 행위이다. 그래서 영화의 마지막에, 자신을 속인 애런에게서 마틴은 또 한 번 스스로의 모습을 발견한다.

이 영화는 "피고가 무슨 짓을 했는지는 아무 상관이 없어. 그는 여전히 최고의 변호를 받을 권리가 있어"라는 마틴의 말로 시작된다. 그를 인터뷰하는 잡지사 기자가 "진실은 어떡하고요?"라고 묻자, 마틴은 "진실이라고? 그건 내가 배심원들의 마음속에 만들어놓는 것일 뿐이야. 말을 바꾸면 '진실의 환영'이라고 할 수 있지"라고 자랑스럽게 대답한다. 그러나 결국 마틴은 애런의 경우를 통해 비로소 자신이 그동안 자랑스럽게 해온 일의 가공할 만한 결과를 깨닫는다. 그는 배심원들의 마음속에 애런이 해리성 정체장애의 소유자라는 환영을 진리로 심어놓는 데 성공했다. 그러나 그것은 결코 진실이 아니었다.

법관들은 언제나 자신들이 진실을 밝힌다고 자부한다. 그러나 영화의 마지막에 진실을 알게 된 마틴은 과연 어떤 태도를 취할 것인가? 신문과 잡지의 표지를 장식하는 인기 변호사인 그가 과연 이미 이긴 케이스를 취소하고 패배를 자인할 것인가? 영화는 아무런 암시도 없이 끝난다. 그러나 마틴의 망연자실한 표정으로 미루어 우리는 결국 사건이 그대로 종결될 것임을 눈치챌 수 있다. 검사와 변호사의 경쟁 속에 그리고 개인적 복수심 속에 진실은 영원히 암흑 속에 가려진다. 어쩌면 그것이 우리가 두려워해야만 하는 가장 무서운 원초적 공포, 즉 '프라이멀 피어'인지도 모른다.

법망을 빠져나가는 악인들

《재와 빨강》《7년의 밤》《종의 기원》

편혜영은 현대인의 불안심리를 잘 담아내는 감수성의 작가이다. 남편의 빚 때문에 도시에서 시골로 이주한 후 엄습해오는 불안심리를 특이한 스타일과 분위기로 그려낸 《사육장 쪽으로》부터, 회사의 착오로 동남아시아로 추정되는 어느 나라에 파견된 주인공이 겪는 부조리함과 기이한 감정을 그린 《재와 빨강》을 거쳐, 자신이 운전하던 중 교통사고로 부인을 잃은 남편의 심리를 추적한 《홀》까지, 편혜영은 현대인의 불안심리를 성찰하고 묘사하는 데 탁월한 역량을 보여주고 있다.

《재와 빨강》의 주인공은 어느 날 C국으로 파견된다. 서울에서 직장에 적응하지 못하고, 아무도 모르는 범죄를 저지른 것 같은 주인공에게 C국은 안전한 도피처여야 하겠지만, 도착하는 순간부터 그는 그 나라에 창궐하고 있는 전염병으로 인해 격리된다. 그 나라 말도 못하는 그는 회사와도 연락이 단절되고 철저히 고립된다.

C국에서 주인공은 방역당국이 벌이는 쥐들과의 전쟁을 목도한다. 잿빛 쥐가 쓰레기 소각장에서 붉은 불에 타 들어가는 걸 바라본다. 죽은 잿빛 쥐의 내장도 역시 빨간색이다. 도처에 널려 있는 쓰레기 소각장에서 '재와 빨강'을 목격하며 주인공의 고립과 불안은 극에 달한다.

편혜영의 소설에서 교묘하게 아내를 살해하는 남편들은 법적 처벌을 받지 않는다. 그 어디에도 법적으로 확실한 증거가 없기 때문이다. 법은 상황증거나 막연한 의심만 갖고는 집행할 수 없기 때문이다. 현대인의 불안은 바로 그런 불확실성에서 기인한다. 어디에도 확실한 것은 없고, 우리는 그 속에서 끝없는 불안을 느끼며 살고 있다. 우리가 살고 있는 현실이 그만큼 복합적이고 불확실하기 때문이다. 그런 경우, 법은 과연 무엇을 할 수 있을 것인가.

정유정의 《7년의 밤》은 또 다른 시각으로 범죄와 범법자를 바라본다. 세령댐의 보안팀장으로 발령이 난 최현수는 밤에 술에 취한 채 운전해서 세령댐으로 가다가 갑자기 길에 뛰어든 여자아이를 치고는 당황한 나머지 그 아이를 죽게 한 후 세령댐에 던진다. 수목원의 주인이자 마을의 유지인 세령의 아버지 오영제는 교화와 교정이라는 핑계로 아내와 딸에게 신체적 폭력을 행사하는 잔인한 남자이다. 이혼소송에서 아내에게 패소한 그날도 딸 세령이를 때렸고, 세령은 집을 뛰쳐나갔다가 현수의 차에 치여 결국 죽은 것이다. 오영제는 범인을 잡아 복수한다면서, 새로 부임해온 최현수를 의심하고 스토킹한다.

한국에서는 사랑을 소유와 착각하는 경향이 있다. 그러나 사랑은 소유하는 것이 아니라, 상대방을 존중해주고 자유롭게 해주며, 상대방이 행복하도록 해주는 것이다. 가족을 자기 소유라고 생각하면 자기 것이니까 자기 마음대로 해도 된다고 여겨 폭력을 가하게 되고, 때리는 것도 사랑하기 때문이라고 착각하게 된다. 그러나 배우자나 자녀를 때리는 순간, 그것은 폭력일 뿐 더는 사랑이 아니다.

최현수는 형법상 처벌의 대상이 되는 죄를 지었다. 술을 마시고 아동을 치었으며, 겁이 나서 그 아이를 죽인 후 댐에 시체를 유기하기까지 했다. 그러나 가족에 대한 폭력은 미국을 비롯한 선진국에서는 다른 사람을 때리는 것과 똑같은 범법행위이다. 가족은 자신의 소유가 아니기 때문이다. 더구나 미국은 가정폭력에 대한 기준 자체가 훨씬 높다. 예컨대 부모가 어린아이를 차에 혼자 둔 채 슈

퍼마켓에 들어가 쇼핑을 하면, 그 부모는 재판을 받고 아이의 친권을 박탈당할 수도 있다. 이렇게 미국에서는 부모의 자격이 없다고 판단되면 사회가 아이를 키울 권리를 빼앗아가는데, 이는 아이를 부모의 소유로 보는 한국 사회에서는 이해하기 힘든 문화적 차이이다.

정유정은 여기서 중요한 질문을 던진다. 최현수와 오영제 중 과연 누가 더 질이 나쁜 죄인인가? 판단은 독자의 몫이겠지만, 적어도 양심의 가책을 받고 괴로워할 줄 아는 최현수보다는, 아무런 가책 없이 가족을 잔인하게 구타하는 오영제가 훨씬 더 나쁜 사람처럼 보인다. 그건 우발적 살인보다 더 용서하기 힘든 것이기 때문이다.

최현수는 오영제 일가족을 살해한 살인범으로 기소되어 결국 사형당한다. 최현수의 아들 서현은 살인자의 아들이라는 비난을 받고 살아왔다. 그러나 서현은 아버지와 같이 있었던 승환을 통해 비로소 자신의 어머니와 서령을 죽게 만든 진짜 살인범은 아버지 최현수가 아니라, 잔인한 악당 오영제라는 사실을 깨닫게 된다. 서현은 이제 늘 자신을 따라다니던, 살인자의 아들이라는 악몽에서 비로소 벗어나게 된다.

같은 작가의 또 다른 작품《종의 기원》에서 사이코패스 유진은 형과 아버지를 죽게 만들고, 어머니와 이모를 잔인하게 살해하며, 입양한 형과 길 가던 여자도 죽인 후에 유유히 현장을 빠져나가고, 대신 그가 죽인 형이 모든 죄를 뒤집어쓴다. 그도 형에게 살해된 것으로 신문에 보도된다. 이 소설에서 정유정은 우리 내면에 숨어 있는 사악한 DNA를 성찰하며, 그런 사악함은 법의 처벌도 받지 않고 교묘히 빠져나간다는 사실을 지적한다. 사실 법은 눈을 가리고도 형평성 있게 판결해야 하는데, 때로는 눈먼 장님처럼 사악한 범법자들은 놓치고, 별로 죄 없는 사람을 가혹하게 처벌하기도 한다.

정유정의 소설들은 이와 같은 맥락에서 우리 사회 속에 숨어 있는 오영제나 유진 같은 소시오패스나 사이코패스의 이야기를 설득력 있게 들려주고 있다. 《7년의 밤》이나 《종의 기원》에서 독자들은 바로 그런 사악한 살인자들을 만나 전율하게 된다.

제2부

정의와 편견

정의도 폭력이 될 수 있는가

《정의란 무엇인가》《채식주의자》

정의란 무엇인가

1971년 네덜란드 국영 텔레비전에서 '인간의 본성: 정의와 폭력'이라는 주제로 미국의 노엄 촘스키와 프랑스의 미셸 푸코의 대담이 있었다. 사회자가 "인간이 정치적 폭력에 맞서서 싸워야하는 이유"를 묻자, 촘스키는 즉시 "정의를 위해서"라고 대답했다. 그러나 푸코는 "나는 정의라는 말 자체에 회의적입니다. 정의는 독재에 저항하는 사람도 사용할 수 있지만, 독재자도 자신이 정의라고 믿을 수 있기 때문입니다"라고 대답했다.

과연 한국의 군사독재 시절에도 정부의 구호가 "정의사회 구현"인 때가 있었다. 국민들은 비웃었지만, 독재자는 자신이 정의라고 생각했기 때문에 그런 아이러니를 스스럼없이 저질렀을 것이다. 반대편에서 보면, 민주화

투사들도 자신들이 독재에 맞서서 싸웠기 때문에 스스로를 정의라고 생각하게 된다. 그러나 자신이 절대적 정의라고 생각하는 순간, 정의는 권력이 되고 타자에 대한 폭력이 될 수도 있다. 자신이 정의라고 믿으면, 독선적이 되어 타자에게 우월감과 편견을 갖게 되고 스스럼없이 폭력을 행사할 수도 있으며, 그것을 합리화할 수도 있기 때문이다. 또한 자신이 정의라고 생각하는 사람들은 사물을 선과 악 또는 정의와 불의로만 나누는 흑백논리와 이분법적 가치판단에서 벗어나지 못하게 된다. 그러나 한 사람의 정의가 다른 사람이 볼 때에는 불의일 수도 있다. 정의는 다분히 임의적이기 때문이다. 그래서 촘스키보다는 푸코의 말이 더 현실에 가까운 내용을 담고 있다.

《정의란 무엇인가》에서 마이클 샌델도 정의란 참으로 정의하기 어려운 것이라고 말하고 있다. 이 책에서 그는 단 한 번도 "이것이 정의이다"라고 정의내리지 않는다. 정의가 무엇인지는 알 수 없고 어려운 문제이기 때문이다.

예컨대 샌델은 아프가니스탄의 미 해병정찰대와 염소치기 소년의 경우를 예로 든다. 아프가니스탄에서 미 해병정찰대가 염소치기 소년을 만난다. 교본에 의하면, 그 염소치기 소년을 죽여야만 한다. 소년이 탈레반에게 미군의 위치를 알릴 수 있기 때문이다. 그러나 기독교인 대원이 동료들을 설득해 염소치기 소년을 살려 보낸다. 아직 어린 소년이기에, 죽이지 않는 것이 정의라고 믿었기 때문이었다. 그러자 즉시 그 소년은 탈레반에게 미군의 위치를 보고하고, 탈레반의 공격으로 해병정찰대원들은 거의 다 전사한다. 홀로 살아남아 부상을 입은 채 귀국한 그 기독교인 대원은 어쩌면 그 소년을 죽이는 것이 정의였던 것 같다고 탄식하면서, 도대체 정의가 무엇인지 잘 모르겠다고 말한다.

샌델은 또 인도의 대리모에 대해 언급한다. 불임부부가 자국에서 백인 여성을 대리모로 구하면 많은 돈이 들어가지만(약 7만 5000달러로 추산), 인도에서 대리모를 구하면 4500달러에서 7500달러만 지급하면 된다. 불의라고 비난하는 사람들도 있지만, 인도에서 그 정도의 돈이면 여성이 십오 년 동안 일해야 벌 수 있는 돈이다. 집도 사고 아이들을 대학도 보내서 그 인도인 대리모는 평생 행복하게 살 수 있다. "그렇다면 과연 어떤 것이 정의인가?"라고 샌델은 질문을 던진다.

또 남북전쟁 때, 연방정부는 돈을 내면 징집을 면제해주었고 그 돈으로 다른 사람을 전장에 내보냈다. 그렇게 해서 군대를 가지 않은 사람 중에는 J. P. 모건의 아버지와 앤드류 카네기의 아버지도 있었고, 시어도어 루스벨트 대통령의 아버지와 프랭클린 루스벨트 대통령의 아버지도 있었다. 이에 대해 돈을 내고 징집을 피한 것은 불의라고 비판하는 사람도 있다. 그러나 만일 그들의 아버지들이 전쟁에서 사망했을 경우에 아들들의 앞날에 부정적인 영향을 끼쳤을 텐데, 그랬다면 미국의 역사도 바뀌었을지도 모른다. 그들의 아들들이 경제적, 정치적, 외교적으로 미국에 커다란 공헌을 했기 때문이다. "그렇다면 과연 어느 것이 정의인가?"라고 샌델은 묻는다.

샌델은 세금폭탄도 거론한다. 사람들은 부자에게 세금폭탄을 부과하는 것이 정의라고 생각한다. 그러나 열심히 일해서 돈을 번 사람들에게 세금폭탄은 정의가 아니다. 80퍼센트의 세금폭탄 때문에 해외로 망명한 프랑스 재력가들의 경우가 그 좋은 예라고 할 수 있다. 샌델은 부자에게만 세금폭탄을 때리는 것은 부자의 입장에서는 정의가 아니라, 공권력의 폭력이자 불의일 수도 있다고 말한다.

《정의란 무엇인가》는 안락사 문제도 다루고 있다. 우리는 생명 연명기구를 떼는 것을 불의라고 생각하고 비난한다. 그러나 샌델은 아무 의식도 없는 뇌사 상태의 환자를 계속 살려두어서 가족의 경제가 파탄난다면 과연 그것이 정의인가 하는 문제도 생각해보아야 한다고 말한다. 샌델은 어떻게 하는 것이 정의인가는 참으로 판단하기 어려운 문제라는 것을 수많은 예를 들어 설명해주고 있다.

그런데 우리는 너무도 쉽게 모든 것을 정의와 불의로 나누고, 자신을 정의라고 굳게 믿는다. 우리는 어리석게도 스스로가 정의를 대표하고 정의를 집행한다고 생각한다. 움베르토 에코의 《장미의 이름》이나 오르한 파묵의 《내 이름은 빨강》은 그러한 확신이 극단적이 되면 살인도 주저하지 않게 된다고 경고한다. 내가 하는 일은 모두 정의이기 때문에 양심의 가책 없이 살인할 수 있다는 것이다.

《정의란 무엇인가》에서 샌델은 커트 보니것의 《해리슨 버저론》을 언급한다. 이 단편소설은 "2050년, 모든 사람은 드디어 평등해졌다"라고 시작된다. 모두가 평등해야 하기 때문에, 정부에서는 머리가 좋은 사람에게 정기적으로 전기쇼크를 주어 멍청하게 하고, 예쁜 사람은 가면을 쓰게 하며, 춤을 잘 추는 발레리나는 다리에 철추를 달게 한다. 이 풍자 단편을 통해 보니것은 "이런 것이 과연 진정한 평등이고 올바른 정의인가?"라는 질문을 던진다. 물론 샌델도 보니것의 경고에 동참한다.

정의도 폭력이 될 수 있는가

우리는 폭력적인 세상을 살아간다. 사람들도 폭력적이고 사회도 폭력적이며 정치도 폭력적이다. 폭력은 나만 옳다고 확신하며 타자를 증오하고 존중하지 않을 때 생겨난다. 사람들은 타자에 대한 폭력을 폭력으로 인식하지 못하고, 정의의 집행이라고 잘못 생각하게 된다. 그래서 자신의 잘못이나 폭력을 절대 인정하거나 뉘우치지 않는다.

맨부커 인터내셔널상 수상작가인 한강의 《채식주의자》는 폭력과 정의에 관한 소설이다. 제1부 '채식주의자'에서 주인공 영혜는 폭력적인 가정과 사회 속에서 소외되고 고립된 채, 스스로를 정의라고 생각하는 육식주의자들로부터 폭력을 당하고 있는 채식주의자이다. 어린 시절, 영혜는 집에서 키우던 개에게 물린적이 있다. 영혜의 아버지는 개를 모터사이클에 매달아 죽을 때까지 끌고 다닌다. 그래야 고기가 연해지기 때문이다. 그런 다음, 그 개의 고기를 영혜에게 억지로 먹인다. 자기를 문 개의 고기를 먹으면 상처가 빨리 낫는다는 미신 때문이다.

어린 시절의 그 트라우마로 인해 영혜는 어느 날 갑자기 고기를 못 먹게 되고, 그 결과 가족들로부터 폭력을 당한다. 남편은 처갓집 식구들에게 책임을 추궁하고, 영혜의 아버지는 또다시 영혜에게 강제로 고기를 먹인다. 그런 면에서, 영혜의 아버지가 베트남전 참전 군인이었다는 것은 적절한 상징이다. 전장에서는 폭력을 폭력으로 인식하지 못한다. 아버지에게서 딸에게 고기를 먹이는 것은 마치 전쟁과도 같은 것이 된다. 아버지가 영혜에게 폭력을 행사할 때, 가족들은 방관하거나 동조함으로써 폭력에 가담한다.

아버지가 이렇게 당당하게 딸에게 폭력을 행사할 수 있는 이유는, 채식은 잘못된 것이고 육식이 옳은 것이라는 경직된 신념과 확신 때문이다. 그러나 그것은 독선일 뿐이다. 자기만 진리이고 타인은 허위라는 생각을 갖고 있는 사람에게 폭력은 단지 정의의 집행일 뿐이다. 이렇게 제1부 '채식주의자'는 가부장적 가정의 폭력을 다루고 있다.

제2부 '몽고반점'에서는 비디오 아티스트인 영혜의 형부가 채식주의자인 처제의 엉덩이에 있는 몽고반점에 매료되어 그것을 비디오로 촬영하다가 성적 욕망이 일어 처제와 섹스를 하게 된다. 자신을 식물이라고 생각하는 처제의 몸에 꽃과 나무를 그려 넣은 다음, 형부는 자신의 몸에도 그렇게 해서 처제를 유혹하고, 섹스를 식물과 자연의 합일로 생각하는 영혜는 형부와의 섹스를 저항하지 않고 받아들인다.

아시아, 아프리카, 라틴아메리카 아이들에게 어렸을 때 나타났다가 어른이 되면 사라지는 푸르스름한 몽고반점은 아마도 순진성의 상징일 것이다. 형부는 처제의 바로 그 순진성에 성적으로 이끌렸다고 볼 수 있다. 이 경우, 영혜는 예술을 가장한 형부의 보이지 않는 폭력에 대한 피해자라고 볼 수 있다. '몽고반점'은 우리 사회의 도처에 존재하고 있는 예술이라는 가면이나 연장자라는 이점 또는 후원자의 탈을 쓴 미묘한 성적폭력을 고발하고 있는 것처럼 보인다.

제3부 '불타는 나무'에서 영혜는 요양소에 입원한다. 자신이 식물이라고 생각하는 영혜는 물만 마시고 음식은 거부한다. 영혜를 살린다는 명목 하에 요양원 직원들은 영혜에게 강제로 음식을 먹이는데, 이는 보다 큰 선이나 대의를 위한다는 명목으로 국가나 사회가 개인에게 가하는 제도적 폭력을 상징한다고 볼 수 있다.

5·18광주민주화운동을 다룬 2014년 소설 《소년이 온다》에서도 한강은 국가가 개인에게 가하는 공권력의 폭력을 이야기한다. 시민들을 학살하는 군인들을 묘사하면서, 작가는 국가가 저지르는 '합법적인 폭력'의 실체를 감동적으로 고발하고 있다.

이어령 전 문화부 장관은 '국민'이라는 단어는 개인을

국가의 구성원으로 보는 뜻을 담고 있다면서, 일본 군국주의 시대에 만들어진 이 단어의 문제점을 지적했다. 에드워드 사이드도 《문화와 제국주의》에서 "우리는 아직도 개인이 국가에 의해서 정의되는 시대에 살고 있다."고 지적한다. 그러므로 사이드는 '국민'이라는 말 대신, 자유와 자주와 책임이라는 뜻이 들어 있는 '시민'이라는 용어를 사용해야 한다고 말한다.

우리는 테러리스트를 규탄한다. 그러나 사실은 폭력적인 사회에서 우리 자신도 타인에게 폭력을 가하는 또 다른 테러리스트들인지도 모른다. 한강의 《채식주의자》는 바로 그러한 깨우침을 우리에게 가져다준다.

《채식주의자》의 주인공 영혜 자신도 또 다른 의미에서 폭력적이라고 볼 수 있다. 왜냐하면 영혜는 채식을 하는 자기 자신만 옳고 육식을 하는 다른 사람은 다 틀렸다고 굳게 믿고 있기 때문이다. 어느 날, 갑자기 채식주의자가 된 영혜는 한밤중에 일어나서 냉장고에 들어 있던 모든 고기들을 끄집어내어 극도의 혐오감으로 사방에 던져놓는다. 깜깜한 밤에 고기 팩들을 던져놓고 유령처럼 냉장고 옆에 서 있는 영혜의 모습은 소름끼칠 만큼 섬뜩한 느낌을 준다.

우유와 달걀까지도 거부하는 극단적인 '비건'인 영혜

는 육식하는 모든 사람들을 혐오하며, 남편도 고기 냄새가 난다고 접근을 금한다. 고기 요리는 물론 하지 않아서, 그녀의 남편은 이제 집에서 고기를 먹을 수가 없는 것은 물론이고, 냄새 때문에 밖에서도 고기를 먹기가 어렵게 된다. 그러므로 영혜의 남편이 보기에는 영혜가 폭력적이며, 자기가 피해자이다. 영혜 자신도 자기 남편이나 아버지처럼 경직되고 독선적이고 폭력적일 수도 있다는 것이다.

두 개의 상반된 정치이념이 양극으로 흐른다면, 그 둘은 결국 비슷해지고 같은 문제점을 수반하게 된다. 그래서 우리는 중간에 서서 양극을 다 포용해야만 한다. 문학평론가 레슬리 피들러가 '양극을 피하는 중간'이라는 글에서 주장하는 것도 바로 그런 양극화에 대한 경고이다.

그런 의미에서 《채식주의자》는 정의도 폭력이 될 수 있다는 복합적인 시각을 독자들에게 제시해주고 있다. 우리가 사회정의라고 생각하는 것들이 사실은 개인에 대한 폭력이 될 수도 있고, 우리만이 정의를 실천한다는 생각도 독선이 되어 타자에 대한 폭력이 될 수 있다는 것이다.

서로의 차이를 인정하는 것, 바로 그것이 《채식주의자》가 우리에게 주는 진정한 교훈일 것이다.

정의의 사도를 자처하는 사람들

〈메이즈 러너〉

최근 해외 문단과 영화에 나타나는 두드러진 현상 중 하나는 청소년소설과 영화의 부상이다. 그러한 작품들의 공통된 주제는 절대적 진리에 대한 회의, 선과 악의 경계 해체 그리고 정의를 내세운 사람들의 독선과 위선에 대한 고발이다. 이러한 장르들은 청소년들과 어른들이 같이 읽고 본다는 점에서 그 파급효과가 두 배로 크다.

이 같은 현상의 배경에는 '포스트모더니즘'이라는 사조가 있다. 포스트모더니즘은 이 세상에 불변하는 절대적 진리는 없으며, 스스로 절대적 진리라고 확신하는 사람들은 경직된 도그마에 빠져 다른 사람들을 비진리, 허위 또는 이단으로 몰아 폭력을 행사하게 된다고 말한다. 또 포스트모더니즘은 이 세상에 절대 선이나 절대 악이란 없기 때문에, 때로 선악의 경계가 모호할 수도 있다고 말한다. 실제로 선이라고 믿었던 사람들이 나중에 악으로 드러나거나, 그 반대의 경우도 많다는 것을 우리는 잘 알고 있다. 포스트모더니즘은 스스로 정의라고 생각하는 사람들의 독선과 횡포와 폭력도 경고한다. 그런 사람들은 타자를 불의로 보고 폭력을 행사하면서도 그것을 사회정의로 합리화하고 합법화하기 때문이다.

마녀재판을 통해 수많은 무고한 사람들을 이단으로 몰아서 학살했던 중세의 종교재판관들이 바로 그런 사람들이었다. 우리는 흔히 마녀재판을 바티칸 교황청의 전유물로만 생각하지만, 사실은 종교개혁을 일으켰던 마틴 루터도 마녀재판에 반대하지 않아서 마녀사냥은 개신교에서도 계속되었다. 아메리카대륙에서도 유럽에서 이주해간 청교도들에 의한 마녀사냥이 상당 기간 맹위를 떨쳤다. 유럽에서 마녀사냥이 공식적으로 끝난 것은 19세기 초에 이르러서였다.

포스트모더니즘은 오늘날 많은 문학과 영화의 주제로 다루어지고 있으며, 사람들에게 많은 깨우침을 주고 있다. 특히 청소년소설 작가들이 그러한 깨우침을 주제로 한 작품들을 많이 발표함에 따라, 오늘날의 청소년들은 복합적인 현실을 제대로 성찰할 수 있는 안목을 갖게 되었다. 그래서 구원자를 자칭하며 정의를 내세우는 사람들이 사실은 또 다른 억압자이자 위선자이며 독재자일 수도 있다는 사실을 깨닫게 되었다. 또 우리 자신도 모르는 사이에 우리를 속박하고 억압하며 조종하고 있는 보이지 않는 세력이 있을 수도 있다는 사실도 깨닫게 되었다.

2009년에 발표된 제임스 대시너의 청소년소설을 영화화한 〈메이즈 러너〉도 바로 그러한 깨우침을 주는 작품이다. 이 작품은 지하에서 지상으로 올라간 엘리베이터에서 토머스라는 소년이 깨어나면서 시작된다. 자기가 누구인지 전혀 기억하지 못하는 이 청소년을 맞이하는 것은 '글레이드'라고 불리는 풀밭에서 살고 있는 일군의 십 대 소년들이다. 그들은 모두 자기들의 이름만 기억할 뿐, 과거의 기억이 사라진 채 엘리베이터를 타고 그곳에 먼저 도착한 사람들이다.

글레이드를 둘러싸고 있는 것은 벽으로 막힌 거대한 미로메이즈maze이다. 낮에는 문이 열려 있지만 밤에는 닫히며, 밤이면 그리버라는 괴물 로봇이 나타나 미로에 남아 있는 소년들을 죽인다. 외부로 나갈 수 있는 길은 그곳뿐이어서, 낮에는 '러너'라는 불리는 잘 달리는 소년들이 들어가 미로를 탐색하고, 밤이 되어 문이 닫히기 전까지 돌아오는 일과를 반복한다. 토머스는 처음에는 소년들의 의심을 사고 미움을 받지만, 곧 뛰어난 능력을 보여 러너가 되고 권력을 쥐려는 갤리에게 반기를 들며, 뉴트와 민호의 도움을 받아 지도자들 중 하나로 부상한다.

어느 날 십 대 소녀 테레사가 엘리베이터를 타고 그곳에 도착하는데, 그녀는 토머스와 자기가 'WCKD'라는 조직에 속해 있으면서 이곳에 있는 십 대들을 관찰했다고 말한다. 영화에서 WCKD는 '사악하다'는 뜻인 '위키드 Wicked'로 발음되어서 대단히 시사적이다. 갤리는 토머스와 테레사를 희생양으로 삼으려 하지만, 뉴트와 민호의 도움으로 그들은 곤경을 벗어나고, 토머스는 테레사와 소년들을 데리고 미로로 들어가 탈출을 시도한다.

드디어 그들은 그리버들을 죽이고 탈출에 성공해 실험실로 들어가게 된다. 그런데 그곳에는 사람들이 죽어 있고 에바 페이지라는 여자 과학자가 동영상에 나타나서 상황을 설명해준다. 지구는 강렬한 태양광으로 인해 파괴되었고, 이어서 생겨난 바이러스인 플레어에 의해 사람들은 좀비가 되다시피 했다. 아이들은 자기들이 그동안 항바이러스 면역체를 얻기 위한 '위키드'의 실험대상이었다는 사실을 알게 된다.

그때 갑자기 마스크를 쓴 사람들이 나타나서 아이들을 헬리콥터에 태우고 황무지 위를 비행해 그곳을 빠져나간다. 그래서 관객들은 소년들이 드디어 구원받은 것으로 생각하게 된다. 그러나 속편인 〈메이즈 러너: 스코치 트라이얼〉에서 관객들은 아이들을 구해준 사람들 역시 사실은 선한 사람들로 위장한 위키드 멤버들이라는 사실을 알게 된다. 도처에 선과 정의를 가장한 악한 사람들이 아이들을 감시하고 실험대상으로 삼아 조종하고 있다는 사실을 깨달은 토머스는 그들로부터 벗어나려고 노력한다.

구원자를 자처하는 사람들이 사실은 또 다른 악당일 수도 있다는 것은 〈메이즈 러너〉의 중요한 주제 중 하나이다. 또 다른 주제는 물론, 위기를 핑계 삼아 인류구원이라는 대의를 앞세우며 조직이 저지르는 감시와 사찰, 조종과 통제 그리고 살인에 대한 경고이다. 오늘날 세계정세를 살펴보면 그런 일들이 도처에서 일어나고 있다는 것을 알 수 있기에 이와 같은 포스트모던 인식은 강력한 호소력으로 다가온다. 〈메이즈 러너〉는 바로 그러한 복합적인 시대에 살고 있는 우리에게 꼭 필요한 깨달음과 깨우침을 제공해주는 중요한 작품이다.

진실과 진술 사이

〈베이직〉

　시종일관 어두운 화면에 혼란스러운 내용을 담은 〈베이직〉은 관객들에게 즐거움을 주는 데는 성공하지 못한 영화처럼 보였다. 그럼에도 영화를 보고 난 후 주제에 관해 꽤 할 말이 많은 영화라는 느낌을 받았다.

　〈베이직〉은 파나마의 밀림에서 훈련 중이던 특수부대원 여섯 명 중 네 명이 행방불명되고 두 명만 귀대하면서 시작된다. 총상을 입은 켄달 소위는 병원으로 후송되고, 그를 구출해온 던바 병장은 헌병장교 줄리 오스본 대위의 심문에 묵비권을 행사하며 특수부대 출신 수사관을 요청하는 메모를 제출한다. 메모의 마지막에는 8이란 숫자가 쓰여 있다. 부대장 윌리엄 스타일스 대령은 오스본 대위의 반대에도 불구하고, 육군을 떠나 현재는 마약수사국 요원으로 있는 친구 톰 하디에게 도움을 요청한다.

기지에 도착한 톰 하디 요원은 던바와 켄달로부터 각기 다른 버전의 사건 경위를 듣고 혼란에 빠진다. 공통적인 것은 훈련교관 웨스트 상사가 평소 너무 심한 훈련을 시켜 밀림 속에서 대원들 중 누구에게 살해된 듯하다는 것뿐이다. 그런데 켄달 소위가 특수부대원들이 파나마의 마약거래와 관련이 있으며, 육군병원 의사 피트 빌머가 거기에 관여하고 있다는 정보를 제공한 후, 누군가에 의해 병실에서 독살된다. 켄달은 죽어가면서 오스본 대위의 손바닥에 또다시 수수께끼 같은 숫자 8을 쓴다.

나중에 오스본 대위는 하디 요원으로부터 그 8이라는 숫자가 특수부대 내의 비밀 마약수사조직인 '섹션8'을 의미한다는 사실을 알게 된다. 그러면서 그녀는 웨스트 상사를 살해한 것이 사실은 웨스트를 미워하는 하디 요원이 아닌가 의심을 하게 된다. 하디 요원을 미행한 그녀는 마침내 섹션8의 비밀 아지트로 들어가게 되고, 비로소 모든 진실을 알게 된다. 즉 군부대 내의 마약거래를 눈치챈 웨스트 상사가 스타일스 대령에게 그 사실을 보고하자, 마약거래의 총책이었던 스타일스가 자신의 심복인 뮬러와 켄달에게 작전 중 웨스트 상사를 제거하라는 명령을 내렸고, 뮬러는 웨스트의 암살을 시도하다가 죽었으며, 살아 돌아온 켄달 역시 그의 입을 막으려는 스타일스 대령에 의해 독살되었던 것이다. 웨스트 상사는 살아 있고, 하디 요원은 특수부대를 떠난 것이 아니라 섹션8을 지휘하는 현역 대령이라는 사실도 드러난다. 영화는 이 모든 사실을 알게 된 오스본 대위도 앞으로는 비밀조직인 섹션8의 요원이 되리라는 암시와 함께 끝난다.

〈베이직〉은 던바와 켄달이 진술을 바꿀 때마다 플래시백 기법으로 당시의 상황을 실제처럼 보여주어, 하나의 사건을 각기 다른 버전으로 제시하고 있는 독특한 편집의 영화이다. 그렇게 함으로써 이 영화는 우리가 절대적 진실이라고 믿는 것들이 사실은 얼마나 허구적이며, 또 얼마나 쉽게 조작될 수 있는가를 잘 드러내고 있다. 하디 요원은 자신을 쏘려던 스타일스 대령을 사살한 오스본 대위에게 "우리가 진술만 제대로 하면 아무 문제없을 거야"라고 말한다. 즉 중요한 것은 '진실을 말하는 것'이 아니라, '이야기를 잘하는 것'이라는 것이다. 바로 그 말을 듣는 순간, 오스본 대위는 자신이 알았던 모든 진실을 의심하게 되고 그동안 믿었던 하디 요원을 미행하게 된다.

그러므로 〈베이직〉의 숨은 주제를 읽어내는 가장 좋은 방법은 이 영화를 젊고 순진한 오스본 대위가 진실에 눈뜨는 과정을 그린 영화로 읽는 것이다. 예컨대 영화 초반에 그녀는 자신이 진실을 밝혀낼 수 있다는 데 조금의 주저나 회의가 없는 확신에 찬 모습으로 등장해 하디의 개입을 정면으로 반대한다. 그러나 경험 많은 베테랑 수사관 하디와의 만남을 통해 그녀는 복합적이고 가변적이며 불가해한 현실 속에서 자신의 확신이 사실은 얼마나 무너지기 쉬운 가설에 근거해 있는가를 깨닫게 된다. 이 세상에는 자신이 모르고 있는 또 하나의 지하세계가 있으며 수많은 시각과 다양한 진실이 있을 수도 있다는 것을 깨닫게 된 오스본 대위는 이제 전혀 다른 사람으로 다시 태어나게 된다.

이 영화는 그녀의 혼란스러운 심정을 남미의 축제로 묘사하고 있다. 하디 요원을 미행하던 오스본 대위는 남미의 축제에 휩쓸려 어리둥절하고 혼란스러워하는데, 이는 주인공의 심리적 상황을 잘 드러내는 좋은 장치라고 할 수 있다. 미국 영화에서 남미는 흔히 인간의 원초적 영역의 상징으로 등장한다. 바로 그러한 지역에서 오스본 대위는 복합적인 현실에 눈을 떠 새롭게 태어나게 되는 것이다.

이 세상에 과연 절대적 진실이 존재하며, 우리는 그것을 확신할 수 있는가? 영화 〈베이직〉은 '아니다!'라고 대답함으로써, 절대적 진실을 부정하는 현대 문예이론과도 맞닿아 있다. 우리는 젊고 순수한 혈기에 자칫 절대적 진실의 존재를 상정하고 그것에 대해 과도한 확신을 가질 수도 있다. 그러나 때로 우리가 절대적 진실이라고 믿는 것들은 허구에 불과할 수 있으며, 단지 '이야기를 잘하는 것' 외에 아무것도 아닐 수도 있다는 사실을 깨달아야 한다. 〈베이직〉은 바로 그 점을 관객들에게 시사해준다.

정의의 집행과 윤리의 문제
〈뮌헨〉

1972년 베를린 올림픽에서 아랍 테러조직인 '검은 9월 단'이 올림픽 선수촌에 침입해 열한 명의 이스라엘 선수들을 인질로 잡고 공항을 통해 탈출하려다가 실패하고 인질 전원을 죽이는 사건이 벌어진다. 전세계를 경악시킨 이 참사 이후, 이스라엘은 보복에 나선다. 이스라엘 정보기관인 모사드는 선발된 요원들을 파견해 배후에서 테러를 조종한 아랍 지도자들을 암살한다. 스티븐 스필버그의 영화 〈뮌헨〉은 바로 그 과정을 다루고 있다.

영화 〈뮌헨〉을 보기 전에는 유대계 미국인인 스티븐 스필버그가 이제는 노골적으로 이스라엘을 옹호하는 영화를 만드는가 싶어 눈살이 찌푸려질 수 있다. 나치의 유태인 학살을 다룬 스필버그의 전작 〈쉰들러 리스트〉는 대단히 감동적인 예술영화인 데 반해 〈뮌헨〉은 얼핏 아랍 테러리스트에 대한 이스라엘의 응징을 옹호하는 영화처럼 보였기 때문이다. 그러나 막상 영화를 보면 그게 아니라는 사실을 발견하게 된다. 영화의 후반부에 가면서 점차 스필버그가 의도한 진짜 주제가 등장하고, 그 주제는 이 영화의 품격을 크게 높여주고 있다. 이런 점에서 〈뮌헨〉이 2005년 아카데미상에서 다섯 개 부문 후보로 오른 것도 당연하다.

당시 '검은 9월단'의 테러에 분노한 이스라엘 수상은 모사드의 수장을 불러서 테러의 배후세력인 아랍 지도자들을 찾아내어 보복하도록 지시한다. 이스라엘 암살요원들은 곧 활동을 개시한다. 그들은 여러 나라를 뒤져서 테러 이후에 몸을 숨기고 있는 배후자들을 찾아내어 하나씩 암살한다. 이스라엘의 대대적인 정치보복이 시작된 것이다.

그런데 암살자들은 그 과정에서 때로는 어린아이도 같이 죽일 뻔하고, 때로는 설치한 폭탄이 너무 강해 죄 없는 주위 사람들까지 죽게 하는 실수를 저지르며 점차 양심의 가책을 느끼게 된다. 또 그들은 제거된 테러리스트 지도자의 빈자리를 더 악랄한 강성 테러리스트가 차지하는 것을 보고 자신들의 암살행위에 회의를 느낀다. 복수는 결국 또 다른 보복을 불러오고, 그리하여 살육의 끝없는 악순환이 계속된다는 사실도 깨닫게 된다.

영화 〈뮌헨〉은 아랍 테러리스트들을 제거하는 임무를 맡은 이스라엘 암살단도 반대편에서 볼 때는 결국 똑같은 테러리스트일 수도 있다는 점을 암시하고 있다. 그들 중 한 사람은 이렇게 절규하고 조직을 떠난다. "우리는 언제나 옳은 일을 한다는 신념으로 살아왔다. 그런데 지금 우리가 하는 짓이 과연 옳은지 회의가 든다." 이스라엘 암살단을 이끌던 애브너 카우프만은 모사드의 강요와 회유를 거부하고, 가족과 함께 뉴욕으로 가서 새 삶을 시작한다. 아무리 조국을 위한 일이라 할지라도 그는 이제 조직의 명령으로 다른 사람들을 암살하는 일은 하지 않을 것이다.

영화 〈뮌헨〉은 현재에도 여전히 계속되고 있는 정치보복의 정당성에 깊은 성찰과 회의를 던짐으로써 우리에게 중요한 교훈을 주고 있다. 정치인들이 권력을 쥐면 자신들이 전에 피해를 본 만큼 '눈에는 눈, 이에는 이'라는 식의 철저한 보복을 하며 그것을 사회적 정의로 포장하고 정당화하는 국가들이 있다. 그들은 자신들이 하는 일이 정의라고 믿기 때문에 자신들이 행하는 폭력에 대해 전혀 양심의 가책을 느끼지 않는다. 그러나 〈뮌헨〉은 그들의 정의가 사실은 또 다른 테러행위일 수도 있음을 시사한다. 과연 아랍 테러리스트들도 자신들의 테러가 정의를 위한 것이라고 주장한다.

또 다른 문제는, 정치보복은 반드시 반복된다는 점이다. 즉 권력이 바뀌면 또 다른 정치보복을 불러오게 되고, 그래서 영원한 악순환이 계속된다는 것이다. 〈뮌헨〉에서 암살당한 아랍 지도자의 자리를 차지한 강성 지도자들은 이스라엘에 대한 보복을 가한다. 복수의 악순환이 시작된 것이다. 그렇게 되면 문제가 해결되는 것이 아니라 피의 복수극이 반복될 뿐이다. 이란에서 독재자인 국왕 샤Shah를 쫓아내자 더 가혹한 독재자 호메이니가 나타나 그 자리를 차지하고 정치적 보복과 피의 숙청을 시작한 것은 이미 잘 알려진 사실이다.

복수의 과정에서는 언제나 죄 없는 사람들의 삶이 파괴되기도 하고, 주위 사람들이 다치기도 한다. 테러리스트들이나 그 반대편에 있는 소위 정의의 투사들은 정치 지도자를 암살할 때, 그에 따른 다른 사람들의 죽음은 '부수적 피해'라고 치부하며 당연시하는 경향이 있다. 폭탄을 던지거나 자폭해서 목표물 주위의 사람들을 같이 죽이는 것도 그런 경우이고, 그 나라 정부가 싫다고 해서 민간빌딩이나 쇼핑몰을 폭파해 죄 없는 사람들을 죽이는 것도 그런 경우에 속한다.

그러나 민주주의의 근본정신이 다수의 횡포가 아니라 소수의 존중이듯이, 단 한 사람의 생명도 다수의 생명만큼 소중하게 여기는 것이 휴머니즘의 근간이다. 그래서 문학이나 인문학에서는 정치적 대의를 위해서 소수를 희생하는 것에 동의하지 않는다. 예컨대 비록 독재자를 암살하는 것이 수많은 사람들의 평화에는 도움이 되겠지만, 그렇다고 해서 그 옆에 있는 죄 없는 사람을 같이 죽여서는 안 된다는 것이다. 같은 맥락에서, 테러리스트들이 장악한 민간항공기가 폭탄을 싣고 수도를 향해 자살비행을 할 때에도, 그 비행기를 폭파하면 수도에 살고 있는 수많은 인명의 피해는 막겠지만, 그렇다고 해서 비행기에 타고 있는 죄 없는 승객들의 소중한 생명을 희생하면 안 된다는 것이다.

그래서 이런 내용을 다루는 영화에는 늘 특수작전이 펼쳐지고 대테러 구조대가 출동한다. 군인들은 비행기를 폭파하자고 주장하지만 국가의 지도자는 전쟁하는 것이 직업인, 그래서 수단방법을 가리지 않고 승리만 하면 되는 군인하고는 다르다. 그래서 지도자의 고뇌가 시작되고, 지도자의 결정이 중요한 역할을 하는 것이다.

'검은 9월단'의 이스라엘 선수단 학살은 응징해 마땅한 야만적 테러였다. 그럼에도 〈뮌헨〉의 주인공은 정치보복에 회의를 느끼고 복수를 그만둔다. 앞으로 자신에게 찾아올지도 모르는 위험이나 불이익에도 굴하지 않고, 더이상의 암살을 거부하며 분연히 미국으로 건너가 살고 있는 그의 모습이 참 용기 있고 의연해 보인다. 정치보복과 폭력 속에서 살고 있는 우리에게 〈뮌헨〉은 많은 것을 깨우쳐준다.

약자를 보호하는 정의의 구현

〈황야의 7인〉

　존 스터지스 감독의 〈황야의 7인〉은 미국인들이 좋아
하는 영화여서 여러 번 리메이크되었다. 최근에는 〈지 아
이 조〉〈레드 2〉〈터미네이터 제니시스〉 등에서 액션배우
로 국제적 인정을 받은 한국배우 이병헌이 '황야의 7인'
중 한 사람으로 등장하는 리메이크 영화 〈매그니피센트
7〉도 제작되었다.

　〈황야의 7인〉은 구로사와 아키라 감독의 일본 영화 〈7인
의 사무라이〉를 할리우드에서 리메이크한 것이지만, 오
히려 후자보다 더 유명한 서부영화의 고전이 되었다. 엘
머 번스타인의 감미로운 주제곡은 이 영화를 영화사상
손꼽히는 추억의 명화로 만드는 데 크게 공헌했으며, 이
영화의 흥행은 후에 말보로 담배 광고에 이용되어(말보로
광고에는 언제나 서부의 카우보이가 나온다) 말보로는 서부 터

프가이들의 담배라는 이미지를 애연가들에게 심어주기도 했다.

〈황야의 7인〉이 흥행에 성공하자, 이후 국내에서는 〈황야의 무법자〉나 〈황야의 3상사〉 같은 유사 제목의 영화들이 개봉했으며, 주인공을 맡은 배우 율 브리너 특유의 복장과 걸음걸이가 모방의 대상이 되는 등 〈황야의 7인〉은 1960년대 우리나라 영화팬들에게 잊을 수 없는 명화가 되었다. 또 이 영화를 통해 독일계 배우 홀스트 부크홀스가 할리우드에 데뷔했으며, 후에 대스타가 된 스티브 맥퀸, 찰스 브론슨, 제임스 코번, 로버트 본 같은 배우들도 본격적인 활동을 시작하게 되었다. 〈왕과 나〉와 〈여로〉로 이미 잘 알려진 율 브리너도 〈황야의 7인〉을 통해 다시 한번 배우로서의 명성을 확고히 했다.

〈황야의 7인〉의 줄거리는 비교적 간단하다. 농사를 짓고 사는 멕시코의 어느 마을에 악당 칼베라를 두목으로 하는 산적들이 나타나 농부들이 추수해놓은 곡식을 빼앗고 주민들을 괴롭힌다. 견디다 못한 마을 사람들은 회의를 열어 산적들과 맞서 싸우기로 하고 그중 몇 명이 무기를 사러 미국으로 간다. 처음 도착한 미국 마을에서 총잡이 크리스를 만난 그들은 총을 사는 대신 자기들을 보호해줄 총잡이들을 고용하기로 하고 크리스에게 그 일을 부탁한다. 크리스는 그 요청을 기꺼이 수락하고, 총잡이 여섯 명을 모아 멕시코로 떠난다.

처음에 멕시코 농부들은 갑자기 나타난 미국인 총잡이들이 또 다른 무법자나 지배자로 군림하지 않을까 경계하고, 그들을 데려온 사람들을 비난한다. 칼베라 일당은 마을에 나타났다가 크리스를 비롯한 7인의 총잡이들에게 혼쭐이 나 달아나지만, 산적들을 두려워하는 일부 마을 사람들은 산적들과 내통해 크리스와 그 동료들을 마을에서 쫓겨나게 만든다. 이와 같은 설정은, 평화를 구실로 악당들에게 굴종하는 무지한 대중은 어디에나 있음을 잘 보여주는 중요한 장치가 된다.

마을 사람들로부터 배신당한 미국인 총잡이들은 어리석은 멕시코 농부들을 버리고 미국으로 돌아가면 자신들도 안전해지고 목숨을 잃을 일도 없겠지만, 그렇게 하지 않고 다시 마을로 간다. 그리고 농부들에게 싸우는 법을 가르친다. 처음에는 서툴렀던 농부들도 차츰 총을 쏠 줄 알게 되고 자신들을 방어할 줄 알게 된다.

칼베라 일당이 다시 마을로 돌아오자, 총잡이들과 농부들은 힘을 합해 산적들과 최후의 일전을 벌인다. 그리고 그 과정에서 크리스와 빈과 치코를 제외한 다른 총잡이들은 목숨을 잃는다.

영화의 배경인 19세기 후반은 치안이 확립되면서 미국 사회에서 총잡이들이 점차 설 땅을 잃고 술집에 취직하는 등 그 전성시대가 지나가던 시절이었다. 로버트 레드포드가 주연했던 〈일렉트릭 호스맨〉은 술집 광고를 위해 전신에 네온사인을 달고 다니는 왕년의 전설적인 총잡이에 대한 영화이고, 스티브 맥퀸이 주연한 〈탐 혼〉 역시 전성기를 보낸 외로운 총잡이가 사라져가는 과정을 그린 영화이다. 또 폴 뉴먼과 로버트 레트포드가 주연한 유명한 영화 〈내일을 향해 쏴라〉도 총잡이들과 말들이 사라져가고 자전거와 자동차가 등장하는 전환기를 배경으로 하고 있다.

'황야의 7인'도 전성기가 지나간 한물간 총잡이들인 것처럼 보인다. 예컨대 리는 한때는 손이 빠른 소위 '퀵건'이었으나, 이제는 손이 느려져 자신을 추적하는 도전자들에 대한 악몽에 시달리고 있으며, 버나도는 최근에 일감이 들어오지 않아 남의 집 장작을 패주고 있다가 크리스를 따라나선다. 빈 역시 일자리를 찾지만 술집의 바텐더나 경비 자리밖에는 없다. 그럼에도 그들은 모두 힘없이 사라져가기보다는 정의를 위한 영웅적인 죽음을 선택한다.

〈황야의 7인〉은 미국문화의 특성인 몇 가지 중요한 주제를 담고 있다. 첫째, 이 영화는 7인의 전문가들이 모여서 일을 벌인다. 프로 총잡이 크리스는 장총의 명사수인 빈, 단검의 명수인 브릿, 빠른 권총의 리, 수많은 큰 사건들을 혼자 해결한 버나도, 역시 고수급 총잡이 해리 그리고 프로 총잡이 지망자인 청소년 치코 등 7인의 총잡이들을 모집해 멕시코로 모험의 길을 떠난다. 이렇게 각 분야의 전문가들이 모여 팀워크로 어떠한 일을 성취하는 것은 미국인들이 대단히 좋아하는 부류의 영화 중 하나이다. 팀워크를 중요시하며 전문가들을 신뢰하고 높이 평가하는 미국인 특유의 취향과도 연관이 있을 것이다. 예컨대 스티브 맥퀸을 비롯한 일군의 호화 캐스트가 등장하는 〈대탈주〉부터 조지 클루니의 〈오션스 일레븐〉이나 숀 코너리의 〈젠틀맨 리그〉에 이르기까지 각 분야의 전문가들이 모여 벌이는 사건들은 언제나 미국인들의 비상한 관심을 끈다.

다음으로 〈황야의 7인〉이 미국인들의 관심을 끄는 이유는, 이 영화에서 프로들이 돈이 아닌 휴머니즘 때문에 멕시코로 가서 농부들을 돕는다는 데 있다. 멕시코의 농부들이 크리스를 찾아와 자신들의 전 재산이라며 보따리에 싼 것을 내놓자, 크리스는 자신은 돈을 받고 일하지만 의뢰인의 전 재산을 받지는 않는다고 말한다. 그리고는 단돈 20달러를 받고 육 주 동안 일하는 조건으로 프로 총잡이들을 모집한다. 총잡이들 모두 그 조건을 수락하고 사건을 해결하러 멕시코로 떠난다. 물론 그중에는 당장 돈이 필요해서 일을 수락하는 사람도 있었겠지만, 대개는 크리스와의 우정이나 모험심 또는 약자를 괴롭히는 산적들과 싸운다는 정의감에서 팀에 합류한다. 예컨대 빈은 술집에서 받는 급료가 훨씬 더 많지만, 안정보다는 모험과 정의 수호를 택한다.

총잡이들이 돈보다는 멕시코인들을 위해 목숨을 걸어야만 하는 일에 뛰어든다는 암시는 영화 초반의 인디언 매장 사건부터 이미 잘 드러나고 있다. 멕시코 농부들이 접경지역의 어느 미국인 마을에 도착했을 때, 죽은 인디언 시체를 놓고 시비가 벌어진다. 인디언을 백인 묘지에 매장하는 것에 반대하는 인종차별적인 악당들이 총을 들고 묘지를 지키고 있기 때문에 아무도 장의사의 마차를 몰고 묘지까지 가려고 하지 않기 때문이다. 바로 그때, 우연히 그 마을에 도착한 크리스와 빈이 위험을 무릅쓰고 악당들을 제압해 인디언을 매장하도록 한다. 그 광경을 목격하고 그들의 용기에 감탄한 청년 치코는 크리스의 팬이 되어 그를 따른다. 여기서 인디언은 멕시코인들을 그리고 인종차별적인 악당들은 멕시코인들을 괴롭히는 산적들을 상징하는 좋은 장치가 된다. 이 장면은 후에 일어날 큰 사건에 대한 축약판이자 일종의 예비모험으로서, 미국 총잡이들의 남다른 정의감을 상징적으로 보여주고 있다.

〈황야의 7인〉을 보는 또 다른 시각은 법과 무법 또는 약자와 강자의 측면이다. 이 영화에서 멕시코 마을은 외지에서 온 무법자들이 지배하는 곳이다. 미국에서 간 7인의 총잡이들도 사실 언제라도 무법자로 변할 수 있는 사람들이다. 그들 역시 미국에서는 보안관에 의해 수배되기도 하고 감옥에 가기도 하는 일종의 무법자들이기 때문이다. 그러나 그들은 소외되고 학대받는 멕시코 농부들의 편에 서서 칼베라가 이끄는 수많은 산적들에게 맞서 싸우다 죽어간다. 그런 의미에서 7인의 총잡이들은 고결하고 훌륭한 사람들이다.

영화 속에서 중남미는 흔히 미국인들을 위한 도피처로 또는 문명세계에서는 해보기 어려운 모험을 겪는 원초적 지역으로 묘사된다. 〈황야의 7인〉에서도 7인의 미국인들은 멕시코로 가서 목숨을 거는 일생일대의 모험을 자청한다. 늘 자신에게 도전하려는 총잡이들에게 쫓기는 리의 경우는 멕시코가 일종의 도피처로도 작용한다.

물론 그들이 영웅심에서 그런 일을 했다고 비난하는

시각도 있을 수 있다. 그리고 〈황야의 7인〉이 사실은 미국인들을 찬양하는 영화라고 보거나, 이웃을 도와준다는 명분하에 작은 나라의 일에 간섭하는 제국주의를 고무하는 영화라고 비판할 수도 있을 것이다. 사실 이 영화에서 미국인들은 모두 멋지고 훌륭하게 묘사되는 반면, 멕시코인 농부들은 무지하고 연약하게만 묘사되기 때문이다.

그러나 〈황야의 7인〉을 그런 시각으로만 보는 것은 문제가 있다. 이 영화의 마지막에 치코는 그동안 사귀어왔던 멕시코 처녀와 같이 살기 위해 마을에 남고, 크리스와 빈만 그곳을 떠난다. 멕시코 처녀와 가정을 이루는 치코는 두 집단의 화해를 상징하고, 크리스와 빈은 또다시 정처 없는 방랑을 떠나는 전형적인 미국 서부영화의 주인공들을 대표하고 있다. 진정한 미국 서부영화의 주인공들은 결혼해 가정을 이루기보다는 부단히 모험을 찾아 광야에서 말을 달리기 때문이다.

정의가 피해를 가져올 때

〈캡틴 아메리카: 시빌 워〉

요즘 할리우드는 마블 코믹스나 DC 코믹스의 히어로 만화를 원작으로 한 시리즈 영화를 많이 제작하고 있어서 지금이 만화적 상상력의 시대라는 것을 잘 보여주고 있다. 〈아이언맨〉〈앤트맨〉〈캡틴 아메리카〉〈토르〉〈어벤져스〉 등이 그 대표적인 예인데, 〈앤트맨〉에는 〈어벤져스〉 및 〈캡틴 아메리카〉의 팀원 중 하나인 팔콘이 등장하더니, 〈캡틴 아메리카: 시빌 워〉에는 스파이더맨과 앤트맨까지 등장했다. 더 나아가 최근 영화 〈어벤져스: 인피니티 워〉에는 스타로드를 비롯한 〈가디언스 오브 갤럭시〉의 팀원들과 〈닥터 스트레인지〉의 등장인물까지 가세해, 가히 만화 주인공들의 종합세트가 되었다.

2016년에 나온 〈캡틴 아메리카: 시빌 워〉는 2011년 〈캡틴 아메리카: 퍼스트 어벤져〉와 2014년 〈캡틴 아메리

카: 윈터 솔져〉에 이어 세 번째로 제작된 〈캡틴 아메리카〉이다. 이 에피소드의 초반부에는 생화학무기를 훔쳐 달아나려던 악한 브룩 럼로우가 자기를 막는 캡틴 아메리카를 죽이려고 터트린 폭탄을 스칼렛 위치가 텔레키네틱 능력으로 막는 과정에서, 근처 빌딩의 일부가 파괴되고 죄 없는 사람들이 죽는 사건이 발생한다. 이에 미 국무부장관인 로스는 앞으로는 어벤져스를 유엔의 감시 하에 두어 통제하다가 필요할 때만 작전에 투입하겠다고 선언한다. 이에 어벤져스는 로스 장관의 말에 수긍하는 아이언맨 토니 스타크와, 어벤져스를 제도적으로 감시하는 데에 반대하는 캡틴 아메리카 스티브 로저스를 따라 둘로 분열된다.

한편, 악당 헬무트 지모는 오스트리아 빈의 빌딩을 폭파시켜 와칸다의 왕 트차카를 죽게 만들고 캡틴 아메리카의 옛 친구인 윈터 솔져에게 폭파범의 누명을 씌운다. 와칸다의 왕자 트찰라는 윈터 솔져를 죽여 아버지의 복수를 할 것을 맹세한다. 이후 캡틴 아메리카가 윈터 솔져를 구해 피신시키려는 과정에서 캡틴 아메리카 팀과, 아이언맨 팀이 라이프치히 공항에서 만나 대접전을 벌이게 된다. 그 와중에 블랙 위도우는 캡틴 아메리카와 윈터 솔져가 도망가도록 도와준다. 히어로들이 자기들끼리 벌이는 이 시빌 워civil war, 내전에는 아이언맨이 데려온 스파이더맨과 캡틴 아메리카가 데려온 앤트맨이 활약해 관객들을 즐겁게 해준다. 결국 캡틴 아메리카를 따르는 어벤져스들은 체포되어 구금된다. 이후 시간이 지남에 따라 아이언맨도 상황을 이해하고 〈어벤져스: 인피니티 워〉에서 캡틴 아메리카와 화해하며, 어벤져스는 다시 연합하게 된다.

〈캡틴 아메리카: 시빌 워〉의 주요 주제는 좋은 일을 할 때 따르는 부수적인 피해를 어떻게 볼 것인가, 또 이념과 신념의 차이로 갈라져 같은 편끼리 내전을 벌이는 것이 과연 바람직한가 그리고 어벤져스가 정부나 제도의 감시 하에 속박되는 것이 과연 옳은가 하는 문제라고 볼 수 있다. 이러한 주제는 오늘날 우리가 도처에서 당면하는 현안이자 현실이어서 관객들에게 상당한 호소력을 발휘한다.

어벤져스는 정의를 위해 싸운다. 그런데 그 과정에서 죄 없는 사람들이 다치거나 죽기도 한다. 물론 대의를 위해 소수는 희생해도 된다는 전체주의적 사고는 위험하다. "일을 하다 보면 부수적 피해는 필연적이고 당연하다"라는 생각 또한 잘못됐다. 휴머니즘에 바탕한 문학이나 인문학에서는 소수의 목숨을 소중하게 여기며, 다수나 대의를 위한 소수의 희생을 당연시하지 않는다. 단 한 사람의 목숨도 소중하기 때문이다. 그러나 〈캡틴 아메리카: 시빌 워〉는 부수적 피해가 염려되어 아예 좋은 일 자체를 못 하게 하는 것도 바람직하지 않음을 시사한다. 이 영화는 아마도 최선의 방법은 부수적 피해가 없도록 노력하고, 어쩔 수 없다면 그것을 최소화해야 함을 시사하고 있는 것으로 보인다.

〈캡틴 아메리카: 시빌 워〉는 이념과 신념의 차이를 극복하지 못하고 둘로 갈라져 내전을 벌이는 것도 바람직하지 않다고 말한다. 진짜 적은 외부에 있는데, 내부에서 양극으로 분열되어 서로 적대시하고 싸우면 붕괴를 자초하게 되기 때문이다. 사회가 양극화되면 서로 자기는 옳고 남은 틀렸다고 생각해 첨예하게 대립하게 되는데, 문제는 둘 중 누가 선이고 누가 악인지 알기 어렵다는 것이다. 이 영화에서 아이언맨이 만든 인공지능은 "어벤져스가 많이 생겨날수록 거기에 맞서 악당들도 더 많아진다"고 말함으로써 양극화의 파괴적 결과를 경고한다.

또 〈캡틴 아메리카: 시빌 워〉는 어벤져스가 제도권에 들어가서 권력자들의 감시를 받는 것이 과연 바람직한가 하는 문제도 성찰하고 있다. 어벤져스는 정치이념을 초월해 악과 싸우는데, 제도권에 편입되면 자칫 자유를 상실하고, 편견을 가진 권력자들의 입맛에 맞게 행동하게 될 수도 있기 때문이다. 더욱이 정치인들이나 권력자들은 쉽게 독선적이고 편파적이 되기 때문에, 아무리 유엔이라 해도 특정 기구의 감시와 지시를 받는 것은 어벤져스로 하여금 스스로를 속박하고 권력의 시녀로 전락할 위험을 감수해야 함을 의미한다.

〈캡틴 아메리카: 시빌 워〉는 서로 자기가 정의라고 믿는 사람들의 잘못된 신념이 내분과 내전을 불러올 수도 있고, 그 결과는 분열과 폭력과 파괴라는 것을 보여준다. 일본 작가 다카노 가즈아키는 소설 《그레이브 디거》에서 "정의에 사로잡힌 자의 눈은 악마에 사로잡힌 자의 눈과도 같다"라고 말한다. 무엇이든지 극단으로 가면 타락하고 악해지는데, 그건 정의도 마찬가지라는 것이다. 정의를 바로 세우는 것은 좋지만, 정의를 내세워 복수극을 벌이거나 남을 해치면 안 된다는 것이다. 〈캡틴 아메리카: 시빌 워〉는 바로 그러한 깨우침과 가르침을 준다.

진정한 명예와 용기

〈하트의 전쟁〉

존 카첸바크의 소설을 영화화한 〈하트의 전쟁〉은 요란한 전투 장면 대신, 조용한 인간 내면의 갈등과 전쟁을 다룬 감동적인 영화이다. 때는 제2차 세계대전, 예일 대학교 법대 재학 중 입대한 상원의원의 아들 타미 하트 중위는 아버지의 사회적 신분 덕분에 유럽전선의 행정직에 배속되어 편하게 지내다가, 어느 날 갑자기 독일군의 포로가 된다. 안락하게만 지내오던 그는 그때부터 혹독한 현실을 마주한다. 고문 끝에 하트는 나치가 원하는 정보를 주고 취조실에서 풀려나, 독일군의 포로수용소로 이송된다.

그가 도착한 제5포로수용소의 소장은 독일장교 비세르 대령이고, 거기 수감되어 있는 미군포로들을 지휘하는 사람은 4대째 군인 집안인 윌리엄 맥나마라 미 육군대령이다. 하트 중위는 자신이 취조실에서 이름과 군번만 말하며 버텼다고 주장하지만, 하트 중위의 나약함을 간파한 맥나마라 대령은 그가 고문을 견디지 못하고 군사기밀을 나치에게 넘겼으리라 짐작한다. 맥나마라 대령은 장교숙소에 자리가 없다는 핑계로 타미를 사병들의 막사로 보낸다. 장교숙소에서 일어나고 있는 일, 예컨대 BBC 방송을 듣거나 탈출용 터널을 파는 일 등을 하트 중위가 밀고할 수도 있기 때문이다.

하트 중위가 수용소에 도착하자마자 탈출하려다가 잡혀온 러시아 병사들의 교수형이 집행된다. 맥나마라 대령이 처형된 러시아 병사들을 향해 거수경례를 하자, 수용소장 비세르 대령은 쓰레기 같은 인간들에게 뭐하러 경의를 표하느냐고 반문한다. 이에 맥나마라는 "미국에서는 그런 차별을 하지 않는다"고 대답해 비세르 대령의 자존심을 건드린다. 그리고 바로 그 순간, 이 영화의 주제는 국가 간의 전쟁에서 인종차별 문제로 확대된다. 곧, 격추된 두 명의 미군 흑인 조종사들이 포로수용소에 도착하고, 맥나마라 대령은 그들이 장교임에도 사병들의 막사에 배정한다. 이에 백인 병사들은 흑인과는 같이 지낼 수 없다고 반발한다(똑같이 나라를 위해 싸웠지만, 제2차 세계대전까지만 해도 흑인 조종사들에 대한 차별이 심했다).

이 영화가 두 사람의 흑인 조종사가 초래하는 인종 문제를 주제로 한다는 것은 영화 초반에 미군 포로들이 탄열차를 미군 비행기 두 대가 공격하는 장면에서 암시된다. 갑자기 나타난 미군 비행기의 흑인 조종사들이 아군 포로들을 알아보지 못하고 총격을 가해 상당수의 백인 병사들이 죽는다. 그 장면은 곧이어 등장하는 사건의 전조가 된다. 과연, 비행기가 격추되어 포로로 잡힌 두 흑인 조종사가 수용소에 나타나자마자 아군끼리 오해와 싸움과 죽음이 발생한다. 백인 사병들은 흑인 조종사들을 검둥이라고 부르며 무시한다. 특히 흑인을 멸시하는 베드포드 하사와, 장교의 권위를 주장하는 흑인 조종사들 간에 말다툼이 벌어지는데, 얼마 후 흑인 조종사 중 한 명의 자리에 누군가가 몰래 넣어놓은 불법무기가 적발되어 그 조종사는 독일군에게 총살당하는 사건이 벌어진다. 그리고 그 일을 꾸민 베드포드 하사도 얼마 후 목이 부러진 시체로 발견된다.

살아남은 흑인 조종사가 범인으로 지목되자 군법회의가 열리고, 맥나마라 대령은 하트 중위에게 그 조종사의 변호를 맡긴다. 이 기회에 맥나마라 대령의 기를 꺾어놓고 싶은 수용소장 비세르 대령은 하트 중위를 조종해, 재판장을 맡은 맥나마라 대령에게 대들도록 부추긴다. 사람을 차별하지 않는다는 미국인들이 사실은 흑인을 차별하는 것을 신랄하게 비판하고자 한 것이다.

하트 중위는 비세르 대령과 독일군 장교들이 군사재판에 정신을 쏟는 사이에 맥나마라 대령이 부하들을 이끌고 탈옥하려 한다는 것을 눈치채고, 흑인 조종사의 목숨을 담보로 하는 짓이라고 맥나마라 대령을 비난한다. 그는 자신이 변호하던 죄 없는 흑인을 구하기 위해 자신이 베드포드 하사를 죽였다고 거짓 고백한다. 자기 때문에 희생당하게 될 흑인 조종사를 살리기 위해 죽을 줄 알면서도 용기 있게 되돌아온 것이다. 그가 밖에 끌려나가 총살당하려는 찰나, 탈옥했던 맥나마라 대령이 돌아온다. 그리고 그 순간 수용소 근처에서 폭발이 일어난다. 맥나마라 대령과 같이 탈옥했던 부하들이 탈출하는 길에, 연합군이 파악하지 못하고 있었던 비밀 무기제조창을 폭파한 것이다. 맥나마라 대령은 수용소장에 의해 현장에서 즉결처분된다. 독일 패망을 불과 삼 개월 앞두고 그는 죽음을 택한 것이다.

이 영화의 주인공 타미 하트 중위가 수용소에서 만나는 맥나마라 대령은 그의 눈을 뜨게 해주는 역할을 한다. 나약했던 하트 중위는 맥나마라 대령을 통해 진정한 명예와 용기가 무엇인가를 깨닫게 된다. 고문을 못 이겨 독일군에게 군사기밀을 알려준 하트 중위는 양심의 가책에 시달리며, 거의 강박관념처럼 양심에 거리끼는 일은 하지 않으려 한다. 그러나 맥나마라 대령은 조용하고 차분하게 윤리와 책임이 무엇인가를 실천으로 보여준다. 전장에서 인간은 비참하고 냉혹한 현실에 눈뜨게 되고, 새로운 것들을 많이 배우게 된다. 이 영화에서 하트 중위가 겪는 전쟁은 참호를 뺏고 뺏기는 타자와의 전쟁이 아니라, 자유를 속박당한 취조실이나 수용소라는 극한 상황에서 정신적, 육체적 고문을 당하며 겪는 자신과의 전쟁이다. 인종차별, 억압자와 피억압자의 관계, 동료에 대한 배신 등은 분명 또 하나의 전쟁이고, 오늘날 우리 일상 속에서도 일어나는 전쟁이다.

이것이 허구라면 너무 감상적이어서 호소력을 상실했을 것이다. 그러나 〈하트의 전쟁〉은 사실을 기반으로 한다. 원작소설의 작가가 자기 아버지가 제2차 세계대전에서 겪은 경험을 쓴 것이다. 그래서 이 이야기는 너무나 절실하고 안타깝다. 삼 개월만 더 버텼더라면 맥나마라 대령은 죽지 않고 전쟁영웅으로 귀국할 수 있었을 것이다. 그러나 사람은 미래를 예측할 수 없고, 주어진 현재 속에서 최선을 다하는 수밖에 없다. 자신의 목숨을 포기하는 것은 결코 쉽지 않은 일이다. 그럼에도 맥나마라 대령은 자신의 목숨을 던져 부하를 살리고 명예를 지킨다. 반면 테러를 부추기는 사람들은 자신들은 뒤로 빠지면서 부하들은 자살 테러에 내보낸다. 그래서 테러리스트에게는 명예가 없다. 그러나 진정한 군인에게는 명예가 있다. 번쩍거리는 훈장이나 계급장은 진정한 명예가 될 수 없다. 진정한 명예는 부하들을 위해 목숨을 버리는 지휘관의 용기에 있는 법이다.

저버린 윤리가 낳은 기만

〈웩 더 독〉〈퀴즈쇼〉

우리는 지금 영상매체와 전자매체 시대에 살고 있다. 그것은 곧 요즘에는 영상매체와 전자매체를 이용하면 얼마든지 대중을 기만하거나 조종할 수도 있다는 것을 의미한다. 사람들은 진위 여부도 가리지 않고, 영상매체나 전자매체에 뜬 정보를 믿게 되고, 그것은 페이스북과 트위터를 통해 전세계로 빛의 속도로 퍼져나간다. 일단 소셜미디어에 뜨면 비록 사실이 아니어도 그 영향은 돌이킬 수 없을 만큼 치명적이다. 문자메시지 하나가 수많은 군중을 불러모을 수도 있고, 잘못된 정보가 사람들을 선동하고 세뇌시킬 수도 있다.

영화 〈웩 더 독〉과 〈퀴즈쇼〉는 둘 다 텔레비전이라는 언론매체를 이용한 대중 기만을 다루고 있다. 전자는 정치가인 미국 대통령의 국민 기만을, 후자는 지식인인 영문학 교수의 시청자 기만이다. 두 영화는 사회지도층 인사들의 영상매체 악용과 허구를 사실처럼 만들어내는 텔레비전의 막강한 힘 그리고 영상매체와 전자매체에 속아 넘어가는 어리석은 대중의 모습을 잘 그려내고 있다.

클린턴 대통령의 르윈스키 스캔들 때 제작되어 화제가 된 〈왝 더 독〉은 선거를 앞둔 대통령이 성추행 혐의에 휘말리면서 시작된다. 백악관은 콘래드 브린이라는 해결사를 불러 사태를 수습하라고 시키고, 브린은 할리우드 제작자 스탠리 모츠와 함께 마치 미국이 알바니아와 전쟁을 시작하는 것처럼 조작한다. 모츠는 필름을 조작해 마치 미군 병사 하나가 적진에 남아 있는 것처럼 뉴스를 방영한다. 대통령은 그 병사를 구출하겠다고 공약하고, 국민들은 흥분하며, 그 와중에 대통령의 스캔들은 대중들의 기억에서 잊혀간다.

그와 같은 상황은 선거 때만 되면 북풍을 이용하거나, 정부가 곤란한 상황에 처하면 곧 다른 큰 뉴스를 터뜨려 국민들의 시선을 돌리려 하는 우리 사회의 모습과도 너무나 흡사하다. 음모를 꾸민 자들은 사건을 영원히 덮어두려고 한다. 〈왝 더 독〉의 마지막에서도 해결사 브린은 조작을 폭로할 우려가 있는 모츠를 제거한다. 이 마지막 장면은 대단히 인상적이다. 필요하면 같이 음모를 꾸몄던 동료까지도 제거하는 상황이 너무나 냉혹하고 끔찍하기 때문이다. 그런 사람들에게 도덕이나 윤리는 없다. 오직 정치음모와 술수만 있을 뿐이다.

비슷한 할리우드 영화로 클린트 이스트우드가 감독하고 주연한 〈앱솔루트 파워〉가 있다. 도둑 루서는 백만장자 월터 설리번의 집을 털러 들어갔다가, 우연히 대통령이 백만장자의 젊은 부인 크리스티와 정사를 벌이는 것을 목격하게 된다. 대통령이 거칠게 나오자 크리스티가 편지봉투 여는 나이프로 방어하게 되고, 그 와중에 비밀 경호원들이 들어와 크리스티를 총으로 쏘아 죽인다. 그러고는 강도사건으로 위장한다.

루서가 도망치자 대통령의 측근들은 루서를 죽이려 하지만 실패한다. 텔레비전에 나와 공개적으로 월터를 위로하던 위선자 대통령은 결국 사실이 드러나자 죽고 만다. 이 죽음이 자살인지, 사실을 알게 된 월터에 의한 타살인지는 분명하게 밝히지 않지만, 이 영화는 사실을 조작하고 은폐하려던 절대적 권력의 종말을 잘 보여주고 있다.

〈퀴즈쇼〉는 미국 사회를 뒤흔든 실제 스캔들인 컬럼비아 대학교 교수 마크 밴 도렌의 이야기를 영화화한 것이다. 저명한 문학평론가이자 영문학자였던 아버지 칼 밴 도렌에 이어서 명문 아이비리그인 컬럼비아 대학교 영문과 교수가 된 마크 밴 도렌은 우연히 텔레비전 프로듀서의 유혹에 넘어가 조작된 퀴즈쇼에 출연하게 된다. 퀴즈의 답을 미리 알고 쇼에 출연해 시청자들을 기만한 대가로 부와 인기를 누린 것이다. 시청자들은 젊은 영문학자의 천재적 능력과 실력에 매료되고, 그럴수록 조작된 쇼는 계속될 수밖에 없다.

그러나 언젠가는 진실이 드러나는 법이다. 결국 그동안의 조작이 폭로되자 마크 밴 도렌은 하루아침에 명예와 신의를 잃고 교수직에서도 물러나게 된다. 그러한 사실을 알게 된 부친 칼 밴 도렌의 실망하는 모습은 대단히 인상적이다. 영상매체를 통해 대중을 기만하다가 파멸한 지식인 아들을 바라보는 아버지의 심정이 그의 표정에 너무나 절실하게 나타나 있기 때문이다. 마크 밴 도렌은 자신뿐 아니라 아버지의 명예에까지 먹칠을 한 것이다.

〈왝 더 독〉과 〈퀴즈쇼〉는 우리에게 영상매체나 전자매체는 조작과 왜곡을 통해 얼마든지 우리를 기만하고 우롱할 수 있다는 것, 그러므로 대중들은 현혹되지 말고 깨어 있어야 그러한 기만에 저항하며 조작을 밝혀낼 수 있다는 것을 깨우쳐주고 있다. 영상매체나 전자매체는 리얼리티를 허구로 만들 수도 있고 허구에서 리얼리티를 창조해낼 수도 있기 때문이다.

편견의 극복

《마당을 나온 암탉》

황선미의 《마당을 나온 암탉》은 서양 독자들에게도 호응을 얻어 폴란드에서는 '2012년 최고의 책'으로 선정되었고, 런던 도서전에서는 저자의 사인을 받으려는 독자들이 길게 줄을 섰다. 해외 독자들은 특히 작품의 마지막에 매료됐다. 원수의 아이를 위해 자신의 목숨을 바치는 암탉의 사고와 배려에 큰 감명을 받기 때문이다.

이 동화의 주인공 '잎싹'은 하루 종일 좁은 양계장에 갇혀서 무정란을 낳는 산란계이다. 잎싹이 낳는 달걀은 부화가 불가능하다. 그러나 잎싹은 달걀을 품어서 부화시켜 자신의 새끼를 키우고 싶어한다. 그래서 양계장을 탈출한다. 잎싹이 먹이를 먹지 않아서 제대로 된 달걀을 낳지 못하자, 주인이 잎싹을 식용으로라도 처분하려고 마당에 내놓은 것이다.

헛간 마당에서 잎싹은 거기 살고 있는 다른 동물들에게서 환영받지 못한다. 잎싹이 헛간 패거리 중 하나가 아니기 때문이다. 기득권을 가진 헛간 마당의 동물들은 외부에서 온 신참인 잎싹을 차별하고 따돌린다. 잎싹은 마당에서도 자신의 알을 부화할 수 없다는 사실을 깨닫는다.

잎싹은 마당을 나가 숲으로 가서 야생오리의 친구가 된다. 그러다 야생오리들이 천적인 족제비에게 잡아먹히자, 잎싹은 오리 대신 알을 품는다. 그러고는 새끼 오리가 태어나자 마치 자기 새끼처럼 사랑하며 정성스럽게 키운다. 잎싹은 자기가 키우는 것이 병아리인지 새끼 오리인지에는 무관심하며, 전혀 차별하지 않는다.

성장한 새끼 오리는 야생오리들이 숲속 호숫가로 날아오자, 엄마를 떠나 야생오리 무리에 합류한다. 다시 혼자가 된 잎싹은 이제 자기가 할 일은 다 했다고 생각하고, 이번에는 배고픈 새끼 족제비들을 위해 자기 몸을 희생한다. 비록 족제비는 자기의 천적이고 원수이지만, 잎싹은 또 한번 위대한 모성애와 포용력을 발휘하는 것이다.

한 인터뷰에서 《마당을 나온 암탉》이 페미니즘 소설이라고 생각하느냐는 질문에 황선미는 "페미니즘 소설이라기보다는 자유와 희망에 대한 소설이라고 생각한다"라고 대답했다. 과연 이 소설의 주제는 자유와 희망으로 보인다. 잎싹이 닭장과 마당을 탈출하는 것도 자유를 찾기 위해서이고, 오리 알을 품고 부화시켜 키우는 것과 족제비 새끼들에게 자신을 먹이로 주는 것도 미래에 대한 희망을 위해서이기 때문이다.

잎싹은 가부장적 사회에서 탈출하는 것이 아니라, 타자를 차별하고 적대시하는 사회로부터 탈출한다. 그리고 의미 없는 무정란 낳기를 거부하고, 새로운 생명을 탄생시킨다. 심지어 원수인 족제비의 새끼들에게조차 자신을 먹이로 제공함으로써 포용한다. 잎싹의 위대함은 '타자'와 '차이'를 포용한다는 데 있다. 잎싹은 자기들만의 마당에서 자기들끼리만 노는 편견을 가진 무리들과 결별한다. 그리고 천적인 족제비가 있는 숲속에서 홀로 살지만 외로워하거나 두려워하지 않는다. 입싹에게는 자유와 희망이 있기 때문이다. 바로 그것이 《마당을 나온 암탉》을 위대하게 만들어주는 요인이다.

여성에 대한 편견의 종언

〈엽기적인 그녀〉

〈엽기적인 그녀〉가 크게 히트한 가장 큰 이유는, 이 영화가 여성의 사회적 위치가 눈에 띄게 향상되던 1990년대 한국의 사회상을 잘 묘사하고 있기 때문일 것이다.

한국의 1980년대는 독재정권에 대항해 투쟁하던 정치 이데올로기의 시대였다. 민주화와 민족이라는 대의가 모든 것에 우선했고, 개인의 사적 공간이나 삶은 사치로 치부되었다. 독재에 맞서 투쟁하는 사람은 우월감과 선민의식을 갖게 되었고, 사적인 삶을 추구하는 사람은 열등감과 죄의식을 갖게 되었다. 그러한 사회적 분위기는, 정치 이데올로기의 투쟁장소보다는 사적인 공간을 원하고 대의명분의 추구보다는 인간의 내적 고뇌에 관심이 많다며 여성들을 억압하고 위축시켰다.

그러나 1980년대 후반부터 한국 사회는 급속도로 변

하기 시작했다. 한편으로는 당시 전 지구적 인식의 변화에 지대한 영향을 끼쳤던 포스트모더니즘의 확산 덕분에, 또 한편으로는 민주화의 여명을 가져다준 6·29선언 덕분에 억압과 정치이데올로기의 시대가 끝나고 자유주의와 개인주의 시대가 도래한 것이다.

포스트모더니즘은 모더니즘의 예술지상주의와, (한국적) 리얼리즘의 의도적인 사회참여와 문학의 정치이데올로기화를 모두 비판했다. 그리고 대중문화와 페미니즘을 포용했다. 그래서 1990년대 여성들에게 인식의 변화와 눈뜸과 자각을 가능하게 해주었다. 1980년대에 한국에도 소개된 토머스 핀천 같은 작가는 "이것 아니면 저것의 이분법적 흑백논리에서 벗어나 제3의 길을 찾아야만 한다"라는 포스트모던 인식을 주장했고, "마르크시즘이나 산업자본주의는 둘 다 엄습해오는 공포일 뿐이며, 우리는 0과 1 사이의 또 다른 세계, 또 다른 공간에 주목해야 한다"고 역설했다. 또 에드워드 사이드도 "서구의 제국주의와 제3세계의 민족주의는 서로를 좀먹어 들어가는 똑같이 해로운 것들이다"라고 지적했으며, 레슬리 피들러도 "양극을 피하는 중간"과 "경계를 넘고 간극을 좁히는 것"의 중요성을 설파했다. 그러한 세계적인 인식의 변화 속에서 한국의 1990년대도 변화하기 시작했다. 그 결과, 남성들은 가부장적 정치

이데올로기의 효용성을 조금씩 잃어가기 시작한 반면, 그런 것들에 문제의식을 가지게 된 여성들은 과거 그 어느 때보다도 더 강해지기 시작했다.

이 추세에 맞추어 1990년대에는 개인의 사적인 공간과 삶의 의미에 천착하는 여성 작가들이 대거 등장하게 되었다. 당시 그러한 사회적 변화가 없었다면, 오늘날 우리는 공지영, 김인숙, 배수아, 신경숙, 양귀자, 은희경, 전경린, 함정임 등과 같은 재능 있는 여성 작가들을 갖지 못했을 것이다. 또한 2000년에 데뷔한 편혜영이나 천운영 그리고 그 이후에 나타난 한강이나 정유정 같은 새로운 감각의 작가들도 탄생하기 어려웠을 것이다.

〈엽기적인 그녀〉는 바로 그러한 시대적 배경에서 태어난 영화였다. 이 영화에서 우선 눈에 띄는 것은, 유약한 남자 주인공과 강인하고 터프한 여자 주인공의 모습이다. 시종일관 여자 주인공이 반말을 쓰면서 남자 주인공을 제압하고 리드하고 있으며, 반대로 남자 주인공은 여자 주인공에게 속절없이 끌려가고 있어서 관객들의 웃음을 자아낸다. 그러한 웃음은 영화의 내용이 사회적 통념과 다르기 때문이겠지만, 동시에 시대가 그만큼 변했고 여성들이 그만큼 강해졌다는 것을 의미한다. 이 영화에서 여자 주인공은 남자들이 볼 때는 그야말로 엽기적이지만,

시대는 이미 그러한 여성의 모습을 좋아하고 포용하는 분위기로 바뀌어가고 있었다.

이 영화의 두 번째 특징은, 여자 주인공의 사적인 고뇌를 비중 있게 묘사하고 있다는 점이다. 1980년대 같으면 민주화와 민족의 무게에 눌려 전혀 인정받지 못했을 개인의 사적 고뇌, 그것도 여성의 실연이 이 영화에서는 중요한 주제로 제시되고 있다. 그런 의미에서 두 남녀 주인공이 놀이공원에서 만나는 탈영병도 좋은 상징이다. 그 탈영병 역시 개인적인 문제인 실연으로 상심해서, 이데올로기적이고 경직된 남성적인 군대의 통제에서 벗어난 사람이기 때문이다. 그런 시각으로 보면, 여자 주인공도 여성에 대한 사회적 억압과 통제에서 일탈한 '사회적 탈영병' 같은 사람이다.

이 영화의 마지막에서 여자 주인공은 옛 애인과의 추억이 담긴 편지를 땅 속에 묻는다. 지나간 과거를 묻고 새롭게 시작하려 하는 상징적 행위로 보인다. 어찌 보면 그녀가 땅에 묻는 것은 1980년대의 가부장적 정치이념일 수도 있다. 1990년대는 무거운 정치이데올로기에서 벗어나 새롭게 시작하는 새로운 시대이기 때문이다.

이 영화에서 여자 주인공은 작가지망생으로서, 황순원의 《소나기》의 결말이 잘못되었다며 자기 식으로 새롭게 다시 쓰는데, 그것이 다분히 페미니즘적이어서 시대의 변화를 실감하게 된다. 그녀가 다시 쓴 새로운 결말에 의하면, 죽어가는 소녀가 소년과 함께 소나기를 피하다가 풀물이 든 자기 옷을 그대로 입은 채 묻어달라고 하는 것이 아니라, 자기가 좋아하는 소년을 산 채로 같이 묻어달라는 유언을 남긴다. 그것은 물론 관객들을 웃기는 재치 있는 유머이지만, 동시에 이제는 여성도 자신의 솔직한 욕망을 당당하게 요구하는 시대가 되었다는 것을 의미한다는 점에서, 단순히 웃고 넘길 수만은 없는 사회적 변화를 실감하게 해준다.

동화와 신화 속에 도사린 성차별

《해님 달님》《빨간 모자》《백설 공주》

동서양의 신화나 고전, 동화에는 여성에 대한 보이지 않는 차별이 들어 있는 경우가 많다. 잘 알려진 대로, 에 덴동산에서 뱀의 유혹에 넘어가 선악과를 먹고 인류의 타락을 초래한 이브도 여성이고, 그리스 신화에서 제우 스가 열어보지 말라며 준 상자를 호기심 때문에 열어서 지상에 비극을 가져온 판도라도 역시 여성으로 설정되 어 있다. 또 히브리 신화를 보면 원래 아담의 아내는 흙에 서 창조된 릴리스라는 여성이었는데, 그녀가 여성의 지위 에 대해 불만을 갖고 흑해로 도망가자 하느님이 이번에 는 남성의 말을 잘 듣도록 아담의 갈비뼈로 이브를 만들 어주었다고 한다. 결국 이브도 반항했지만 말이다. 그리 고 영문학의 고전 중《선녀여왕》이라는 작품을 보면, 레 드 크로스 기사가 암컷 괴물을 죽이는데 그 배 속에서 채

소화되지 않은 책이 나온다. "여자가 공부하면 소화시키지 못하고 괴물이 된다"라는 남성들의 편견이 상징적으로 드러난 것이다.

한편 동화 속에 스며들어 있는 여성에 대한 편견은 어린아이들을 세뇌시켜 여성에 대한 편견을 갖게 만든다는 점에서 대단히 위험하다. 예컨대 한국 전래동화인 《해님 달님》을 보면, 엄마를 잡아먹고 엄마의 옷을 입은 채 집에 찾아온 호랑이에게 쫓기는 남매의 이야기가 나온다. 여기서 그냥 지나치기 쉬운 세 가지 사건이 벌어진다. 첫째, 우물에 비친 두 남매의 모습을 보고 우물 속으로 들어가려는 호랑이에게 여동생이 까르르 웃으며 "우리는 나무 위에 있는데"라고 말하는 것이다. 둘째, 호랑이가 나무 위로 어떻게 올라갔느냐고 묻고 오빠가 참기름을 바르고 올라왔다고 말하는데, 호랑이가 기름에 미끄러지자 여동생이 까르르 웃으면서 "도끼로 찍고 올라왔지" 하고 가르쳐주는 것이다. 이러한 설정은 "여자는 말이 많고, 여성은 말로써 화를 불러온다"라는 은밀한 메시지를 어린아이들의 뇌리에 무의식적으로 심어주는 역할을 한다. 셋째, 마지막에 호랑이가 벌을 받아 죽고 남매가 하늘로 올라간 후 오빠는 해가 되고 여동생은 달이 되는데, 여동생이 밤을 무서워하자 오빠가 달이 되고 여동생이 해가 된다는 결말이 바로 그것이다. 이것은 분명 "여자는 겁이 많아서 남자의 보호를 받아야 한다"라는 메시지를 간접적으로 전달하는 장치로 보인다.

여성에 대한 편견은 서양 동화에서도 발견된다. 예컨대 《빨간 모자》에서 주인공 여자아이 '빨간 모자'는 할머니 댁에 심부름을 가면서 마을길로 가라는 부모의 말을 듣지 않고 산길로 가다가 늑대를 만나게 되고, 결국 할머니로 변장한 그 늑대(엄마로 변장한 한국 호랑이와 비슷하다)에게 잡아먹히고 만다. 이 이야기는 "부모에게 복종하지 않는 여자는 남자늑대에게 혼이 난다"라는 메시지를 담고 있다. 빨간 모자의 빨간색 또한 여성의 반항을 경고하는 상징처럼 보인다. 결국 빨간 모자도 남자(사냥꾼)의 도움으로 살아난다.

그림 형제의 또 다른 동화인 《백설공주》 역시 여성에 대한 편견을 잘 보여주고 있다. 백설공주의 엄마는 뜨개질을 하며 남편을 기다리느라 유리창에 갇혀 있는 여자로, 계모인 왕비는 거울의 포로가 된 여인으로 그리고 백설공주는 유리관 속에 갇혀 남성들의 구경거리가 되는 여자로 묘사되어 있기 때문이다. 특히 디즈니 영화나 연극에서 여성의 아름다움을 판단하는 거울의 목소리가 언제나 남자 목소리로 되어 있다는 점은 많은 생각을 하게 해준다. 또 유리관 속의 백설공주를 왕자가 보고 감탄하며, 일곱 난장이들에게 "이 여인을 나에게 주면 내 소중한 소유물로 삼겠소"라고 말하는 장면에도, 여성은 남성의 소유물이라는 암시가 깔려 있는 것으로 보인다.

여성에 대한 편견은 이렇게 도처에서 우리와 우리 아이들을 세뇌시키고 있다. 우리는 그러한 동화나 신화들을 여성의 시각으로 새롭게 읽어서 편견의 정체를 드러내고 단호히 비판하는 작업을 계속해야만 할 것이다.

법정에서의 인종차별

《앵무새 죽이기》

"잼 오빠가 팔을 심하게 다친 것은 열네 살 때의 일이었다." 하퍼 리의 자전적 소설 《앵무새 죽이기》는 어린 소녀의 회상으로 시작한다. 이 소설의 영상판 〈앨라배마에서 생긴 일〉도 마찬가지이다. 대공황으로 극심한 곤궁에 이른 1930년대 미국의 남부 지역 앨라배마주의 소읍을 무대로 미국 사회 전체에 팽배한 인종차별을 고발하는 이 작품에서, 앨라배마주는 곧 인종 문제를 둘러싼 미국 사회의 모순을 압축시킨, 미국의 축소판이다. 그래서 흔히 이 작품은 '인종문학'으로 분류된다. 무수한 인종문학 중에서 이 작품만큼 광범한 사랑을 오래도록 받고 있는 작품도 드물다. 인종이라는 무겁고도 어두운 주제를 편견이 싹트기 이전의 동심을 매개체로 하여 인류의 보편적 양심에 호소하기 때문일 것이다.

영화는 더욱 빛난다. 세기의 명배우 그레고리 펙은 정겹고도 품위 있는 논리와 행동으로 관객들을 감동시켜 1963년 오스카 남우주연상을 수상했다.

1930년대, 메이컴이라는 작은 농촌 마을에도 변호사가 있다. 수임료는 건당 5센트, 10센트. 그나마 현금이 없는 사람은 곡식으로 대납한다. 맨발로 걷다가 십이지장충에 걸린 아이도 등장한다. 머릿속에 이가 진을 친 가난하고 순박한 시골아이는 달에는 머리를 빗질하는 여인이 산다고 믿는다. 계수나무와 방아 찧는 토끼를 그리던 그 옛날 한국의 아이와 진배없다. 좀 더 큰 아이는 자신의 담력과 마을의 전설을 시험하기 위해 '유령 집'에 잠입한다. 한마디로 순수의 시대이다.

아버지 핀치는 바로 그 시골 변호사이다. 열다섯 살 연하의 아내가 남매를 낳고 결혼 육 년 만에 죽자 아버지는 혼자서 아이들을 키운다. 비록 힘이 부쳐 격렬한 운동은 함께해주지 못해도 세심하게 잠자리를 챙기고 어떤 질문에도 답을 피하지 않는다. 아버지의 육아사전에는 "몰라도 돼!" "이담에 크면 알게 될 거야" 등 권위의 벽을 지키는 말은 없다. 아버지는 아이들에게 공기총을 사주지만 쏘는 법은 가르쳐주지 않는다. 언젠가는 절로 배우게 될 것이기 때문이다. 어차피 무기 소지가 헌법적 권리로 보장된 미국이다. 절대로 먼저 공격해서는 안 된다. 왕년의 명사수였던 아버지이지만 언젠가 무익한 살생을 금하겠다고 작정한 이래 사냥을 그만두었다. 전설적인 사격 솜씨는 단 한 번, 미친개 때문에 온 마을에 소동이 났을 때 발휘됐을 뿐이다.

아버지는 자식들을 아이가 아니라 어린 성인으로 대하고, 아이들이 제기하는 어떤 내용의 화제도 피하지 않는다. 맹목적인 권위 대신 대화와 설득의 시대가 왔음을 몸소 보여준다. 그러나 이따금씩 아이들은 혹시 폭력을 피하는 아버지가 비겁한 사람이 아닌가 하는 의혹을 품는다.

어떤 경칭도 생략한 채 그저 애티커스로 자신의 이름을 부르게 하는 아버지이지만 자식이 절대로 여겨서는 안 되는 엄한 규칙이 한 가지 있다. 앵무새를 해쳐서는 안 된다는 것이다. 힘은 약하지만 평화를 사랑하는 앵무새는 절대로 다른 새를 먼저 공격하지 않는다. 공격을 당하면 피하거나 묵묵히 견뎌낼 뿐이다. 따라서 앵무새를 해쳐서는 안 된다는 것은 약한 타인의 평화로운 삶을 위협해서는 안 된다는 의미이다. 흑인, 심신장애인 등 약자들에게도 마찬가지로 애정을 베풀어야 한다.

그러던 어느 날 톰 로빈슨이라는 순진한 흑인 청년이

백인 처녀 마엘라를 강간하려 시도한 혐의로 기소된다. 재판에서 마엘라는 잡일을 거들어달라고 톰을 불러들였는데 톰이 파렴치하게도 폭력을 써서 강간을 시도했다고 증언한다. 또한 그녀의 아버지 봅 이웰의 증언에 의하면 그가 집에 들어오는 순간 톰이 마엘라의 몸을 짓누르고 있었다는 것이다.

톰의 증언은 다르다. 과거에도 마엘라가 수시로 자신에게 잡일을 부탁했고 그때마다 폭력적인 홀아비인 아버지에게 학대당하는 그녀가 '불쌍하게' 느껴져서 들어주었다는 것이다. 사건이 터진 날, 마엘라가 자신의 손에 키스를 퍼부었고, 공교롭게도 이때 그녀의 아버지가 집에 들어왔다고 주장한다. 감히 검둥이 주제에 백인을 동정한 것이 자신에게 얼마나 불리한 것인지 그는 모른다.

핀치의 반대심문을 통해 이웰 부녀가 거짓말을 하고 있다는 것이 명백하게 드러난다. 톰은 왼손이 불구인데 톰이 강간을 시도하면서 가한 폭행의 결과라는 마엘라의 뺨의 상처는 그녀의 아버지와 같은 왼손잡이의 소행으로밖에 볼 수 없기 때문이다.

그러나 백인만으로 구성된 배심원은 감히 백인을 불쌍하게 여긴 방자한 흑인 청년에게 즉시 유죄평결을 내리고 절망한 톰은 도망치다가 총에 맞아 죽는다. 핀치가 톰의 가족에게 불행한 소식을 전할 때, 이웰이 나타나 모욕을 주고 얼굴에 침을 뱉는다.

원작과 영화의 삼분의 일은 재판의 진행 과정에서 나타나는 사람들의 심리 상태와 사회 분위기를 묘사한다. 핀치의 말을 빌리면 "비열한 백인이 무지한 흑인을 파멸시키는 과정"이다. 핀치 변호사는 마을 사람들의 빈축과 폭력의 위협에 굴하지 않고 성의를 다한 변론으로 진실을 밝혀낸다. 아이들에게는 아버지가 이 사건을 맡지 않으면 마을에서 고개를 들고 다니지 못할 것이라고 말한다. 자신에게 위험이 닥치더라도 앵무새를 지키는 일에 나서지 않으면 언행일치의 모범을 보여주지 못한다는 것이다. 작품은 원초적인 적개심과 집단적 편견이 지배하는 세상에서 합리적 이성의 덕목을 갖춘 한 법률가의 진지한 노력을 공동체 삶의 전범으로 제시한다. 비록 현실의 재판이 이성적 결과를 실현해주지 않아도 결코 노력을 포기해서는 안 된다고 강론하는 것이다.

이 작품은 인종문학의 범주를 넘어선다. 작품의 주제이기도 한 핀치의 '앵무새론'은 흑인 톰 로빈슨 이야기뿐 아니라 이웃집의 '유령인간' 부 래들리 이야기를 통해서도 전개된다. 세상과의 소통을 거부하고 집 안에 칩거하고 있는 부 래들리는 무언의 행위를 통해 아이들에게 자신의 마음을 전한다.

이 작품은 극적인 사건을 계기로 하여 남은 앵무새, 즉부 래들리와 아이들이 결합하는 것으로 끝난다. 밥 이웰이 밤늦게 학예회에서 돌아오는 핀치의 자녀, 젬과 스카웃을 공격한다. 유령인간 부 래들리가 아이들을 구출하고이웰을 죽인다. 톰 사건으로 인해 양심의 가책을 느끼고있던 보안관은 이웰이 자신의 부주의와 실수로 죽은 것이라고 공식보고서를 작성한다. 처음에는 사실대로 밝혀야 한다고 주장하던 핀치는 마침내 보안관의 지혜에 수긍하기로 결론을 내린다. 결정적 위기에 처한 아이들을구한 부 래들리는 이를 계기로 세상 속으로 돌아온다.

아버지 핀치는 참교육의 화신이다. 그의 교육관은 법, 성숙 그리고 이성이라는 세 단어로 요약할 수 있다. 법은사회적 이성이 되어야 하고, 이성은 균형 잡힌 성인의 사고와 행동에 기초한다. 진정한 용기는 내면의 미덕이기때문에 현실적 대결에서는 승패보다 현실적 조건을 직시하는 자세가 더욱 중요하다고 그는 가르친다. 톰에게 변호인으로 최선을 다함으로써 '검둥이 연인'이라는 폭언과함께 물리적 위협에 직면하지만 일견 비굴하게 느껴질정도로 인내하는 진정한 용기를 보여준다.

코끝에 안경을 걸친 이 중년 서생은 자신의 도덕적 토

대 위에 서서 승산 없는 전투에서도 결코 좌절하지 않는다. 진정한 용기는 내면의 법과 정의임을 보여주는 것이다. 편견에 찬 백인 대중에게 의연하게 대처하면서도 하층계급 흑인에 대한 연민의 정을 잃지 않는 그는 피부색을 초월한 인간의 가치를 추구하며 흑인 톰 로빈슨을 오로지 정의의 관점에서만 대한다.

불합리한 신분과 계급을 타파하기 위해 등장한 공교육이 오히려 흑백 간에 계급의식을 조장할 때 아버지는 가정교육을 통해 이를 바로잡는다. 친척들은 그가 아이를 잘못 키운다고 비판하지만 그의 확신은 흔들리지 않는다. 그는 아이의 교육이든 남부 사회의 정의이든 동일한 비중으로, 동일한 원칙에 입각하여 처리한다. 핀치의 교육법은 지행일치知行—致이다.

소설에서는 공교육 부문에서도 교육법의 혁신이 일어나고 있음을 암시한다. 소설의 도입부와 후반 군데군데에서 독자는 교사인 미스 캐롤린의 입을 통해 스카웃의 수업에 존 듀이의 십진법이 도입되고 있음을 알 수 있다. 잼 오빠는 스카웃에게 미스 캐롤린의 수업법은 결국 전교에 퍼질 것이라고 말한다. 요지인즉 책에서 배울 것이 많지 않다는 것이다. 실천이 따르지 않으면 진정한 배움이 아니다. 미스 캐롤린이 주장하는 지행일치의 수학방법을 잼과 스카웃은 이미 아버지로부터 체득하고 있다. 아버지와 함께 읽고 토론함으로써 아이들은 진정한 독해력을 배양한다. 이미 상당한 수준의 문자 해독력을 갖춘 스카웃에게 당황한 미스 캐롤린은 핀치의 교육법을 비판하지만, 따지고 보면 그 교육법은 그녀 자신이 시도하려고 하는 내용이기도 하다.

스카웃의 새 담임인 게이츠 선생은 모든 인간이 평등함을 가르친다. 그러면서도 그녀는 흑인이 '백인 꼭대기에 기어오르는 것'을 두려워한다. 반면 흑인 식모 칼푸니아는 문맹이지만 진보적 교육의 실천가이다. 어린 스카웃에게 자신의 경험을 통해 깨우친 사물의 이치를 아이의 수준에 맞게 가르쳐준다. 아이들의 진정한 교육자는 캐롤린이나 게이츠 같은 학교 선생이 아니라 핀치, 칼푸니아 그리고 알렉산드리아 아주머니처럼 생활 속에서 지혜를 터득한 이성적인 어른들인 것이다.

'어른 세계와 아이 세계의 이성적 결합을 위한 참교육'의 맛과 멋을 이 작품에서 배우고 느낀다. 이 작품은 시대를 초월한 인간의 보편적 심성은 어린이의 교육을 통해 배양되며, 이러한 보편적 심성은 오로지 합리적 이성에 기초해서만 사회발전에 기여할 수 있다는 중요한 메시지를 전한다. 바로 이러한 이유 때문에 소설도 영화도 고전의 반열에 굳건히 자리잡고 있다.

이 작품은 작가의 자전적 소설이라고 알려져 있다. 작가 하퍼 리는 앨라배마 법대를 중퇴한 경력이 있다. 작품의 주인공 핀치 변호사는 몬로빌이라는 작은 읍의 변호사였던 아버지가 모델이고, 오빠 젬과 여름이면 찾아오는 특이한 성격의 친구 딜은 후일 법률소설가로 성장하는 작가의 소꿉친구 트루먼 커포티에게서 영감을 얻었다고 한다. 1960년대의 인기 영화 〈티파니에서 아침을〉의 원작자이기도 한 커포티는 소설《인 콜드 블러드》에서 범인필벌, 중형론의 메시지를 강하게 주장한 것으로 유명하다.《앵무새 죽이기》의 출판 과정에서 이미 필명이 알려진 커포티의 도움이 컸다는 뒷이야기가 따른다.

작품에 그려진 법의 모습도 1930년대 앨라배마주 법의 전형으로 이해할 수 있다. 핀치 변호사가 톰 로빈슨 사건을 맡게 된 것은 판사의 요청에 따른 것이다. 당시의 법 아래서 판사로서는 당연히 해야 할 일이었다. 1932년 연방대법원은 소위 '스캇스보로 소년사건'으로 불리는 판결에서 사형에 해당하는 죄로 기소된 극빈 형사피고인도 변호인의 조력을 받을 권리가 있다고 판시했다. 소설 속의 톰 로빈슨도 이 판결의 혜택을 입은 것이 분명하다.

법정에서 흑인을 이층에 분리수용하는 장면도 당시의

상황에 충실하다. 흑인도 재판을 '방청'할 수는 있지만 문자 그대로 '소리 없이' 들을 수 있을 뿐이었다. 연방대법원은 1879년의 판결에서 흑인도 배심원이 될 수 있다고 선언했지만 실제로 흑인이 배심에 참여한 경우는 거의 없었다. 톰이 죽은 후 핀치는 항소심에서는 승산이 있다며 안타까워하나, 죽은 자에 대한 아쉬운 조사에 불과할 뿐 실제로 성공할 가능성은 매우 희박했다. 1심에서 유죄를 평결한, 백인 남성으로 구성된 배심원단은 자신들의 결정이 옳지 않다는 것을 잘 알고 있었다. 그러나 적어도 앨라배마주의 항소심 판사가 이를 번복할 가능성은 소설 속에서도 매우 희박한 일이었다.

이 작품은 1990년부터 매년 연극으로 만들어져 작가의 고향에서 공연된다. 작가는 죽을 때까지 일체의 언론 인터뷰를 거절했다. 2006년 영국사서협회는 성인이 읽어야 할 도서 리스트에 이 책을 성경보다 상위에 두었다.

백인의 세상 앞에 선 흑인 노예

《빌러비드》

노벨문학상 수상작

1993년 노벨문학상은 미국의 소설가 토니 모리슨에게 주어졌다. 세계가 환영했다. 노벨상 여섯 개 부문 중에서도 가장 지성과 대중의 관심이 높은 문학상을 거머쥔 최초의 흑인 여성이 탄생한 것이다. '생각할 수 없는 것을 생각하는' 문학적 상상력이 열매를 거둔 것이다.

20세기 말, 문학비평계에서는 포스트모더니즘이라는 유령이 새로운 사조로 떠올랐다. 이른바 '해체주의'의 등장이다. 오랫동안 문학담론을 지배해온 거대서사에 대한 비주류의 정면 도전이었다. 포스트모더니즘 또는 탈구조주의는 보편적 진리를 추구해온 지적 전통에 이의를 제기한다. 합리적 이성과 경험을 바탕으로 발전시켜온 근대적 담론을 비판하고 역사의 주체와 기초를 모두 상대화한다. 한마디로 정전正典과 정설定說을 해체하는 것이다.

　모리슨은 역사, 진실, 지식, 자신, 모성애, 가족, 이 모든 기존의 가치체계를 해체한다. 작가는 '존경과 경멸'을 함께 엮어 기존의 언어체계를 파괴한다. 금기로 숨겨진 비밀을 드러내기 위한 수단이다. 키, 코드, 음향을 종합하여 새로운 언어를 창조해낸다. 소리에 소리를 얹어 깊은 물소리와 나무 소리를 응축해낸다. 작품은 연대순이 아닌 회고, 기억, 악몽으로 점철된다. 제임스 조이스, 윌리엄 포크너, 버지니아 울프를 읽지 않은 독자에게는 매우 힘든 '의식의 흐름' 기법이다. 또한 기독교 교리에 대해 정통한 사람만이 심층 탐구할 수 있는 비밀의 정원을 조성한다.

　작가는 고백한다. "나의 약점은 흑인임을 악마시하는 대신 낭만시하는 데 있다. 마찬가지로 백인을 객관시하는 대신 비판하는 데 있다." 흑인 작가 모리슨은 1931년 오하이오주에서 태어나 자랐다. 바로 작품의 배경이 된 지역이다. 클리블랜드 서쪽의 산업도시 로레인은 인구 칠만오천 명의 소읍이다. 그럼에도 불구하고 유별난 다인종 사회였다. 와스프에 더하여 체코, 아일랜드, 독일, 그리스, 이탈리아, 세르비아, 멕시코 출신인 기타 백인들이 도심 빈민가를 차지했고 흑인은 교외에 머물렀다. 모리슨 자신은 흑인에 대한 지역사회의 차별을 심하게 느끼지 않았다고 술회한다. 그러나 당당하게 소설을 쓴 '정치적' 목적을 밝힌다. "최상의 예술작품은 정치적인 작품이다. 작가의 역량은 작품을 명쾌한 정치적 의제로 만듦과 동시에 아름답게 만드는 데 있다." 그는 흑인 여성의 구전서사를 문자로 승격시켜 정치적 힘을 강화할 자산으로 제공하기 위해 작품을 썼을 것이다.

제목의 의미: 비명(碑銘)

사도 바울이 지중해 연안에 교회를 세우면서 사랑을 통해 신의 은총을 받는 교인들의 삶을 보고한다. 비록 거칠고 반항심이 넘치는 사람들이지만 신은 진정으로 사랑받지beloved 못하는 사람들에게 사랑을 베풀어 영광의 길로 인도한다. "내 백성이 아니었던 자들을 내 백성이라, 사랑을 받지 못하던 자들을 사랑하는 자라 부르리라"《로마서》. 작품의 모두冒頭에 인용된 제명題銘이다. 사랑, 축복, 용서라는 주제를 묶어 대변하기에 적절한 작명이다. 준엄한 바울의 말씀 속에 희망의 약속이 담겨 있다. 어떤 경로를 통해서이건 신은 진실로 믿는 사람들에게 되돌아올 것이기 때문이다.

'빌러비드BELOVED'는 세서가 자신이 죽인 딸의 묘비에 새긴 일곱 글자이다. 석공의 아들이 지켜보는 가운데 제공한 십 분간의 섹스의 대가로 얻은 계명이다. 여유가 있었더라면 '사랑하는Dearly'이란 단어를 덧붙이고 싶었다. 원한이 플롯 전체를 관통한다. "124번지는 원한이 서린 곳이다. 갓난아이의 독기가 집안 가득했다." 소설의 첫 구절이다. 1, 2, 4, 세 숫자는 더하여 7이 된다. 일곱이란 숫자는 기독교의 진언이다. 하느님이 세상을 만든 시간이자 여호수아가 여리고를 함락시키는 데 소요된 시일이다. 일곱 가지 대죄와 일곱 성사는 기독교를 지배하는 계율과 의식이다. 보다 정교하게 소설을 파고들면, '스위트홈'에 도착한 세서가 핼리와 부부가 되어 네 아이를 출산하는 데 하나가 둘이 되고 둘이 넷을 만들어 '1+2+4'의 도식을 충족시킨다.

고립과 폐쇄의 삶 십팔 년

열세 살 흑인 소녀 세서는 켄터키의 농장, 스위트홈으로 팔려간다. 농장주 부부는 온정적인 백인이다. 열여덟 살이 되자 세서는 같은 노예인 핼리 석스를 남편으로 택하여 세 아이를 출산한다. 주인이 죽자 친척인 '학교선생'이 노예감독으로 온다. 그는 남부 노예주의 전형적인 악질 백인이다. 그가 달고 온 두 조카도 아재비의 복제품이다.

세서가 넷째 아이의 출산이 임박한 상태에서 노예들은 집단탈출을 감행한다. 세서와 핼리 부부의 세 아이는 지하조직의 도움으로 탈주에 성공하나 핼리, 식소, 폴 디, 세 성인 노예는 체포된다. 식소는 화형에 처해지고, 폴 디는 팔려가고, 핼리는 행방이 묘연하다.

노예감독의 조카들은 만삭인 세서를 능욕한다. 한 놈은 세서의 젖을 빨아재낀다. 만신창이의 몸을 이끌고 도주한 세서는 숲속에서 백인 처녀의 도움으로 넷째 아이를 출산한다. 그 백인 처녀의 이름, 덴버를 새로 태어난 딸아이의 이름으로 택한다. 세서는 흑인 비밀조직원 스탬프 페이드의 도움으로 자유주인 오하이오주에 닿아 시어머니인 베이비 석스와 합류한다. 핼리가 오 년 동안 일요일까지 이어지는 중노동으로 어머니의 자유를 사주었던 것이다. 시어머니의 보호 아래 평화로운 날을 보내고 있는 세서 앞에 노예감독이 나타난다. 당시 법에 의하면 노예주인은 도주한 노예의 송환을 요구할 법적 권리가 있었다.

자식들이 노예로 되돌아갈 위기에 처한 세서는 큰딸을 톱으로 목을 썰어 죽인다. 이어서 남은 두 아들도 죽이고 갓난아이 덴버의 두개골도 박살내겠다며 악을 쓴다. 세서는 재판에서 사형선고를 받으나 백인 노예해방운동단체의 도움으로 집행을 면하고 출소한다. 흑인사회는 친자식을 죽인 세서를 외면한다. 세서는 백인 퀘이커교도 보드 원의 도움으로 일자리를 얻으나 흑인 이웃과는 교류 없 이 지낸다.

세월이 흘러 정신적 지주였던 시어머니가 죽고 두 아 들은 가출한다. 세서와 어린 딸 덴버, 단둘이 남은 124번 지는 음험하기 짝이 없다. 죽은 딸의 유령이 찾아들어 셋 이 함께 동거한다. 갈등과 긴장의 연속이다. 십팔 년 전에 헤어진 폴 디가 나타난다. 세서는 그가 연모하던 첫사랑 여인이다. 그는 이십 대에는 '집 안에 걸어들어오면 여자 를 울릴 수 있는' 청년이었다. 무엇보다 마음이 따뜻한 사 내였다.

둘은 연인이 되고 새로운 가족생활이 시작된다. 그러나 딸의 유령은 성장한 여인 빌러비드로 현신하여 되돌아와 서 폴 디를 몰아낸다. 극도의 사랑과 증오의 감정이 뒤섞 인 동거에서 세서와 빌러비드, 둘 다 생명력을 소진한다. 현명하게 성장한 딸 덴버가 지역사회와 소통의 실마리를 푼다. 흑인공동체의 대모였던 베이비 석스의 후광이 되살 아난다. 마음을 연 이웃과 덴버의 도움으로 세서는 두 번 째 살인을 피하게 된다. 환각상태에서 은인 보드원을 십 팔 년 전의 노예감독으로 착각하고 얼음꼬챙이로 찔러 죽이기 직전이었다.

마침내 유령이 사라지고 폴 디가 귀환한다. 유령의 출현과 동시에 사라졌던 열여덟 살짜리 늙은 개도 되돌아온다. 세서의 자존심도 회복된다. 폴 디가 세서에게 말한다. "당신과 나. 우리에겐 누구보다 많은 어제가 있어. 이젠 무엇이 되건 내일이 필요해."

미래 없는 과거의 포로

세서의 인생은 과거에 갇힌 악몽이다. 그녀의 머릿속은 미래에는 관심이 없다. 오직 과거로 가득 차 있으면서도 또 다른 과거 이야기에 목말라한다. 장래 계획을 세우는 것은 불가능하고 상상조차 할 여백이 없다. 스위트홈을 탈출할 계획이 어긋난 후로는 그 어떤 계획도 세울 엄두를 내지 못한다. 그녀에게 미래란 과거를 잡아두는 일이자 모든 것을 기억에서 지우는 일일 뿐이다. 그 과거는 폴 디의 출현과 더불어서 비로소 서서히 그리고 단편적으로 회상된다. 트라우마를 겪은 모든 피해자들과 마찬가지로 세서와 폴 디도 끔찍한 사건 자체보다는 아무리 애를 써도 결코 잊어버릴 수 없는 과거 때문에 더욱 고통받는다. 작가는 잊고 싶은 욕망과 기억해야 한다는 사명감 사이에서 갈등하는 인물들의 고뇌를 섬세한 필치로 그린다. 세서의 시어머니 베이비 석스는 며느리에게 잊어버리라고 강권한다. "내려놓아, 세서. 칼이든 방패든 모두……. 전쟁은 이제 그만 생각해. 모든 번잡스러운 것은 잊도록 해." 그러나 과거는 순순히 물러나지 않는다. 억압받은 모든 존재는 억압하는 자의 일부로 되살아난다.

먼저 죽은 아이의 유령이 나타난다. 원한에 사무친 유령은 거울을 깨고 음울한 소리를 내지른다. 폴 디에게 쫓겨난 유령은 이번에는 성장한 여인, 빌러비드로 현신하여 되돌아온다. 유령이든 현실의 여인이든 빌러비드의 존재는 과거가 결코 소멸되지 않는다는 것을 상기시킨다. 기억하는 것도 망각하는 것도 결코 완성할 수 없다.

모든 죽은 것이 되살아나 세서를 괴롭힌다. 그나마 폴 디와의 재회로 재생의 실마리가 열린다. 둘은 함께 아픈 과거를 이야기하고, 이야기를 가다듬고, 다시 이야기하면서 치유의 과정을 공유한다.

주인공들의 '다시 기억하기' 과정을 따라가며 독자는 악몽의 세월을 함께 반추한다. 새 생명이 일용할 양식이 될 소중한 젖을 빨아댄 백인 쓰레기들의 겁탈과, 도주 과정에서 당한 끔찍한 고통은 세서에게서 영원히 치유될 수 없다. 오디세우스처럼 유랑 십팔 년 동안 폴 디가 겪은 신고辛苦 또한 불망不忘 불치不治의 속병이다. 사슬에 묶여 꿇어앉은 채로 간수의 성기를 빨아야 했던 굴욕은 평생의 오욕이다. 다섯 차례의 실패한 탈출 과정에서 그가 입은 내면의 상처를 다스릴 약은 없다.

앞선 세대의 고통 또한 후손에게 상속된다. 노예선의 화물로 바다를 건너온 세서의 어머니는 백인 주인의 강간으로 태어난 아이들을 모두 내다버렸다. 흑인의 씨를 받은 세서만은 남기고 사내 이름을 붙였던 것이다.

실제사건을 바탕으로 쓴 진짜 역사

과거와의 타협이 세서에게 중요하듯이 작가는 과거사에 대한 집단기억과의 화해를 강조한다. 제대로 기억되지 않는 조상의 처참한 과거를 반추하면서, 보다 안온한 미래를 향한 소망을 편다.

이 작품은 실제 사건을 바탕으로 쓴 것이다. 1851년, 도주노예 마가레트 가너는 체포되자 딸을 죽이고 자신도 자살을 기도한다. 이 사건은 당시 노예제폐지 운동가들에게 열띤 논란거리를 제공했다. 대부분의 폐지론자들은 가너를 살인죄로 처벌해야 한다고 주장했다. 여자 노예도 자유로운 의사결정능력과 법적행위능력을 보유한 인격체임을 전제로 한 논리였다. 그러나 법은 노예와 그 자식을 주인의 재산으로 규정하고 있었다. 젊은 여자 노예가 남자 노예보다 비싸게 팔린 것도 별도의 비용을 들이

지 않고도 재생산이 가능한 '재산'이었기 때문이다. 자식을 죽인 행위는 법적으로 주인의 재물을 손괴한 것일 뿐이었다. 그녀의 '진짜' 범죄는 도주한 것이었다. 이러한 법에 따라 가너는 감금된 후에 주인에게 반환되었다.

모리슨은 가너 사건을 시발점으로 하여 새 역사를 쓰기로 작심한다. 기록되지 않은 역사, 가르치지 않는 역사를 쓰고, 정당한 장례를 치르지 못한 흑인 여성들의 예술적 장례를 치르기로 작심한 것이다. 그동안 흑인의 해방사는 남성 중심이었다. 자유와 평등을 위한 흑인의 외적투쟁은 물론 내적갈등의 서사도 오로지 남성의 이야기였다. 모리슨은 기록이 없는 흑인 여성의 내적갈등을 상상으로 보충하고, 새로운 언어체계를 만들어낸다.

모리슨의 시대에는 꿈, 미신, 초자연적 존재, 신화 등을 현실적 상황으로 수용하는 '마술적 리얼리즘'이라는 문학기법이 보편화되어 있었다. 세서를 포함한 작품 속 인물들에게 유령의 존재는 별도의 설명이 필요 없다. 세서에게 유령의 출현은 갑자기 날씨가 바뀌는 것이나 마찬가지이다. 폴 디도 124번지에 들어서서 계단을 밟는 순간 유령의 존재를 알아차린다. 베이비 석스도 이사하자는 세서의 제안을 일축한다. "무슨 호들갑 방정이야? ……이나라에 어느 집치고 서까래 아래 죽은 검둥이의 설움이 서려 있지 않은 집이 있어?"

대안적 진실을 찾아서

작가는 대양을 건너다가 사라진 육백만 명의 영혼에게
이 책을 헌정한다. 소설을 통해 이름도 없이 잊힌 존재를
기억하는 합동위령비를 세우고 싶었을까? 그렇다면 그것
은 과도한 욕심일 것이다. 소설에 인용된 마가레트 가너
의 재판기록은 당시 노예제폐지 운동가들에 의해 노예제
의 잔인성을 부각시키는 데 활용되었다. 세서의 변호사
도 마찬가지이다. 영아살해 사건을 노예제 자체의 문제
로 확대부각시킨다. 그러나 노예인 가너 가족의 이야기는
아프리카에서 신대륙에 이르는 과정에서 사라진 육백만
명 선조의 이야기를 포용할 수 없다. 만약 빌러비드가 이
러한 무명의 죽음의 현신을 상징하는 존재라면 노예선의
화물로 전락하기 전의 아프리카 전통문화에 대한 보다
깊은 성찰이 동반되었어야 한다.

백인의 법은 흑인노예를 주체가 아니라 객체로 삼을
뿐이었다. 자신이 관련된 사건에서 증언능력이 부정되었
기에 노예의 목소리는 재판기록에 담길 수 없었다. 세서
도 자신의 이야기가 실린 신문기사를 무시한다. "단지 일
흔다섯 글자가 찍혀 있다는 것만 알았다." 자신이 해독하

지 못하는 글자가 무슨 의미가 있을까. 또 다른 도주노예, 스탬프 페이드는 아내가 백인 주인의 성노리개가 된 사실을 알고 백인이 준 이름을 벗어던진다. 그는 자신이 목도한 잔인한 린치 행위가 판결문에 "○○하고 ○○한 바" 등 무슨 낯선 암호처럼 적히자 아예 무시해버린다.

백인 지배자의 기록에서는 흑인노예의 진실을 추출할 수 없다. 대안적 진실을 알고 싶은 독자는 텍스트의 공동 저자가 되어야만 한다. 세서의 사연은 덴버, 폴 디, 이웃의 이야기에 의해 보충하기도 하고 반박되기도 한다. 그러나 빌러비드의 이야기와는 타협점이 거의 없다. 독자는 인물들의 상충되는 관점, 경험, 주관에 현혹되어 진실을 파악하기 힘들다. 이러한 기법은 흑인사회의 구술문화 전통을 반영한 것이다. 전원이 참여하는 마당극인 셈이다. 독자와 저자 사이가 명확하게 분리되지 않는다.

세서의 시어머니는 "육십 평생 여섯 아이를 자신의 인생을 씹어먹고, 생선뼈처럼 내뱉은 인간들에 의해 잃었다." 그녀에게 이름을 묻자 "나는 존재가 없다"고 답한다. 죽은 아이들이 어디에 묻혀 있는지, 만약 살아 있다면 생김새가 어떨지도 모른다. 그래도 자기 자신보다는 아이들에 대해 더 많이 안다. 자신이 누구인지는 파고들 생각조차 못 한다. 존재 자체가 없는 사람의 집에는 고립된 정적과 원한 어린 비애가 동거할 뿐이다.

자유와 참여: 흑인 공동체

철학자 한나 아렌트는 "시민으로서의 자유는 분리와 배제가 아니라 참여를 통해 달성될 뿐이다"라는 경구를 남겼다. 노예전력을 가진 흑인 여성도 공동체의 운영에 참여하고, 그 혜택을 욕망하고 향유할 권리가 있다. 가난과 자기부정의 관념에 익숙한 흑인공동체의 관점과 기준으로 볼 때 베이비 석스의 과도한 베풂은 오히려 '분별없는' 자만으로 인식된다.

흑인사회는 세서를 비판한다. 세서는 너무나 도도하고 자신이 저지른 행위가 죄악임을 부정하는 듯하다. 아이는 자신에게 고유한 재산이라고 주장하면서 노예법에 정면으로 맞섰을 뿐만 아니라 흑인공동체와의 상관성마저 부정한 것이다. 세서의 과도한 모정은 폴 디의 표현을 빌리면 전 노예로서는 위험하기 짝이 없는 감상이다. 백인 주인의 처분에 따를 수밖에 없는 자신의 현실적 조건을 인식하지 못한 망상이다. 결과적으로 세서는 백인의 법제도뿐만 아니라 흑인공동체로부터도 추방된 것이다.

가까스로 자유를 찾은 세서를 잡으러 오는 악의 무리에 흑인공동체는 저항하지 않는다. 위험을 귀띔해주지도 않는다. 흑인공동체도 책임을 공유해야 마땅하다. 빌러비드가 돌아온 것은 자신을 죽인 어미뿐 아니라 그 행위를 막지 못한 흑인 이웃의 질투와 '비열함'을 징벌하려는 목적이다.

작품에서 흑인공동체는 그리스 비극의 코러스 역할을 한다. 처음에는 세서를 비판하나 점차 이해하고 도움을 건넨다. 종국에는 백인남성 중심의 가부장제를 벗어나서 사랑으로 결속된 평등한 공동체의 건설에 노력을 보탠다.

자유를 획득하는 데 공동체의 역할은 복잡 미묘하다. 자신을 해방시키는 것과, 그 해방된 자아의 소유권을 행사하는 것은 별개의 문제이다. 노예제가 폐지되었다고 문제가 해결된 것은 아니다. 법적 자유를 얻은 세서는 결코 자유로운 존재가 아니다. 자신의 욕망과 두 딸의 요구 사이에 갈등하면서 도저히 말할 수 없는 과거의 종신수로 남는다. 세서의 아들들은 발로 뛰어다니고 선악을 판단할 능력이 생기기가 무섭게 어머니를 떠난다. "살인자 여자보다는 살인자 남자 속에 사는 게 모양이 낫지." 누이동생 덴버의 해석이다.

사랑하는 자식을 죽이는 어머니의 이야기는 에우리피데스의 〈메데이아〉 이래 서양문학의 중요한 전통 서사이다. 다른 사내 때문에 자식을 죽이는 메데이아와는 달리 세서는 과도한 사랑과 책임의식 때문에 딸을 죽인다. 살인자 어머니는 모성을 방기하고 공동체의 기본구조와 질서를 위협하는 야만적인 '타자'로 제시된다. 또 한편으로는 정반대로 억압적인 질서에 맞서 자신의 가장 소중한 자산을 희생하는 위대한 순교자, 숭고한 어머니의 원형으로 제시되기도 한다.

세서가 빌러비드에게 말한다. "너는 내 등에서 잠자고 있고, 덴버는 내 배 속에서 잠든다. 내 몸이 둘로 쪼개지는 듯한 기분이었어." 덴버가 태어난 후로 이 경계는 자신과 타자로 구분된다. 모성은 일체성과 완결성으로 상징되기 때문이다. 빌러비드의 말이다. "나는 빌러비드이고 그녀(어머니)는 내 것이다. ……나는 그녀에게서 떨어질 수 없다. ……그녀의 웃음은 바로 내 웃음이다."

세서와 빌러비드의 관계는 흡혈귀와 피해자와의 관계를 연상시킨다. 빌러비드가 살이 찌고 몸이 커질수록 세서는 수척해진다. 폴 디는 세서가 지나치게 아이에게 집착한다고 비판하지만 세서는 들은 채도 않는다. 그러나 마지막에는 과거를 과거로 떼어내는 데 성공한다.

실패한 영화

1998년 누구나 탐낼 만한 주제와 노벨상 수상작이라

는 명성을 업고 영화가 만들어졌다. 물론 제목은 〈빌러비드〉였다. 인종적 장벽이 극심한 방송계에서 흑인여성으로는 이례적으로 최정상에 오른 오프라 윈프리가 주연을 맡아 더욱 세인의 주목을 끌었다. 작품이 퓰리처상을 받기도 전에 윈프리는 저작권을 사들였고 십 년 후에 영화로 만든 것이다. 역사소설, 고딕공포문학, 성장소설 등 다양한 장르로 분류되는 원작을 조나단 드미 감독이 호러무비로 만들었다.

그러나 영화는 흥행에 처참하게 실패했다. 기대를 걸었던 오스카에서는 주연상은 고사하고 의상디자인상, 단 한 부문에만 후보로 지명되는 데 그쳤다. B급 영화제에서 주연상 후보로 지명을 받아 성에 차지 않는 동정을 받았다. 윈프리는 영화의 실패가 자신의 일생에서 일어난 가장 비참한 일이었고, 그로 인해 한동안 우울증에 시달렸다고 고백했다.

영화가 실패한 가장 큰 이유는 노예제도라는 악의 역사보다는 섬뜩한 흑인서사의 괴기성을 부각하는 데 주력했기 때문인지도 모른다. 중산층 백인 관객은 흑인 노예의 서사에는 관심이 없고 흑인 관객은 과거를 가볍게 다룬 스토리를 함량 부족으로 보았을 것이다. 영화는 '역사성'을 부각하기 위해 엉뚱하게 로케이션의 선정에 신경을 쓴 느낌이다. 필라델피아, 스쿨킬강 북쪽 몽고메리 카운티, 랜디스 밸리, 빅 엘크 크리크 등 주로 펜실베이니아주의 여러 곳이 촬영지로 선정되었다. 같은 주의 밸리 포지 국립역사공원도 애용되었다. 모두 미국독립전쟁의 성지이다. 자유를 위한 미국(백인) 국민의 기억을 잊히고 숨겨진 흑인의 '새 역사'에 빌려쓰는 아이러니가 생뚱맞게 느껴진다.

뒤바뀐 신분, 뒤바뀐 세상

《왕자와 거지》

미국 작가 마크 트웨인은 유달리 유머감각이 뛰어난 사람이었다. 본명이 사무엘 클레멘스였던 그는 원래 미시시피강을 운항하는 증기선의 수로안내인이 되고자 훈련을 받은 적이 있었다. 수로안내인의 임무는 배가 암초에 걸리지 않도록 수심이 깊은 곳으로 인도하는 것이었다. 당시는 줄에 돌을 달아 수심을 쟀는데, 수심 재는 사람들은 늘 "마크 원(수심 1.8미터)!" 또는 "마크 트웨인(Twain은 Two의 고어)!"이라고 소리 질렀고, 클레멘스는 그때 자주 들었던 '마크 트웨인'을 자신의 필명으로 삼았다고 전해진다.

마크 트웨인이 쓴 《왕자와 거지》 역시 트웨인 특유의 유머가 넘치는 소설로, 그동안 많은 독자들의 사랑을 받았다. 이 소설은 올리버 리드, 라켈 웰치, 찰턴 헤스턴, 렉스 해리슨, 어니스트 보그나인, 마크 레스터, 조지 C. 스캇 등 초호화 배역의 영화로 제작되었다.

때는 영국이 헨리 8세의 통치하에 있던 16세기 초, 런던의 빈민가 출신 부랑아 톰 캔티는 궁궐 근처에서 우연히 에드워드 왕자의 눈에 띈다. 에드워드 왕자는 재미삼아 톰과 옷을 바꿔 입어보는데 자신과 똑같은 모습에 놀란다. 그런데 거지의 옷을 입은 에드워드가 경비병에게 거지로 오인받아 궁궐 밖으로 쫓겨나고, 왕자 옷을 입은 톰은 왕자로 오인받아 궁 안에서 왕자 행세를 하게 된다.

톰은 왕자답지 않은 행동을 하는 바람에 "왕자가 미쳤다"는 소문이 돌지만, 얼마 지나지 않아 왕자 역할을 훌륭히 소화해낸다. 에드워드는 거지 소굴을 돌아다니며 죽음의 위기에 처하기도 하지만, 몰락한 기사 마일스의 도움을 받아 목숨을 건진다. 에드워드는 자신이 왕이 되면 귀족 작위를 주겠다고 하지만 마일스는 믿지 않는다.

왕자 역할을 훌륭히 하던 톰은 왕위를 물려받게 된다. 대관식이 열리던 날, 소식을 듣고 찾아온 에드워드가 대관식에서 자신이 진짜 왕자라고 말하고, 톰도 그가 진짜 왕자라고 한다. 진짜 왕자임이 밝혀진 에드워드는 거지 시절 자신을 도와준 마일스에게 왕 앞에서도 의자에 앉을 수 있게 한다. 이야기는 이렇게 한바탕 소동 끝에 해피엔딩으로 끝난다.

《왕자와 거지》에서 트웨인은 우선 겉모습으로 사람을 판단하는 세태를 신랄하게 비판하고 있다. 이 소설에서 왕자와 거지는 옷만 바꾸어 입었음에도 완벽하게 신분이 바뀌게 된다. 물론 생김새가 비슷하기는 하지만 그래도 아주 똑같지는 않았을 텐데, 사람들은 겉으로 드러난 의상만으로 톰과 에드워드를 쉽게 뒤바꾸어버린 것이다.

사실 16세기만 해도 귀족들과 평민들은 복장부터 달랐다. 옷이 신분을 나타내주는 중요한 문화적 표상이 되었기 때문에 멀리서 보아도 한눈에 신분이 구별되었다. 근대로 접어들면서 의상에 의한 신분 구분이 사라지자, 상류층 사람들은 소위 값비싼 명품 브랜드를 입음으로써 신분의 차이를 과시했다. 그러나 명품 브랜드도 가짜가 쏟아져 나옴으로써 이제는 옷에 의한 신분 구별이 어렵게 되었다.

최근에 고급 자동차로 신분을 과시하는 사람들이 생겨난 까닭이 여기에 있다. 값비싼 자동차는 가짜가 없기 때문이다. 그리고 주차원들이나 경비원들은 고급차에 대고 경례를 한다. 아무리 별 볼 일 없는 졸부가 타고 있어도 값비싼 외제차에는 경례를 하지만, 아무리 훌륭한 사람이 타고 있어도 값싼 경차에 대고 경례하는 사람은 많지 않다. 트웨인은 바로 그러한 속물주의를 비판하고 있다.

《왕자와 거지》에서 주목할 또다른 점은 쌍둥이 모티프이다. 톰과 에드워드는 거의 똑같이 생겼음에도 한 명은 거지로 다른 한 명은 왕자로 태어난다. 이는 태어난 날과 생김새는 같아도 신분이 다를 경우, 얼마나 서로 다른 인생을 살게 되는지를 잘 보여주고 있다. 톰과 에드워드는 서로의 신분이 뒤바뀐 동안, 왕자와 거지라는 극과 극의 삶을 살아보게 된다. 이렇게 쌍둥이처럼 비슷한 사람들이 서로 뒤섞여 누가 누구인지 모를 때 혼란과 재미가 생기는 법인데, 트웨인은 그러한 상황을 최대한 잘 이용해 이 소설을 썼다.

《왕자와 거지》에서 중요한 것은 에드워드 왕자의 깨달음이다. 궁궐에서만 살아온 에드워드는 난생처음 극빈자들이 살고 있는 빈민가를 목격하게 되고, 종교적인 박해로 인해 모든 것을 잃고 소외된 사람들을 만나게 된다. 헨리 8세는 자신의 이혼과 재혼을 금하는 교황청에 대항해 성공회라는 새로운 종교를 만들어 교황의 영향으로부터 이탈했으며, 그 과정에서 성공회로 개종하지 않은 구교도들을 박해했다. 에드워드는 도처에서 자기 아버지인 국왕과 그가 시행하는 법에 대해 증오심을 가진 사람들을 만남으로써, 귀족들에 대한 하층민들의 원망과 궁궐 밖에 존재하고 있는 또 다른 세상에 눈뜨게 된다. 이와 같은 발견과 깨달음은 만일 에드워드 왕자가 거지가 되어보지 않았더라면 애초에 불가능한 것이었다.

헨리 8세 당시, 영국 사회는 종교적 박해뿐 아니라 경제적 박탈감에도 시달리고 있었다. 가톨릭 박해로 많은 사제들이 파멸했으며, 극빈자들은 빈민가에서 신음하고 있었다. 그래서 《왕자와 거지》에서 에드워드는 왕이 된 후에 헨리 8세의 실정을 바로잡고 평민들을 위한 정책을 펴서 좋은 왕으로 칭송받게 되었다고 나온다. 그러나 실제 역사에서 에드워드 1세는 불행히도 건강이 좋지 않아 일찍 타계하고 만다. 에드워드가 거지와 신분이 뒤바뀌었다는 것도 물론 역사적 사실이 아니라 순전히 트웨인의 상상이 만들어낸 허구이다(프랑스의 루이 14세가 자신의 쌍둥이 동생의 얼굴에 가면을 씌워 바스티유 감옥에 가두었다는 설정을 소설화한 알렉상드르 뒤마의 《철가면》 역시 상상력의 소산일 뿐 역사적 사실은 아니다).

《왕자와 거지》에는 영국의 왕정제도와 귀족주의에 대한 트웨인의 신랄한 비판이 담겨 있다. 애초에 대통령제 공화국으로 탄생한 미국과는 달리 영국은 왕과 귀족들이 나라를 다스렸는데, 그들은 자신들의 학정이나 실정의 결과로 고통받는 하층민들이나 궁궐 밖 세상의 비참함에 대해서는 거의 모르고 있었다. 트웨인은 에드워드 왕자를 거지로 바꾸어 런던의 거리로 내보내 직접 궁궐 밖 세상을 경험하도록 함으로써, 지배계급이 만든 부당한 법이 얼마나 평민들을 괴롭히는가를 고발하고 있다.

영국 귀족제도에 대한 트웨인의 비판은 그가 쓴 또 다른 소설인 《아서왕 궁전의 코네티컷 양키》에서도 발견된다. 19세기 미국의 대장장이인 행크 아론은 어느 날 정신을 차려보니 자신이 6세기 영국 아서왕 시대에 와 있다는 사실을 발견한다. 행크는 총을 만들어 마상시합에서 창을 들고 덤벼드는 기사들을 쓰러뜨리고, 마법사 멀린과의 대결에서도 이김으로써 아서왕의 총애를 받는다. 그러나 그는 당시 영국의 기사들이 평민들을 얼마나 잔혹하게 다루었으며, 하층민들은 또 얼마나 큰 고통 속에 살았는가를 알게 된다. 트웨인은 또 행크를 통해 아서왕 시대에 있었던 종교적 박해까지 생생하게 묘사하고 있다.

마크 트웨인의 《왕자와 거지》는 어른과 아이가 다 같이 재미있게 볼 수 있는 유익한 작품이다. 이 작품을 보며 가난한 아이들은 왕자가 되는 신분상승을 꿈꾸게 되고 부자 아이들은 자신들이 모르는 빈민가의 풍경을 체험하게 된다. 다른 세계로 들어가 자신이 모르고 있었던 세상을 경험하는 것은 인생에서 가장 값진 경험이다. 이 작품을 읽으며 독자들은 지배계급이 만든 법이 때로는 피지배계급에게 폭력이 될 수 있다는 사실을 깨닫게 된다. 바로 그와 같은 소중한 간접경험을 해볼 수 있다는 점에서 《왕자와 거지》는 중요한 의미를 갖는다.

제3부

사회와 사람

냉전시대를 녹이는 우정

〈레드 히트〉

　〈48시간〉으로 유명한 월터 힐 감독의 〈레드 히트〉는 냉전시대 라이벌이었던 미국과 소련의 문화 차이를 신랄한 풍자를 통해 재미있게 대비시킨 영화로 유명하다. 힐 감독은 180도 다른 미국과 소련의 문화를 매 장면마다 대비시키면서도 궁극적으로는 정치 이데올로기를 초월한 두 나라의 우정과 화해 가능성을 보여줌으로써, 데탕트 시대의 미소관계 또는 두 나라의 문화적 이해와 관계 개선에 대한 미국인의 바람을 잘 표현하고 있다. 모스크바의 '붉은 광장'에서 미국이 영화를 촬영한 것은 이 영화가 처음이라는 사실 역시 당시 미국과 소련 사이의 우호적인 관계를 원하는 두 나라 사람들의 분위기를 잘 드러내고 있다.

　〈레드 히트〉는 힘차고도 애수에 찬 러시아 음악을 배

경으로, 모스크바의 붉은 광장과 크렘린궁 그리고 레닌의 동상을 풍성하게 보여주면서 시작된다. 이상주의 국가 소련에도 범죄가 있어 경찰과 충돌이 일어난다. 임무에 충실하고 유능한 모스크바 경찰의 당코 형사는 악명 높은 마약사범 빅토르 로스타 일당을 급습하지만 로스타를 놓치고 만다. 로스타는 부하들과 함께 미국 시카고로 도망쳐 소련으로의 마약밀수를 시도하다가 우연히 교통위반으로 시카고 경찰에 체포된다. 시카고 경찰청의 연락을 받은 소련 경찰청은 당코를 미국에 파견해 로스타를 압송해오는 임무를 맡긴다.

이어지는 두 번째 이야기는 시카고를 배경으로 시작된다. 미국으로 장면이 전환되는 순간, 화면에는 리바이스 청바지 간판이 선명하게 비치고, 수많은 자동차와 행인들로 소란한 미국의 거리가 확대된다. 고요하고 평온하지만 어딘지 모르게 통제되어 있고 억압적인 분위기의 소비에트 사회주의 사회와는 전혀 다른, 시끄럽지만 자유롭고 상업적인 자본주의 사회의 단면을 카메라의 앵글이 잘 집약해서 보여주고 있어 관객은 또 다른 세상으로 인도된다.

당코 형사는 소련 경찰 제복을 입고 시카고 오헤어 공항에 도착한다. 공산주의 국가에서 제복은 통제와 두려움의 상징이지만, 미국에서는 제복이 흔히 불신의 대상이자 부자유의 상징으로 취급된다. 청바지와 티셔츠를 입고 껌이나 핫도그를 씹어대는 미국인들 사이에서 제복을 입고 근엄하게 서 있는 당코의 모습은 대단히 이질적이다. 미국인이야말로 정장과 위선적인 근엄함과 형식주의를 이 세상에서 가장 싫어하는 사람들이 아닐까. 이 영화에서 미국인의 그러한 특징을 가장 선명하게 보여주는 사람은 당코를 마중나간 시카고 경찰의 리지크 경사이다.

시카고 공항에서 만난 당코 형사와 리지크 경사는 곧 소련과 미국의 조우를 상징한다. 당코가 영어를 못할 것이라는 그리고 소련인은 아무것도 모를 것이라는 리지크의 선입관은 자기 나라를 방문하는 외국인들에 대해 미국인들이 흔히 범하는 잘못을 집약해서 보여주고 있다. 당코가 미국에 체류하는 동안 당코와 리지크는 파트너가 되는데, 두 사람은 영화 내내 사사건건 충돌하고 대립한다. 이 갈등은 문화의 차이에서 비롯된 것이어서 두 나라의 차이를 잘 아는 관객들을 시종일관 웃음 짓게 한다.

예컨대 로스타의 부하 스트리크를 심문할 때 리지크 경사는 인권을 존중해야 한다면서 스트리크에게 자백하면 돈을 준다고 유혹하기도 하고, 마약봉지를 스트리크의 주머니에서 꺼내는 척하며 협박하기도 한다. 그러나 그게

먹히지 않자, 당코는 간단하게 스트리크의 손가락을 부러뜨려 자백을 받아내며, 리지크에게 "소련식이 더 경제적이다"라고 말한다. 민주주의 사회와 전체주의 사회를 대비시키는 이 재미있는 장면에서 관객들은 폭소를 터트리게 된다.

처음 미국에 도착했을 때, 당코는 소련과의 차이에 당혹감을 느끼게 된다. 싸구려 호텔에 투숙한 그가 텔레비전을 켜고 동전을 집어넣자 포르노가 방영되는데, 그는 시니컬하게 "자본주의란!"이라고 투덜거리며 텔레비전을 끈다. 그러나 시간이 지남에 따라 당코는 미국과 소련 사이에는 유사점도 많다는 사실을 발견하고 차츰 미국 문화를 수용하게 된다. 예컨대 그는 미국인들처럼 제복을 벗고 사복을 입으며, 리지크의 상관인 다늘리 서장 같은 사람이 소련에도 있는데 바로 KGB라고 말한다. 로스타를 공항으로 연행하다가 로스타의 부하들에게 급습을 받아 부상당한 당코가 누워 있는 병실에 찾아와서 그를 비난하며 협박하는 워싱턴의 소련 대사관 직원들은 위장한 KGB처럼 보이는데, 당코는 정치적이며 감시와 협박을 일삼는 그들을 싫어한다.

시카고 경찰의 리지크 경사 역시 시간이 지남에 따라 소련 경찰에 대한 선입견을 버리고 당코를 좋아하게 된다. 처음에 그는 당코를 촌놈이라는 뜻의 '검비'라고 부르며 놀린다. 그러나 그는 경찰 배지를 잃을 수 있는 위험을 무릅쓰고, 서장에게 총을 빼앗긴 당코에게 자신의 총을 빌려준다. 리지크는 총을 빌려주면서 당코에게 "이건 세상에서 가장 강력한 권총인 매그넘44야"라고 자랑스럽게 말한다. 이에 당코는 "이 세상에서 가장 강력한 총은 소련제 포드부린9.2야"라고 대꾸한다. 미국과 소련의 자존심 대결이 재미있게 벌어지는 이 장면에서 당코는 자신의 소련제 포드부린9.2를 서장에게 압수당해 부득이 미제 매그넘44를 사용하게 된다. "로마에 가면 로마 사람들이 하는 대로 해라"라는 속담처럼, 미국에서는 당코도 미국 권총을 사용해야만 한다. 그리고 당코는 바로 그 미국 총 덕분에 살아남을 뿐 아니라, 그 총으로 위협적인 인간쓰레기 로스타를 사살한다. 그러고는 "그래도 난 여전히 소련제 포드부린이 더 좋아"라고 말해 관객을 웃긴다. 리지크는 또 당코가 냉혈인간이 아니라 인정이 많고 인간적이라는 사실도 깨닫게 된다. 예컨대 당코는 로스타의 내연의 처를 체포하지 않고 도망치게 해준다.

로스타를 처치한 당코는 소련으로 돌아간다. 공항에서 기다리는 동안 당코와 리지크는 텔레비전으로 야구경기를 본다. 미국의 야구를 자랑하며 리지크는 소련은 무릎 댄스나 추는 나라가 아니냐고 당코를 놀린다. 당코로부터 소련에서도 야구를 한다는 말을 들은 리지크는 "설마! 야구는 미국인의 운동인데"라고 말한다. 리지크는 이제 야구가 미국의 전유물이 아니며, 비록 체제가 다른 공산주의 국가라 할지라도 세계는 서로 통하고 있다는 사실을 깨닫게 된다.

떠나기 전, 당코는 "소련인들은 헤어질 때 우정의 표시로, 자기가 갖고 있는 물건을 교환한다"라고 말하며 차고 있던 시계를 풀어주고, 이에 감동한 리지크도 얼결에 1000달러짜리 자기 시계를 풀어준다. 그런 다음에야 비로소 당코의 시계가 20달러짜리 동독시계라는 사실을 알고 아쉬워한다. 이 장면은 손익과 돈의 가치를 잊지 못하는 자본주의자의 모습을 잘 보여주는 상징적 장치라고 할 수 있다.

당코는 "우리는 경찰이지 정치가가 아니야. 그러므로 서로 좋아해도 되지"라는 감동적인 말과 함께 경례를 하고 떠나간다. 이윽고 영화는 장면이 바뀌어 붉은 광장에서 (아마도 관객에게) 경례하고 있는 당코의 모습을 비추며 끝난다. 비록 모스크바로 돌아가기는 했지만, 당코는 이제 미국과 자본주의를 아는 소련 경찰로서 미소관계 개선을 위해 중요한 일을 할 수 있을 것이다. 동시에 리지크

경사 또한 당코를 통해 소련에 대한 이해를 넓히는 중요한 경험을 갖게 된 셈이다. 소련을 무릎 댄스를 추는 전체주의 국가로만 알고 있었던 그는 이제 비로소 소련도 야구와 범죄가 있는 나라라는 사실을 알게 된다. 그리고 더 나아가 소련인도 미국인과 똑같은 인간이라는 사실도 깨닫게 된다. 그래서 문화적 이해의 중요성은 영화 〈레드 히트〉의 가장 주된 주제라고 할 수 있다.

이 영화에서 미국과 소련 또는 자본주의와 공산주의는 둘 다 살기 좋은 낙원이 아니다. 정도의 차이는 있지만, 두 나라 모두 범죄와 마약과 섹스 문제로 고통받고 있으며 로스타 같은 범법자들이 있다. 그러나 두 나라가 서로 공조하고 힘을 합할 때, 문화와 법제도의 차이에도 불구하고 범죄를 척결하고 보다 살기 좋은 사회를 만들 수 있다는 것이 바로 이 영화의 메시지이다. 이 영화에서 모스크바는 눈에 뒤덮인 추운 곳으로 묘사된다. 그러나 추운 나라에서 온 당코와의 짧은 만남을 통해 미국인 리지크는 러시아인의 따뜻한 우정을 느끼게 된다. 당코와의 공조수사와 우정을 통해 미국인 리지크 경사가 느끼게 되는 것은 바로 그러한 '붉은 열기', 즉 '레드 히트'일 것이다.

냉전시대에 미국에는 미국과 소련 두 나라의 체제 차

이에 대한 유머가 많았다. 리처드 닉슨이 대통령이던 시절, 어느 미국인이 소련인에게 이렇게 자랑했다. "우리는 백악관 앞에서 '닉슨, 이 나쁜 놈아!' 하고 소리 질러도 안 잡아간다." 그러자 소련인이 대답했다. "그건 우리도 그래. 우리도 크렘린궁 앞에서 '닉슨, 이 나쁜 놈아!' 하고 소리 질러도 안 잡아가."

또 다른 유머도 있다. 닉슨 미국 대통령과 브레즈네프 소련 공산당 서기장이 엠파이어스테이트 빌딩 꼭대기에서 정상회담을 가졌다. 쉬는 시간에 브레즈네프가 닉슨에게 말했다. "당신은 대통령이지만 당신 체제하에서는 아무런 힘도 없소." 화가 난 닉슨이 펄쩍 뛰며 부정했다. 그러자 브레즈네프가 말했다. "그렇다면 당신 경호원 중 한 사람을 불러서 창문을 열고 뛰어내리라고 해보시오." 닉슨이 자신의 경호원을 불러 뛰어내리라고 하자 경호원은 이렇게 거절했다. "절대 못 합니다. 제겐 부양해야 할 아내와 두 자녀가 있거든요!" 그러자 브레즈네프가 말했다. "봐봐. 내가 뭐라고 그랬나." 그런 다음 그는 자신의 경호원을 불러 뛰어내리라고 명령했다. 그러자 놀랍게도 그 소련 경호원은 즉시 창문 밖으로 뛰어내리는 것이었다. 어리둥절해진 닉슨이 엘리베이터를 타고 내려가서 죽어가는 소련 경호원에게 다가가 물었다. "왜 그런 짓을 했나?" 그러자 소련 경호원은 이렇게 말하는 것이었다. "제겐 부양해야 할 아내와 두 자녀가 있거든요!"

냉전시대에 미국과 소련은 숙명의 라이벌이었다. 세계를 자유진영과 공산진영 또는 자유세계와 닫힌 세계(미국은 소련을 '철의 장막', 중국을 '죽의 장막'이라고 불렀다)로 나누어 양분했다. 우리나라 역시 남한과 북한으로 나뉘어 각기 다른 두 세계에 속해 있었다. 오늘날 역사의 변화 속에서 소련은 없어졌고 세계는 이제 미국의 독무대가 되었다. 그럼에도 우리는 아직도 북한과의 대치 속에서 서로를 미워하고 불신하며 경계하고 있다. 왜 우리는 리지크와 당코처럼 서로 이해하고 우정을 나눌 수 없는가? 왜 우리는 지금도 서로를 증오하고 총부리를 겨누고 있는가? 한국인이라면 누구나 영화 〈레드 히트〉를 보는 내내 그러한 상념에 젖을 수밖에 없을 것이다. 그리고 다른 나라 관객들이 폭소를 터트릴 때에도 우리는 씁쓸한 미소를 지을 수밖에 없을 것이다.

전장의 형제애

〈태극기 휘날리며〉

영화 〈태극기 휘날리며〉는 제목과 내용이 일치하지 않는다는 느낌을 준다. 이 영화의 제목은 차라리 '태극무공훈장'이나 '전장의 형제애'가 더 나을 뻔했다. 왜냐하면 하루빨리 태극무공훈장을 타서 사랑하는 동생을 전쟁터에서 빼내어 집에 돌려보내고 싶어 하는 형의 절박한 심정을 다루고 있기 때문이다. 이 영화의 후반부에 형이 북한군 장교가 되어 한국군과 싸우는 이유도, 한국이 무공훈장을 타면 동생의 군복무를 면제해주겠다는 애초의 약속을 지키지 않았고, 그 결과 동생이 죽었다고 생각했기 때문이다. 다행히 영어판 DVD 제목에는 '전쟁의 형제애 Brotherhood of War'라는 부제가 달려 있다.

형제애가 각별한 구두닦이 소년 진태와 고등학생 동생인 진석은 한국전쟁이 발발하자 어머니와 헤어져 전쟁터로 끌려간다. 두 아들을 나라에 빼앗긴 어머니가 말을 못 하는 벙어리라는 사실은 대단히 상징적이다. 끔찍한 현실을 그저 볼 수밖에 없고, 당하면서도 항의 한마디 못 하는 어머니의 모습은 당시 이 나라 여인들의 상황을 은유적으로 보여주고 있다.

형 진태에게 동생 진석은 목숨을 걸고서라도 지켜주어야만 하는 소중한 존재이자 미래의 상징이다. 형제는 치열한 전투가 벌어지는 최전선으로 배속된다. 태극무공훈장을 타면 동생을 집으로 보내주겠다는 말을 지휘관으로부터 들은 진태는 훈장을 타기 위해, 그래서 동생을 안전한 곳으로 돌려보내기 위해 용감하게 싸워 공을 세운다. 그러나 태극무공훈장이란 결국 북한군을 많이 죽여야만 받을 수 있는 일종의 연쇄살인의 징표이다. 그래서 진태는 나날이 포악하게 변해가고, 동생 진석은 그런 형이 못마땅해서 형제는 자주 다투게 된다.

진태는 유엔군에 밀려서 후퇴하던 북한군이 북한 이념에 반대하는 마을주민들을 학살하는 장면을 보게 되고, 동시에 남한의 보도연맹 단원들 또한 살아남기 위해 어쩔 수 없이 북한 조직에 가입한 죄 없는 사람들을 부역자로 몰아 즉결 처형하는 광경을 목격하게 된다. 진태는 이제 남한이나 북한이나 둘 다 똑같이 믿을 수 없고 기만적이라는 사실을 깨닫게 된다. 그리고 그 와중에 진태는 동생 진석이 죽은 것으로 잘못 알고 절망한다. 진태는 동생을 집에 보내주기를 거부했던 새로운 지휘관이 북한군의 포로로 잡힌 것을 보고 그를 죽인 다음, 북한군에 합류하고 이번에는 남한군을 공포에 몰아넣는 북한군 지휘관이 된다. 영화의 마지막에 남북한 군대가 치열한 접전을 벌이고 있는 전장에서 다시 동생 진석과 조우한 진태는 동생을 구하고 장렬하게 산화한다.

이 영화에는 몇 가지 중요한 상징이 나오는데, 그 대표적인 것이 구두와 만년필이다. 징집되기 전에 형제는 구두를 파는 곳에 가서 진열장의 멋진 구두를 선망과 경외의 눈으로 바라보며, 언젠가는 자기들도 저런 구두를 만들어보자고 다짐한다. 구두닦이 소년 진태의 눈에 가게에 진열된 멋진 한 켤레의 구두는 밝은 미래의 꿈을 상징한다. 남의 구두를 닦아주며 살고 있는 진태에게 그런 완벽한 구두를 만들어보고 신어보는 것은 평생의 꿈일 것이다. 어쩌면 진태는 그 새 구두를 동생 진석에게 선물하고 싶었을 것이다. 그는 공부를 잘하는 동생 진석이 가문의 자랑이고 미래라고 생각한다. 그가 보기에 진석은 미래에 바로 그 새 구두의 주인이 될 것이었다.

여기에서 구두의 상징은 좀 더 확대된다. 구두는 왼짝

과 오른짝이 모여서 한 켤레를 이룬다. 한 짝만 있어서는 아무런 쓸모가 없다. 이 영화에서 남한과 북한도 왼짝과 오른짝의 구두와도 같다. 서로 좌우 이데올로기로 나뉘어 있지만, 하나로 합쳐져야만 가치가 있고 비로소 완벽한 존재가 된다는 것이다. 진태가 진석에게 선물하고 싶어하는 것도 바로 그러한 세상이다. 즉, 더는 전쟁이 없고 분열된 강산이 하나가 되는 밝은 미래를 형은 동생에게 물려주고 싶은 것이다.

그런 의미에서 〈태극기 휘날리며〉는 2014년 '룩소 이집트/유럽 영화 페스티벌'에서 불과 스무 살의 젊은 나이로 세계적인 주목을 받으며 영화제상을 수상한 사라 로직의 단편영화 〈다른 한 짝The Other Pair〉을 연상시킨다. 찢어진 신발을 신은 가난한 고아 소년이 기차 정거장에서 부모와 함께 여행하는 자기 또래의 부잣집 아이가 신은 새 구두를 선망의 눈으로 바라본다. 혼잡한 상황에서 부잣집 소년의 구두 한 짝이 선로에 떨어진 채, 기차는 출발한다. 가난한 소년은 달려가 떨어진 구두를 집는다. 그러고는 그걸 갖는 대신, 출발하는 기차에 매달린 소년에게 던져주지만 거리가 너무 멀어서 기차에 닿지 않고 땅에 떨어지고 만다. 그러자 부잣집 소년은 다른 한 짝을 벗어서 가난한 소년에게 던져준다. 서로 증오하는 대신, 서로를 위하고 배려하는 심성 덕분에 가난한 소년은 그렇게도 선망하던 새 구두를 신을 수 있게 된 것이다. 만일 가난한 소년이 증오심과 욕심에 땅에 떨어진 구두 한 짝을 가져갔더라면 또는 부잣집 소년이 나머지 한 짝을 벗어서 던져주지 않았더라면, 그 구두는 두 아이 모두에게 아무 쓸모없는 물건이 되었을 것이고, 이 영화는 결코 해피엔딩이 될 수 없었을 것이다. 그러나 아이들은 반대로 행동했기 때문에, 둘 다 행복해진 것이다. 기차에서 신발 한 짝까지 잃어버리자, 찾은 사람이 사용하도록 나머지 한 짝을 벗어놓고 내렸다는 간디의 일화에서 영감을 받은 이 영화는 관객들에게 뭉클한 감동을 선물한다.

〈태극기 휘날리며〉의 또 다른 상징은 만년필이다. 당시 소중했던 은색 만년필은 공부와 학교와 지성을 상징한다. 그러므로 진태가 진석에게 선물하는 만년필에는 동생의 미래에 대한 기원이 담겨 있다. 자기처럼 구두를 닦으며 살지 말고, 멋진 구두를 신고 학교에 다니며 글을 쓰는 훌륭한 지식인이 되라는 것이다. 진태는 진석을 살리고 대신 죽음으로써, 미래의 희망이 가능하다는 것을 보여준다.

이 영화는 노무현 대통령이 취임한 다음 해에 개봉되었다. 그래서 남북한은 형제니까 서로 대립해서 싸우지 말자는 메시지로도 읽을 수 있다. 〈공동경비구역 JSA〉에서처럼 〈태극기 휘날리며〉에서도 북한은 형이, 남한은 아우가 대표해서 서로 대립하지만, 나중에는 둘이 서로 만나서 다시 형제애를 나눈다. 〈태극기 휘날리며〉도 남북 화해 무드에 젖어 있었던 당시 한국의 사회상을 잘 반영하는 영화라고 할 수 있다.

초대받지 않은 방문객,
기독교와 공산주의

《손님》

황석영은 1989년에 한국 정부의 허락 없이 북한을 방문했다가 기소되어 독일과 미국에서 망명생활을 하다가, 드디어 1993년 귀국해서 수감된 후 1998년까지 형무소에서 복역한 작가이다. 북한에 체류하는 동안, 그는 미군 학살지라고 북한이 선전하는 신천에 가보았고, 훗날 신천대학살에 대해 쓴 소설이 바로 《손님》이다.

《손님》에서 황석영은 신천대학살의 실체를 밝힌다. 그에 의하면, 1950년에 일어난 신천대학살은 미군이 아니라 한국인들끼리 벌인 학살이었다. 해방 이후부터 계속 대립해오던 기독교도들과 공산주의자들 또는 지주들과 소작농들이 반목하다가 한국전쟁이 벌어지자 서로를 무참히 죽인 것이다. 당시 미군은 신천에 오래 있지도 않았고, 그저 스쳐지나갔을 뿐이라는 게 역사적 사실이다.

초대받지 않은 손님은 영어로 '비지터Visitor'라고 한다. 그래서 외계인이 지구에 찾아와 지구인을 괴롭히는 텔레비전 드라마 〈브이V〉에서 'V'도 'Visitors'의 약자이다. 반면, '게스트Guest'는 '초대받은 손님'을 의미한다. 그런데 한국어에서는 그 둘을 구분하지 않고 모두 '손님'이라고 한다. 황석영은 기독교와 공산주의를 '손님'이라고 부른다. 예전에 한국에서는 천연두를 '손님'이라고 불렀다. 서양에서 온, 원하지 않은 손님 또는 초대받지 않은 손님이라는 뜻일 것이다. 과연 기독교와 공산주의는 둘 다 서양에서 온 불청객이었고, 초대받지 않은 손님이었다. 그런데 그 원하지 않은 손님들이 한국에 와서 정치 이데올로기로 변질되어 서로를 학살하게 만든 것이었다.

천연두, 즉 '손님'은 다 나은 뒤에도 환자에게 영원히 사라지지 않는 상처(얽은 얼굴, 즉 곰보)를 남기고서야 떠난다. 마찬가지로 기독교도와 공산주의자의 학살도 우리의 역사에 영원히 지워지지 않는 상처를 남겼다. 그런 의미에서, 황석영이 그 기독교와 공산주의를 천연두인 '손님'에 비유한 것은 너무나 적절하다. 부르지도 않았는데 외부에서 찾아온 그것들의 싸움은 우리의 가슴에 영원한 상처를 남긴 민족의 질병이 되었기 때문이다.

하지만 그렇다고 이를 '방문객'의 문제로만 볼 수는 없다. 어쨌든 신천대학살은 우리끼리 저지른 만행이므로, 우리의 잘못된 심성과 행동을 기독교와 공산주의 탓으로만 돌려서는 안 될 것이다. 황석영의 소설《손님》은 바로 그런 깨우침을 준다는 의미에서도 탁월한 문학적 성취라고 할 수 있다.

한국판 '포레스트 검프'

〈국제시장〉

영화 〈국제시장〉은 한국판 〈포레스트 검프〉라고 할 수 있는 영화이다. 〈포레스트 검프〉가 미국의 다사다난했던 현대사를 패러디로 조감했다면, 〈국제시장〉은 파란만장한 한국의 현대사를 한국적 유머로 조감하고 있기 때문이다. 주인공이 부부싸움을 하다가 하기식과 함께 애국가가 나오자 일어서서 부동자세를 취하는 장면이 보수정권을 미화했다는 비판이 있는데, 그건 당시의 사회상을 반영하는 것으로 볼 수 있다. 더욱이 이 영화는 박정희를 미화하려는 시도를 하는 것 같지도 않다. 그저 실제로 있었던 역사적 사건들을 객관적으로 보여주고 있으며, 사실에 입각해 회상하고 있다는 점에서 돋보인다.

〈국제시장〉은 1950년 12월 24일에 있었던 흥남철수로부터 시작된다. 중공군의 침략으로 인해 북한에서 마지막으로 남쪽을 향해 철수하게 된 미군 전함 메레디스 빅토리호는 배에 무기를 가득 실었기 때문에 겨우 육십 명만이 승선할 수 있는 여유 공간이 있었다. 그런데 승무원이 이미 마흔일곱 명이나 되어서 더 탈 수 있는 승객은 열세 명뿐이었다. 그때 중공군을 피해 월남하려고 구름처럼 항구에 몰려든 사람들을 본 함장 레너드 P. 라루 대령은 고맙게도 무기를 다 내리고, 그 자리에 무려 만사천 명의 피난민을 태웠다. 사실 그건 라루 함장이 군법회의와 불명예 전역을 각오하고 내린 위대한 결단이었다.

배에는 더 들어갈 수 없을 만큼 사람이 가득 들어차서, 기록에 의하면 피난민들은 부산으로 내려가는 스물여덟 시간 동안 모두 서 있어야만 했다. 부산항에서 그들의 하선을 거부하자, 라루 함장은 근처 거제항에 난민들을 풀어놓았다. 승선한 난민의 숫자는 만사천 명이었는데, 내릴 때는 만사천오 명이었다. 다섯 명의 임산부들이 아이를 낳았던 것이다. 그래서 흥남철수를 '크리스마스의 기적'이라고 부른다.

흥남부두에서 만사천 명 사이에 끼어서 메레디스 빅토리호를 탈 때, 주인공 덕재는 잡고 있던 여동생의 손을 놓친다. 덕재의 여동생이 사라지자, 배에 올랐던 아버지가 다시 내려가 딸을 찾다가 그만 배에 다시 타지 못한다. 영화 〈괴물〉에서처럼 〈국제시장〉에서도 책임을 다하지 못하고 딸이나 여동생의 손을 놓친 한국 남성들의 트라우마가 나타난다. 부산에 피난 온 덕재는 그 죄의식에 평생을 시달리다가, 영화의 마지막에 미국으로 입양된 여동생과 화상통화로 만난 다음에야 비로소 마음의 상처를 씻는다.

부산에서 구두닦이 소년 노릇을 하면서 어린 시절을 보내게 된 가난한 피난민 덕재는 온갖 고초를 겪으며 성장한다. 남루한 소년들이 거리에서 구두닦이로 일하거나, 미군들의 지프차를 쫓아다니며 "기브 미 초콜릿Give me Chocolate!"이라고 손을 벌리는 것은 당시 흔한 광경이었다. 덕재 역시 그런 소년 중 하나로 어렵사리 얻어온 초콜릿을 동생들에게 나누어주곤 한다. 일찍 철이 든 덕재는 동생들에게 아버지 노릇을 하게 된다. 그러나 덕재는 동생의 대학등록금을 위해 파독 광부로 자원한다. 1963년 한국 정부는 백이십삼 명의 광부를 서독에 파견했다. 어려운 관문을 뚫고 독일에 간 덕재는 힘들게 일하다가 탄광이 무너져 죽을 고비를 넘기면서도 돈을 벌어 집으로 부친다. 기록에 의하면 당시 파독 광부들과 간호사들의 한 달 월급은 한국인들의 일 년 월급과 맞먹었고, 그들이 조국으로 부친 돈은 한국 경제 발전의 초석이 되었다고 한다. 독일에서 덕재는 파독 간호사로 일하던 한국 여성을 만나 결혼하게 된다.

귀국해서 신혼살림을 차린 덕재는 곧 또 사업으로 돈을 벌기 위해 전쟁 중인 베트남으로 떠난다. 그는 이미 군대를 다녀왔기 때문에 군인이 아니라 기술자로 가게 된 것이다. 덕재는 1960년대 최고 인기였던 가수 남진을 만나는데, 남진은 실제로 해병대원으로 베트남전쟁에 참전했다. 이런 상황은 〈포레스트 검프〉에서 어린 검프가 아직 유명해지기 전의 엘비스 프레슬리를 만나는 장면과 비슷해서 웃음을 자아낸다.

베트남에서 그는 자신의 어린 시절처럼 초콜릿을 원하는 베트남 소년들에게 초콜릿을 나누어준다. 또 베트남 상황이 악화되어 그곳에서 철수할 때 어린 베트남 소녀를 구출함으로써, 예전 흥남부두에서의 실수를 보상한다.

〈국제시장〉의 중요한 주제 중 하나는 세대 간의 단절이다. 독일인들이 힘들어서 기피하던 3D 직종에서 노동자로 일해본 덕재는 한국에 와서 일하는 외국인 노동자들을 무시하고 놀리는 젊은이들을 보고 크게 화를 낸다. 자기들이 원래부터 잘산 게 아니고, 아버지 세대 역시 외국인 노동자로 고생해서 오늘날 이렇게 잘살게 되었다는 사실을 요즘 젊은이들은 전혀 모르기 때문이다. 덕재의 자녀들과 손주들도 구닥다리 노인 덕재에게는 아무런 관심도 없고 이해하려 하지도 않는다. 그들은 왜 덕재가 개발업자가 돈을 많이 준다는데도 시장의 가게 '꽃분이네'를 팔지 않는지 이해하지 못한다. 그곳은 바로 덕재의 아버지가 다시 만나자고 했던 곳이어서 팔지 못한다는 사실을 전혀 알지 못하는 것이다. 젊은이들에게 덕재는 단지 괴팍한 노인일 뿐이다.

영화의 마지막에 노인이 된 덕재는 늙은 아내와 둘이 앉아서 부산 시내를 바라보며 회상에 젖는다. 비슷한 장면이 '헝거 게임' 삼부작의 세 번째 작품《모킹제이》의 마지막에 나온다. 영화에서는 대부분 생략되었지만, 원작 소설에서는 자기 두 아이들이 놀고 있는 것을 바라보며, 헝거 게임에서 살아남은 캣니스가 "저 아이들이 자기들에게 보다 더 좋은 세상을 물려주기 위해 죽은 사람들의 무덤에서 놀고 있다는 것을 어찌 알겠는가?"라고 말한다. 그러자 캣니스와 함께 헝거 게임에서 살아남은 남편 피타가 대답한다. "우리에게는 서로가 있잖아."

자녀들은 부모 세대가 자기들에게 더 나은 사회를 물려주기 위해 어떤 고초를 겪었는지 결코 알지 못한다. 아마 〈국제시장〉의 덕재와 그의 아내는 캣니스와 같은 심정이었을까.

새로운 환경에 동화되는 간첩들

〈쉬리〉《빛의 제국》〈솔트〉

김대중 대통령이 청와대에서 집무를 시작한 1999년에 제작된 영화 〈쉬리〉는 김대중정부가 상징하는 남북한의 화해와 햇볕정책의 흐름 속에 나온 작품이라고 할 수 있다. 〈쉬리〉는 남파된 북한 여자 스파이와 간첩 잡는 남한의 비밀기관 특수요원의 이루어질 수 없는 사랑을 주제로, 남북한 대치의 비극과 통일을 향한 염원을 표출한 영화이다. 한반도에 서식하는 쉬리도 그래서 상징적이다. 쉬리는 남북한을 자유롭게 오가는 물고기로, 통일에 대한 한국인들의 간절한 바람을 의미하고 있기 때문이다.

〈쉬리〉에 등장하는 또 하나의 물고기인 '키싱 구라미'도 남북한을 대표하는 두 연인의 애틋한 사랑의 상징처럼 보인다. 키싱 구라미는 암수가 늘 애정에 가득 찬 키스를 하다가, 둘 중 하나가 죽으면 나머지도 따라서 죽는 물고기이기 때문이다. 이는 두 남녀 주인공도 하나가 죽거나, 더 나아가 남북한 중 하나가 죽으면 나머지 하나도 죽는다는 것을 시사하고 있다. 영화에서 북한 여간첩 이방희가 죽은 후 남한의 남자 에이전트 유정원은 그녀를 따라서 죽지는 않지만 정신적으로는 죽음을 거쳤다고 해석할 수 있다.

〈쉬리〉에서는 여자 주인공이 수족관을 경영하는데, 이 또한 한국의 분단 상황을 상징하는 은유적 장치라고 할 수 있다. 또 남자 주인공이 근무하는 비밀기관 사무실에도 사방에 어항이 놓여 있는데, 이는 물고기가 자유롭게 헤엄치지 못하는 상황, 곧 분단으로 인해 이동의 자유가 박탈되어 좁은 곳에 갇혀 있는 한국인들의 상황을 은유적으로 묘사한다고 볼 수 있다. 더욱이 여자 주인공이 비밀기관에 들여놓은 어항들에는 도청기가 설치되어 있는데, 이것 역시 분단의 필연적인 부작용을 드러내는 장치로 보인다.

북한 간첩 이방희는 냉혹한 암살자이다. 그러나 남한에서 이명현이라는 이름으로 십 년 동안 살면서 차츰 인간적으로 변한다. 유중원과의 사랑도 위장이어야 마땅하지만 진정한 사랑을 느끼고 갈등한다. 새로운 상황에 던져지면 그리고 거기에서 오래 살다 보면 사람은 누구나 새

환경에 적응하고 변하게 되기 때문이다. 인간은 사랑이나 우정 같은, 정치이데올로기보다 더 소중한 것에 이끌리기 때문이다. 황순원의 단편소설 《학》에서도 우정은 좌우 이데올로기를 초월한다. 어린 시절의 친구였던 성삼과 덕재는 이데올로기의 차이로 인해 서로 적으로 만나지만, 서로를 배려해줌으로써 결국 다시 친구가 된다.

〈쉬리〉에서 막상 남북한 정부는 화해 무드인데, 거기에 반대하는 북한 특전대 지도자 박무영이 부하들을 이끌고 남으로 내려와서 남북 두 지도자가 만나는 운동경기장에서 테러를 계획한다. 이와 같은 장치는, 물론 북한에 대한 부정적 이미지를 불식시키고 남북한의 화해 무드를 살리기 위한 것이다. 그런 면에서 이방희는 직속상관인 박무영은 배신했지만 북한 당국을 배신한 것은 아니며, 오히려 테러를 막는 데 기여함으로써 평양에는 충성한 셈이 된다. 그녀가 박무영을 배신한 것은 물론 남한 에이전트 유정원에 대한 사랑 때문이다.

〈쉬리〉는 북한 특수부대 장교인 박무영의 역에 호감 가는 인상과 카리스마를 지닌 최민식을 캐스팅함으로써 북한군에 대한 거부감을 완화시키는 데도 성공하고 있다. 한국 영화에서 북한 군인들이 남한 군인들보다 더 호감 가는 배우들로 등장하는 것은 노무현정부 시절에도 계속

되었다. 예컨대 〈공동경비구역 JSA〉에서도 북한 부사관이 남한 병사보다 계급도 더 높고, 훨씬 더 노련하고, 경험도 많은 신뢰가 가는 인물로 제시되어 있으며, 어리고 순진한 남한 병사는 그를 계속 형님이라고 부르고 있다. 〈웰컴 투 동막골〉에서도 남한 장교는 탈영한 신참 소위인 데 비해, 북한 장교는 계급도 더 높고 노련하고 세련된 인상으로 등장한다. 이러한 설정은 관객들이 북한 병사에 대해 좋은 인상을 갖도록 하기 위한 장치라고 생각된다.

김영하의 소설 《빛의 제국》에서도 남파간첩 기영이 등장한다. 한국의 대학에 잠입해서 활동하라는 지령을 받고, 그는 대학교도 졸업했고, 결혼도 했으며, 딸도 있고 직장도 있다. 한국에서 오래 사는 과정에서 그는 한국 사회에 익숙해졌고 자본주의에 물든 전형적인 한국인이 되었다. 북한에서는 아마도 정치적 변동으로 담당자가 바뀌었기 때문인지, 그는 잊힌 간첩이 되었다.

그러던 어느 날, 갑자기 북한으로 돌아오라는 소환 메시지를 받고 그는 당황한다. 기영은 1980년대에 남파되었는데, 지금은 21세기가 되었다. 그런 그가 과연 돌아가서 적응할 수 있을 것인가? 그는 이제 더 이상 남파 당시와 같은 사람이 아니기 때문이다. 빛과 어둠이 뒤바뀐 르네 마그리트의 그림 〈빛의 제국〉처럼, 그가 빛의 제국인 줄로만 알았던 북한은 사실 암흑의 제국이었고, 그가 암흑의 제국인 줄만 알았던 한국은 빛의 제국이었다는 사실을 그가 깨달았기 때문이다. 결국 기영은 북한으로 돌아가지 않고 남한에 남기로 결정한다. 돌아가봐야 21세기 남한 체제에 익숙한 그가 한국의 1980년대와 비슷한 북한에서 살아남을 수 없기 때문이다.

안젤리나 졸리가 열연한 영화 〈솔트〉의 주인공 솔트도 소련이 미국에 파견한 간첩이다. 소련당국은 운동선수 부모의 아이여서 운동신경이 발달한 그녀를 어렸을 때 병원에서 죽은 것으로 처리하고 몰래 빼내어 미국에 파견할 간첩으로 양성한다. 그녀는 미국의 도시를 재현한 곳에서 영어를 사용하며 자라나 미국인처럼 성장한다. 소련에 왔다가 교통사고로 죽은 미국인 부모의 살아남은 딸로 위장한 그녀는 소녀 시절에 미국으로 들어가 나중에 CIA요원이 된다. 그러고는 곤충학자인 남편과 결혼하는데, 남편을 진심으로 사랑하게 된다. 위장결혼이어야 하는데 그만 진짜 감정이 생긴 것이다. 어린 시절에 미국에 온 그녀는 자신도 모르게 미국화된다. 〈쉬리〉의 이방희처럼 솔트도 미국에 오래 살면서 미국인이 된 것이다.

그래서 자신을 간첩으로 키워준 멘토인 올로프와 자신의 CIA 상관이자 역시 소련 스파이인 윈터가 걸림돌이 되는 자기 남편을 죽이자 솔트는 "그들은 내게서 모든 것을 빼앗아갔어!"라고 부르짖으며 가차 없이 그 두 사람을 죽인다. 그러고는 미국에 남아서 미국을 돕기로 결정한다.

솔트 역은 원래 톰 크루즈에게 제안이 갔지만, 대본을 읽어본 크루즈가 〈미션 임파서블〉과 너무 비슷하다며 사양하고 대신 〈나잇 & 데이〉에 출연했다. 그래서 대신 안젤리나 졸리가 캐스팅되었는데, 흥행에 성공했다. 졸리의 연기도 좋았지만, 간첩 이야기가 설득력이 있었기 때문이었다.

금지된 장난

〈공동경비구역 JSA〉

　프랑스의 르네 클레망 감독이 만든 고전 명화 〈금지된 장난〉은 제2차 세계대전 당시에, 천진난만한 두 남녀 아이들이 죽은 병사들의 묘지를 만들며 '금지된 장난'을 하는 것에 대한 영화이다. 영어 제목인 'Forbidden Game'은 '금지된 게임'이라는 의미도 있지만, '금지된 사냥감'이라는 뜻도 있다. 즉 사냥해서는 안 되는 보호동물이라는 뜻이다(반대로 사냥이 허가된 사냥감은 'Fair Game'이라고 한다).

　2000년에 나온 〈공동경비구역 JSA〉는 정치 이데올로기가 초래한 한반도 분단 상황의 비극을 잘 그려낸 영화이다. 이 영화는 남북이 대치하고 있는 와중에 판문점 공동경비구역의 초소에서 남북한 초병들이 같이 어울려 천진난만하게 노는 '금지된 장난'을 하다가 들켜서, 결국은 총격전이 벌어져 죽고 다치는 현실을 플래시백 기법으로 묘사하고 있다. 배경에 깔려 있는 메시지는 "왜 우리가 형제끼리 싸워야 하나?"이다.

이 영화가 개봉된 2000년은 남북 화해 무드의 분수령이 되는 해였다. 역사상 최초로 평양에서 남북정상회담이 열렸고, 시드니 올림픽에서는 남북한 선수단이 한반도기를 들고 같이 입장했다. 그러한 시대적 분위기를 감안하고 이 영화를 보면, 왜 당시 이런 영화가 나왔는가를 쉽게 짐작할 수 있다. 영화는 당대의 시대상과 사회를 반영하는 훌륭한 문화 텍스트이자 중요한 사료이다.

〈공동경비구역 JSA〉는 잘 만들어진 감동적인 영화이다. 그러면서도 풍부한 상징을 여기저기 사용하고 있으며, 추리기법을 사용해 시종일관 흥미 있게 스토리를 전개해나가고 있다. 10월 28일 새벽, 한반도의 판문점 공동경비구역에서 총격전이 벌어진다. 남북한 병사들이 죽거나 부상당한 이 사건에서 관련자들의 진술은 서로 다르고 진실은 오리무중이 되어간다. 진상을 밝히기 위해 중립국인 스위스의 한국계 장교 소피 장이 도착한다. 남북한 병사들의 충돌사건을 조사하기 위해 한국계 스위스인 장교가 개입한다는 것은 대단히 상징적이다. 소피 장의 아버지는 한국전쟁 포로로 있다가 석방된 후, 남북한이 다 싫어서 제3국을 선택한 사람이기 때문이다. 그리고 이제는 그의 딸이 남북한의 중재를 위해 중립국 장교의 신분으로 분단의 현장으로 돌아왔기 때문이다.

드디어 소피 장은 감추어졌던 내막을 알게 된다. 이수혁 병장이 비무장지대 순찰 중 지뢰를 밟고 낙오되자 마침 지나가던 북한군 오경필 중사가 구해준다. 이후 두 사람은 친해져서 북한군 초소에서 만나 서로 호형호제하며 어울려 놀게 된다. 이수혁 병장은 후임인 남성식 일병도 북한군 초소에 데리고 가고, 남성식은 북한군 정우진 전사와 친해진다. 그러던 어느 날, 북한군 장교가 불시에 찾아와 현장을 들킨 남북한 병사들 사이에 실수로 총격전이 시작되고 '금지된 장난'은 필연적인 처벌을 받게 된다. 총격전의 혼란 속에서 북한군 장교와 정우진이 사망하고, 오경필과 이수혁은 부상을 당한다. 자신의 총에 정우진이 죽었기에 남성식은 취조 중 심리적 압박에 시달리고 결국 창문에서 뛰어내려 자살을 기도한다. 그리고 부상당한 오경필과 이수혁은 서로 상대방이 처벌받지 않게 하려고 최선을 다한다.

〈공동경비구역 JSA〉은 북한 군인들을 인간적인 사람들로 묘사한 영화로 알려져 있다. 더 나아가, 이 영화는 북한 군인들을 더 정도 많고 경험도 많은 사람들로 묘사하고 있다. 예컨대 북한군 오경필 중사는 해외파병 경험도 있는 노련한 부사관인 반면, 남한군 이수혁 병장은 전투를 해본 적도 없고 인생경험이 부족한 순진한 병사로 묘사되고 있다. 그런 면에서 송강호와 이병헌의 캐스팅은 거의 완벽에 가까웠다고 할 수 있다. 그런 장치를 통해 이 영화는 관객들이 북한군에 대해 무의식적으로 호의를 느끼도록 유도하는 데 성공했다.

세상물정을 모르는 이수혁 병장은 북한 군인과의 우정이나 상호배려가 정치 이데올로기를 초월하는 것으로 여기지만, 곧 그건 순진한 착각에 지나지 않았다는 사실을 깨닫게 된다. 공동경비구역 초소에서 서로 어울려 아이들처럼 천진난만하게 노는 남북한 군인들의 모습은 사실 현실에서는 불가능한 판타지이다. 판타지는 현실과 부딪치면 깨어지기 마련이다. 과연 북한군 장교가 초소를 찾아오는 순간, 그들의 판타지는 깨지고 서로를 죽이는 총격전이 시작된다. 총격전 사건으로 이수혁 병장은 비로소 남북관계에 '금지된 장난'은 허용되지 않는다는 냉혹한 현실을 깨닫게 된 것이다.

✦

우리가 만들어낸 기형생물
〈괴물〉

.

〈괴물〉은 노무현정부 시절에 한국 사회를 휩쓸었던 반미감정을 잘 반영하고 있는 영화이다. 당시 용산 미군기지의 한 미군 군속이 한국인 직원을 시켜 화학폐기물을 한강에 버린 사건을 소재로 해서, 그 미제 폐기물이 만들어낸 괴물이 대한민국 국민의 딸을 납치한다는 내용이기 때문이다. 예로부터 한강은 서울의 젖줄이라고 한다. 그래서 외국인이 한강에 화학폐기물을 버리는 행위는 한국인에게는 모욕적이고 용납할 수 없는 일이다. 그러나 서울시민의 식수에 폐기물을 버렸다는 것은 정확한 지적은 아니다. 식수원인 팔당댐은 훨씬 더 북쪽에 위치해 있기 때문이다. 다만 수도인 서울을 관통하는 한강을 오염시켰다는 것은 한국을 무시했다는 것을 의미하며, 시혜자인 줄만 알았던 미국이 가해자일 수도 있다는 생각을 사람들에게 심어주었다. 더구나 이 영화의 영어 제목은 '호스트Host'이다. 호스트는 영화 〈에일리언〉에서처럼, 괴물의 새끼가 몸속에 들어가 기생하는 사람, 즉 괴물을 몸속에 갖고 있는 사람을 지칭한다. 그렇다면 이 영화는 한국과 미국의 관계를 호스트와 기생생물의 관계로 보고 있다는 느낌을 준다.

미국이 과연 한국에서 제국주의를 행사했는가에 대한 문제는 논란의 여지가 많지만, 1980년대 대학을 다닌 사람들은 미국이 전두환 독재정권을 비호했다고 생각했기 때문에 미국과 제3세계 독재정권은 똑같이 나쁘다고 생각하는 경향이 있었다. 당시 운동권 학생들은 남미의 이론을 수입했기 때문에 마치 한국이 제3세계인 것처럼 선전했지만, 사실 한국은 남미와는 달리 한 번도 제3세계인 적이 없었다. 제3세계란 미국이나 소련의 영향을 받지 않았던 남미나 아프리카의 나라들을 지칭하는 것이었고, 따라서 미국의 영향 하에 있었던 한국은 언제나 제1세계에 속하는 나라였다. 외국의 이론을 무조건 수입해서 우리에게 대입하려고 하면 착오가 일어나기도 한다. 그러한 착오는 운동권 학생지도자들이 우리와는 별 상관없는 남미의 해방신학과 종속경제 이론을 들여와서 적용하려 했을 때도 마찬가지로 일어났다. 사실 커피나 설탕, 바나나가

나지도 않는 한국에서 무슨 착취할 것이 있었겠는가? 다만 미국 경제가 좋아지면 우리 경제도 좋아지고, 미국 경제가 나빠지면 우리 경제도 나빠진다는 측면에서 본다면 종속경제라는 말이 맞을 수도 있을 것이다.

더군다나 이 영화는 미군이 베트남전쟁에 사용했다가 엄청난 부작용을 초래한 고엽제인 에이전트 오렌지를 괴물을 잡는 데 등장시켜서, 다시 한번 아시아에서 행해진 미국의 실수를 비판한다. 물론 한국인을 구하는 미군 병사도 등장시켜서 반미영화라는 비판을 피해가려는 시도를 하고는 있지만, 그래도 반미감정이 이 영화의 근간을 이루고 있다는 것은 부인할 수 없는 사실이다. 이뿐만 아니라 미국에 협조해 사건을 은폐하려는 한국 정부와 언론에 대해서도 비판의 날을 세우고 있다.

괴물이 한강변에 나타나 사람들을 해칠 때 주인공 강두는 딸의 손을 잡고 가다가 그만 손을 놓쳐서 딸을 잃어버리고, 괴물이 딸을 납치해간다. 신경숙의 소설 《엄마를 부탁해》나 영화 〈국제시장〉의 흥남철수 때도 그렇지만, 난리통에 딸이나 여동생이나 엄마의 손을 놓쳐서 잃어버리는 것은 전쟁이나 피난 같은 어려운 시절을 겪은 한국 남성들의 공통적인 트라우마처럼 보인다. 이로 인한 죄의식은 두고두고 한국 남성들을 괴롭힌다. 이 영화는 괴물

에게 빼앗긴 딸이 우리가 미 제국주의에게 빼앗긴 것의
상징이라고 말하는 듯하다.

괴물이 딸 현서를 납치해가는 것에 대해 정부 당국은
철저히 무능할 뿐만 아니라, 오히려 현서의 아빠 강두를
괴물 바이러스에 오염되었다면서 격리하려고 한다. 이에
현서의 가족들은 정부를 불신하고 반발해 가족끼리 결사
대를 조직하는데, 그들의 각기 다른 대응책은 한국 사회
를 상징하는 흥미 있는 장치가 되고 있다. 예컨대 구세대
인 강두의 아버지는 자신을 희생해서 현서를 구하려고
하지만, 성공하지 못하고 죽는다. 강두의 운동권 출신 동
생 남일은 운동권 출신답게 화염병으로 괴물을 죽이려고
하지만 실패한다. 강두의 여동생 남주는 양궁선수로서 활
로 괴물을 죽이려고 하지만 역시 성공하지 못한다. 나중
에 괴물은 노숙자가 들이부은 휘발유에 불이 붙은 채 가
족 모두의 협공으로 죽는다.

결국 강두의 딸 현서는 죽고 말지만, 강두 가족은 같이
괴물에게 납치되었다가 구출된 남자아이를 현서 대신 돌
봐주며 살기로 한다. 물고기가 변형된 한국의 괴물은 외
국의 괴수영화처럼 도시를 부수지도 않고 그저 한강변
에만 출몰해서 사람들을 잡아가니 오락영화로서는 규모
가 작다고 할 수 있다. 하지만 〈괴물〉은 단순한 오락영화

가 아니라 한미관계와 반미정서의 근본을 다루었다는 점에서 당대의 사회상을 대표하는 중요한 사료라고 할 수 있다.

시스템 탈출과 제3의 길

〈설국열차〉

〈설국열차〉는 동명의 프랑스 그래픽노블을 원작으로 제작한 한국과 체코의 합작영화로서 영어로 진행된다. 2016년 영화평론가들이 뽑은 톱 텐 리스트에 오를 만큼 국제적 호평을 받았다. 이 영화는 마블 시네마틱 유니버스에서 캡틴 아메리카로 유명한 크리스 에반스가 주연을 맡고, 〈나니아 연대기〉에서 아이스 퀸으로 나온 틸다 스윈튼, 〈록〉의 에드 해리스, 〈엘리펀트 맨〉의 존 허트 등 화려한 해외 출연진과 뛰어난 영화전문가들이 만들어낸 국제적 영화이다.

2031년 지구온난화를 해결해보려는 인간의 노력이 실패해 지구는 빙하기를 맞게 되고, 설국열차에 탄 사람들 외에는 모두가 죽는다. 설국열차 안에서 가난하고 특권이 없는 사람들은 꼬리칸에 타고, 부자들과 특권층 사람들은 머리칸에 타고 있다. 꼬리칸에 나타난 메이슨 장관은 "우리는 머리여서 머리칸에 타고 있고, 당신들은 꼬리여서 꼬리칸에 타고 있다"라며 설국열차가 철저한 계급사회임을 보여준다. 설국열차의 엔진을 설계하고 제작한 지도자인 윌포드는 맨 앞 칸에서 기차를 조종하고 있다.

꼬리칸에 타고 있는 커티스는 이러한 체제에 반기를 들고 저항한다. 그는 꼬리칸 사람들을 데리고 봉기를 일으켜 싸우면서 머리칸으로 나아간다. 그리고 그 과정에서 그동안 자기들이 먹었던 음식이 사실은 벌레로 만든 것이었다는 사실을 발견하고 분노한다. 그에 반해 머리칸의 특권층들은 스시를 즐기고 있었다는 사실도 발견한다. 또 커티스는 머리칸에서 특권을 가진 자들이 즐기는 식물원과 수족관과 수영장 그리고 거대한 정육점도 발견하고 경악한다.

이렇게 계급타파의 필요성을 설파한다는 점에서 이 영화는 프랑스의 사회주의 이념에 근거하고 있다고 말할 수 있다. 그러나 〈설국열차〉는 그보다 훨씬 더 복합적인 것들을 관객들에게 깨우쳐준다.

커티스는 머리칸으로 나아가는 과정에서 잠긴 문을 열 수 있는 기술자인 민수와 그의 딸 요나를 만난다. 그리고 그들로부터 그동안 보상으로 받았던 것이 사실은 마약이었고, 그것이 곧 머리칸의 문을 여는 폭탄이 될 수도 있다는 사실을 알게 된다.

봉기를 일으킨 크리스의 목적은 단 하나, 머리칸으로 가서 엔진룸을 장악하는 것이다. 그리고 독재자를 제거하고 모두가 평등한 사회를 건설하는 것이다. 그리고 그것은 그에게 그 무엇보다도 중요한 대의이다. 그래서 적들과 싸우는 과정에서, 그는 자신의 오른팔인 에드가의 목숨까지 포기하고 머리칸으로 나아가는 것을 선택한다. 도덕적, 윤리적, 인간적으로 볼 때, 그는 에드가의 목숨을 살려야 했다. 그러나 그는 대의를 위해서는 개인의 목숨은 희생될 수 있다고 생각했다. 자기 최측근이라 할지라도 말이다. 그러나 그러한 사고방식은 자칫 정치 이데올로기를 위해서는 가족도 친구도 희생할 수 있다는 비인간적이고 비도덕적인 논리를 합리화하는 위험성을 내포하고 있다. 사회가 개인보다 우선하고 이념이 사생활보다 먼저이면 그건 파시스트 사회이자 전체주의 사회가 되기 쉽기 때문이다.

목숨을 건 투쟁 끝에 드디어 엔진룸에 도착한 커티스는 독재자 윌포드를 만난다. 뜻밖에도 윌포드는 잔인한 독재자라기보다는 설득력이 강한 부드러운 인상의 소유자이다. 커티스는 윌포드로부터 자신이 일으킨 저항과 폭동까지도 사실은 꼬리칸의 정신적 지도자인 길리엄과 엔진룸의 독재자인 윌포드의 담합과 조종에 의한 것임을 듣고 경악한다. 꼬리칸의 인구가 너무 많아져서 식량과 거주공간이 부족했기 때문에, 인구조절을 하기 위해 적당한 수를 죽이는 수단으로 자신이 이용당했다는 것을 알게 된 것이다.

커티스는 자신이 정의이고 옳다는 것을 단 한 번도 의심해본 적이 없다. 자신이 불의에 저항하고 대의를 위해 투쟁하고 있다고 굳게 믿기 때문이다. 이제 커티스는 자신이 절대적 선이고 정의라고 믿는 것이 얼마나 어리석고 위험한 것인가를 깨닫게 된다. 사실 자기는 누군가가 마음대로 조종하는 체스판의 말에 불과할 수도 있기 때문이다. 그런 줄 알았더라면 그는 자기가 아끼는 에드가를 살리는 쪽을 선택했을 것이다.

윌포드는 자기는 이제 늙어서 은퇴하려 한다면서 이 자리를 커티스에게 물려주겠다고 제안한다. 만일 커티스가 윌포드의 제안을 받아들이면 어떤 일이 일어날까? "사람은 악과 싸우면서 악을 배운다"라고 말한 철학자 니체에 의하면, 아마도 커티스 또한 윌포드가 하던 일을 그대로 되풀이하게 될 것이다. 역사는 독재자와 싸워서 권력을 쟁취한 사람이 또 다른 독재자가 되기 쉽다는 것을 우리에게 보여주고 있다. 더 심각한 점은, 그런 사람들은 자신의 독재는 독재가 아니고 정의라고 믿는다는 것이다. 그래서 니체의 말대로 괴물과 싸우는 사람은 자신이 괴물이 되지 않도록 늘 조심해야 한다. 다행히 커티스는 독재자의 회유를, 즉 엔진룸의 안락함과 권력의 유혹을 거부하고, 대신 자신의 팔이 절단되는 위험을 무릅쓰고 엔진룸의 기계 사이에 갇혀서 죽어가는 흑인 소년을 구하는 길을 선택한다.

〈설국열차〉에서 중요한 것은 민수와 요나가 선택하는 제3의 길이다. 밖의 빙산에는 북극곰이 보인다. 만일 북극곰이 살고 있다면 다른 생명체도 살고 있을 것이다. 그들은 열차 밖에도 살아 있는 생물이 있다고 믿고 탈출을 시도한다. 즉 '꼬리칸 아니면 머리칸' '커티스 아니면 윌포드' 식의 '이것 아니면 저것'이라는 이분법적 사고방식에서 벗어나, 시스템을 탈출해 제3의 길을 선택하는 것이다. 그래서 영화의 마지막에 기차가 폭발하자, 요나와 흑인 소년은 바깥세상으로 나간다.

기차는 닫힌 체계이다. 사람들은 정치 이데올로기에 세뇌되어 정해진 시스템을 벗어나면 죽는다고 믿는다. 그래서 시스템을 벗어날 생각을 하지 못한다. 하지만 엔트로피 이론에 의하면 닫힌 체계는 필연적으로 파멸한다. 구원은 내부에서 이루어지는 양극단의 싸움이 아닌, 시스템을 벗어나 외부로 나가는 제3의 길에 있는지도 모른다.

한국이라는 열차

〈부산행〉 〈살아 있는 시체들의 밤〉

칸 영화제에 초청받았던 〈부산행〉은 외국인들에게 인기가 많았던 영화이다. 이 영화의 특징은 좀비영화이면서도 좀비보다 오히려 사람들이 더 무섭다는 점이다. 그 점이 이 영화를 무서운 좀비들이 등장해서 관객들이 소리를 지르게 되는 미국이나 영국의 좀비영화와 구별해주는 특이한 점이다.

이 영화의 주인공은 이혼한 펀드매니저이자, 바빠서 아버지 노릇을 잘하지 못하는 석우이다. 일에 쫓겨 살고 있는 전형적인 현대의 도시인인 그는 딸 수안의 생일을 맞아 생일선물로 딸을 엄마에게 데려다주기로 약속하고 부산행 열차를 탄다. 그러나 좀비에게 물린 사람 하나가 열차에 탑승해 다른 승객을 물어뜯자, 열차 칸들은 삽시간에 좀비로 변한 승객들로 가득 차게 된다. 위기가 닥치자 석우는 딸을 보호하기 위해 최선을 다한다. 그리고 그 과정에서 여러 유형의 인간들과 조우하게 된다.

우선, 석우 자신은 지적이지만 연약한 타입으로 제시된다. 그는 펀드매니저 일은 신속하게 잘하겠지만, 좀비들로 가득 찬 열차의 위기를 해결하지는 못한다. 석우는 상화를 만나는데, 그는 강인한 블루칼라 타입으로서 임신한 아내를 보호하려 최선을 다할 뿐 아니라, 일반 사람들을 위해서도 위험을 무릅쓰고 앞장서는 용기 있는 남자로 등장한다. 반면 회사의 CEO인 연석은 위기의 순간에 자기만 살아남으려고 하는 이기적이고 비겁한 인간이다. 그는 사경을 넘나들며 좀비들이 장악한 열차 칸을 지나서 도착한 석우와 상화 일행을 받아들이지 않는다. 연석은 억지로 문을 열고 들어온 석우 일행을 다시 그다음 칸으로 내쫓으려는데 좀비들이 들어와서 그를 해친다. 석우 일행을 쫓아내지 않고 힘을 합했더라면 좀비들을 퇴치할 수도 있었을 텐데, 연석은 이기심 때문에 파멸한다.

기차가 대전역에 정차하면 군인들이 탑승해 좀비들을 처치하기로 되어 있었는데, 웬일인지 군인들조차도 모두 좀비로 변해서 승객들을 공격한다. 그리고 텔레비전 뉴스에는 전혀 사태를 파악하지 못하는 정부 당국자가 나와서 엉뚱한 이야기를 한다. 이는 위기에 대처하는 군인과 정부에 대한 국민의 뿌리 깊은 불신을 상징하는 것으로 보인다. 5·18광주민주화운동이 그 예이다. 군인과 정부는 위기가 닥치면 국민을 보호해야 하는데, 군인들은 국민을 공격하는 데 동원되고 정부는 국민들을 기만했던 것이다.

이 영화를 보면서 관객들은 다시 한번 왜 요즘 좀비영화가 뜨고 있고, 좀비는 왜 무서운가를 생각해보게 된다. 문학에서 좀비의 시초는 1954년에 리처드 매드슨이 발표한 《나는 전설이다》일 것이다. 이 소설에서 괴물은 반 흡혈귀, 반 좀비처럼 묘사된다. 좀비영화의 효시는 1968년 필라델피아의 인디영화 감독 조지 로메로가 만든 흑백영화 〈살아 있는 시체들의 밤〉이다. 미국 자유주의 운동의 정점으로 수많은 사건들이 일어났던 1968년에 개봉되어 세계적인 화제를 뿌린 이 영화에서 로메로 감독은 다음과 같은 다양한 문제의식을 보여주고 있다.

1. 열림과 닫힘
2. 경계 해체: 선과 악, 우리와 타자, 낮과 밤, 생과 사
3. 영혼을 잃어버리고 전파에 조종되는 사람들 문제
4. 전염성 강한 이데올로기
5. 불신의 문제: 가족 사이, 친구 사이

6. 인간과 좀비 중 누가 더 잔인한가

7. 우파와 좌파, 보수주의와 자유주의

8. 자본주의와 사회주의

9. 테크놀로지의 오용

10. 미국과 소련 간의 우주 경쟁

11. 정부의 무능과 언론의 무책임

한편, 이 영화가 개봉된 1968년에 미국에서는 다음과 같은 계시록적인 사건들이 일어났다.

1. 마틴 루터 킹 목사 암살

2. 대통령 후보 로버트 케네디 암살

3. 아폴로 8호 달 도착

4. 닉슨 백악관 입성

5. 컬럼비아 대학교 학생들 대학본부 점거

6. 미 해군 정찰함 푸에블로호 북한에 납치

그렇다면 좀비는 왜 무서운가? 〈월드 워 Z〉의 감독 맥스 브룩스는 이렇게 말한다. "좀비가 무서운 것은 이성적 사고를 하지 않기 때문이다. 좀비에게는 중간이라는 것이 없고 극단적이며 협상의 여지도 없다. 그건 언제나 날 무섭게 한다. 어떤 종류의 극단주의도 나를 두렵게 만든다. 그런데 우리는 지금 사람들이 극단적이 되어가고 있는 시대에 살고 있다." 한국계 배우 스티븐 연이 나오는 텔레비전 드라마 〈워킹 데드〉 원작인 동명의 그래픽 노블 저자 로버트 커크만은 이렇게 말한다. "사람들을 무섭게 만들려는 것이 내 목적은 아니었다. 좋은 좀비물은 우리가 살고 있는 현실이 얼마나 엉망진창인가를 보여주고, 우리가 살고 있는 사회의 상태와 그 사회 속에서의 우리의 상태를 성찰하도록 해준다. 나는 〈워킹 데드〉를 통해 사람들이 극한상황 속에서 어떻게 행동하며, 그러한 상황은 또 그들을 어떻게 변화시키는가를 보여주려고 했다."

〈부산행〉의 마지막에 석우는 딸을 구하려다가 죽고, 상화도 죽으며, 오직 상화의 임신한 아내와 석우의 딸 수안만 살아서 부산에 도착한다. 〈설국열차〉의 마지막에 살아남는 요나와 흑인 소년처럼, 배 속의 아이와 어린 수안은 미래의 상징이다. 기차는 우리 사회의 소우주이다. 그 안에서 우리는 서로를 불신하고 증오하며 살고 있고, 그러한 질병은 좀비처럼 전염되어 퍼져나가고 있다. 어린 세대에게 살기 좋은 사회를 물려주려면, 지금이라도 좀비처럼 되지 않기 위해 노력하고, 힘을 합해 우리 주위의 좀비들을 물리쳐야 할 것이다.

한국 사회의 축소판으로 본
교실과 군용열차

《우리들의 일그러진 영웅》《필론의 돼지》

　이문열의 《우리들의 일그러진 영웅》은 6·29선언과 함께 사십 년 독재가 드디어 막을 내리고 민주화 열기가 한국 사회를 휩쓸던 1987년에 발표되었다. 이 소설은 한국의 민주화를 이룬 것은 민중과 노동자의 힘이었다는 당시의 사회 분위기와는 별로 일치하지 않아서 발표 직후에는 크게 환영받지 못했지만, 우리 문학사에서 중요한 위치를 차지하는 작품으로 평가된다.

　사실 당시 민주화를 이루어내는 데에는 민중과 노동자뿐 아니라 교수나 작가 같은 지식인들도 중요한 역할을 했다. 1987년 서울대학교 교수들로부터 시작되어 전국 각 대학교로 퍼져나간 교수들의 시국선언이나 작가들의 시국선언도 6·29선언을 이끌어내는 데 큰 힘이 되었던 것이 사실이다. 특히 당시 교수들은 해직은 물론 감옥까지 갈 각오로 시국선언에 동참했다. 또한 전국 각지의 대학생들 역시 민주화투쟁에 참여했다. 다시 말해 민주화는 각계각층의 힘을 합쳐 이루어낸 것이라 할 수 있다.

《우리들의 일그러진 영웅》에서 이문열은 보다 복합적인 시각을 제시하고 있다. 그는 독재에 대한 책임은 독재자뿐 아니라 독재에 순응한 민중에게도 있다고 보았다. 학교 교실을 우리 사회의 축소판으로 보고, 담임선생과 반장과 급우들의 관계에서 독재자와 민중의 관계를 암시했다. 그는 독재는 우리 사회의 모든 분야에 눈에 보이지 않게 스며 우리를 회유하고 있으며, 우리 또한 독재에 침묵하거나 동조하고 있다고 말한다. 학급의 독재자였던 반장 엄석대가 새로운 담임이 부임함으로 인해 권력을 잃는 순간, 그동안 그렇게도 엄석대에게 아부하던 학생들이 일말의 주저도 없이 엄석대를 배신하는 것은 민중의 연약함과 기회주의적 태도에 대한 작가의 비판이다.

이문열은 이 소설의 배경을 자유당 말기로 설정했지만, 실제로는 이 소설을 박정희 군사독재에 대한 패러디라고 보는 것이 더 정확할 것이다. 사실 당시 엄석대에게서 박정희의 이미지를 보는 독자들이 많았다.

그래서인지 386세대가 만들고 1992년 개봉된 동명의 영화는 원작과는 다소 달랐다. 새로 부임해서 엄석대의 권력을 빼앗는 담임선생은 박정희를 연상시킨다는 이유로 나중에 부패한 국회의원이 되는 것으로 설정하고, 선량한 민중을 대변하는 영팔이라는 인물이 새로 등장하며, 주인공을 나약한 부르주아로 묘사하는 것이 바로 그러하다.

열두 살 소년 한병태는 아버지가 정치적인 이유로 시골로 좌천되자, 서울에서 시골학교로 전학을 간다. 그는 전학 간 학교에서 반장 엄석대가 교묘하게 학생들을 조종하고 회유해서 학급을 독재자처럼 다스리고 있다는 것을 발견한다. 병태는 처음에는 저항하지만 나중에는 엄석대에게 회유당해 엄석대의 비호를 받게 된다. 병태는 엄석대가 다른 학생들의 협조로 답안지를 바꿔치기해서 최우수 성적을 받는다는 사실을 알게 되지만, 자신도 분위기에 휩쓸려 어쩔 수 없이 일조하게 된다. 담임선생에게 말해보지만, 엄석대 편인 담임선생은 전혀 도움이 되지 않는다. 새로운 담임선생이 와서야 엄석대는 권력을 잃고 학교를 그만둔다. 나중에 학교를 졸업하고 세월이 흐른 후, 병태는 범죄자가 되어 경찰에 체포되는 엄석대를 먼발치에서 바라본다.

이문열은 《필론의 돼지》에서도 비슷한 주제를 다루고 있다. 제대하고 군용열차를 탄 주인공은 육군들이 탄 칸에 해병대들이 와서 폭력을 행사하며 돈을 뜯어내는 광경을 목도한다. 대부분은 비겁하게 돈을 바치지만, 그중에는 도망가는 사람도 있고, 군중 속에 숨어서 폭력을 선동하는 사람도 있다. 그 선동의 영향으로 군중은 갑자기 폭력적이 된다. 《필론의 돼지》는 그러한 상황을 비판적으로 바라본다. 화자는 독재자와 민중의 관계를 복합적인 시각으로 성찰하며 가해자와 피해자의 이분법적 경계를 허문다.

그 와중에 화자가 싫어하는 기회주의자 군대 동기 홍동덕은 슬그머니 다른 칸으로 도망친다. 화자가 보기에, 독재자가 나타나면 군중은 홍동덕 같은 기회주의자와 순종하는 대다수 그리고 뒤에 숨어서 군중을 자극하는 선동가로 나뉜다.

작품의 마지막에 이문열은 필론의 돼지에 대한 이야기를 한다. 그리스의 현자 필론이 탄 배가 거대한 폭풍을 만나서 난리가 난다. 소리 지르며 우는 사람도 있고, 기도하는 사람도 있으며, 탈출용 뗏목을 만드는 사람도 있다. 그러한 난장판에서 무엇을 해야 하는가 생각하던 필론은 그 와중에도 편안하게 잠들어 있는 돼지를 보고, 자기도 잠을 자기로 결정한다.

필론의 이야기는 그러한 소란 속에서 현자가 할 일은

별로 없다는 것처럼 보인다. 이 이야기를 통해 이 모든 소동을 지켜보는 작가의 비관주의와 비판적 태도가 드러난다. 영화 〈부산행〉이나 〈설국열차〉에서처럼 《필론의 돼지》에서도 군용열차는 한국 사회의 축소판으로 제시된다. 군복을 입은 소수의 독재자들이 제대군인들이 탄 열차 칸을 장악하면서 벌어지는 이야기를 통해 작가 이문열은 독재자와 군중 사이의 복합적인 메커니즘을 설득력 있게 성찰하고 있다.

과거에서 벗어나지 못하는 사람의 파멸

〈내가 마지막 본 파리〉

파리의 미국인들

밴 존슨과 엘리자베스 테일러가 열연하고 리처드 브룩스가 감독한 〈내가 마지막 본 파리〉는 오래전 세계 청춘 남녀들의 심금을 울렸던 슬픈 애정영화이다. 그러나 이 영화가 단순한 멜로드라마가 아니라, 사실은 유명작가의 수준 높은 문학작품을 원작으로 했으며, 상당히 심오한 예술적 주제를 갖고 있는 좋은 영화라는 사실을 아는 사람은 그리 많지 않다. 〈내가 마지막 본 파리〉는 《위대한 개츠비》로 유명한 미국 작가 F. 스콧 피츠제럴드의 단편소설 《다시 찾은 바빌론》을 영화화한 것이다. 바빌론은 사치와 허영의 도시 파리를 의미하며, 이 영화는 젊은 시절을 술과 방탕으로 보냈던 그곳을 다시 찾은 주인공의 회상으로 시작된다.

제2차 세계대전이 끝나갈 무렵, 독일의 지배로부터 프랑스를 해방시킨 미군병사로 파리에 입성한 주인공 찰리는 아름답고 자유분방한 파리 거주 미국인 헬렌을 만나 사랑에 빠진다. 두 사람은 결혼하고 가정을 이루지만, 찰리가 천박한 친구들과 어울려 술을 마시거나 밤새 흥청망청 노는 전후 파리의 자유분방한 삶에 빠져들자, 둘 사이에는 갈등이 시작된다. 그러다가 찰리에게 여자친구가 생기자, 헬렌은 질투심에 자신도 잘생긴 테니스 선수 웹에게 다정하게 대하고, 그 광경을 목격한 찰리는 화가 나술에 취한 채 집에 돌아와 문을 걸어 잠그고 잠들어버린다. 한겨울 궂은 날씨에 집에 돌아온 헬렌은 문을 두드리지만 잠든 찰리가 문을 열어주지 않자, 언니 집으로 가서 기진맥진한 상태로 쓰러진다. 헬렌은 그날 밤 걸린 폐렴으로 인해 병석에서 일어나지 못하고 결국 숨을 거둔다.

찰리는 후회해보지만 이미 때는 늦었다. 그의 무책임한 행위에 분노하며 그를 불신하는 처형 마리온 부부에게 딸의 양육권까지도 빼앗긴 채 파리를 떠난다. 그로부터 이 년 후, 체코의 프라하에서 건실한 직장인이 된 그는 이제 아홉 살이 된 딸을 되찾으러 파리로 돌아온다. 이번에는 그의 변한 모습에 처형도 마음의 응어리를 풀고 양육권을 넘기려 한다. 그러나 방탕하던 시절 그와 어울려

다니던 옛 술친구들이 집으로까지 찾아오자, 찰리는 처형으로부터 다시 한번 불신을 당하게 된다. 딸을 되찾으려는 그의 꿈은 물거품이 된다.

또다시 술집을 찾은 찰리는 언젠가 돌아와 딸을 찾겠다고 다짐하지만, 이제 곧 사춘기에 접어들 딸은 머지않아 더는 아버지를 필요로 하지 않게 될 것이다. 결국 찰리는 '다시 찾은 바빌론'에서 아내의 분신이자 사랑하는 딸을 영원히 잃어버리고 다시 방랑의 길을 떠나 쓸쓸히 파리를 등진다. 아마도 찰리는 앞으로도 딸을 되찾지 못할 것이고, 따라서 다시는 파리로 돌아올 수 없을지도 모른다. 그렇다면 찰리의 이번 여행은 그가 '마지막 본 파리'가 될지도 모른다. 그런 의미에서 〈내가 마지막 본 파리〉는 젊은 시절을 방종과 방탕으로 보낸 사람들이 회한의 눈으로 바라보는, 다시는 돌이킬 수 없는 자신들의 과거 모습인지도 모른다.

망명객과 '길 잃은 세대'

〈내가 마지막 본 파리〉는 고국을 떠난 망명객들의 이야기이다. 헬렌의 가족도 미국을 떠나 파리에 정착한 망명객이고, 찰리 역시 미국을 떠나 파리에 정착하려 하는 망명객이다. 20세기 초, 조국의 혼란스러운 사회상에 실망한 미국과 유럽의 작가들, 화가들은 파리로 모여들었고, 파리는 후에 모더니즘이라고 불리게 되는 국제적인 예술 경향의 중심지가 되었다. 예컨대 미국 작가 헤밍웨이나 스페인 화가 피카소는 당시 파리로 모여든 대표적 작가들 중 하나였다. 헤밍웨이의 《해는 또다시 떠오른다》나 피츠제럴드의 《밤은 부드러워》는 그들의 대표작들 중 하나다. 《해는 또다시 떠오른다》의 서두에 파리에 모여든 망명 예술가들을 이끌었던 여성 거트루드 스타인이 써준 "그대들은 모두 길 잃은 세대이다"라는 말은 정신적으로 방황하던 당시 망명 작가들을 총칭하는 가장 적절한 표현이었다.

찰리와 헬렌 역시 고국을 떠난 망명객이지만, 파리에서도 뿌리내리지 못하고 허영과 방탕의 생활을 계속한다. 그와 같은 상황은 군수산업으로 경제가 좋아진 전후 미국 사회도 예외가 아니었는데, 파리의 미국인들 역시 전후의 자유로운 분위기 속에서 더욱 퇴폐적이고 방탕한 생활을 즐기고 있었다. 찰리가 그 대표적인 경우라고 할 수 있다. 그러나 찰리의 방탕과 방종 그리고 술 취함과 퇴폐적 삶은 결국 그를 파멸시키는 주된 원인이 된다.

그런 의미에서 〈내가 마지막 본 파리〉는 '길 잃은 세대' 작가들 또는 모더니즘 계열 작가들의 과거관을 잘 보여준다. 피츠제럴드와 동시대 작가였던 제임스 조이스가 자신의 대표작 《율리시즈》에서 말했듯이, 그들에게 '역사(과거)란 깨어나고 싶어 하는 악몽'이었다. 당시 모더니스트 작가들에게 그리스나 로마 같은 고전시대는 완벽한 총체성이 존재했던 이상향이었지만, 근접한 과거는 혼란과 무질서로 가득 찬 악몽이자 총체성을 상실한 파편적인 것이었으며, 결국 현재와 미래를 불안하게 하고 파멸로 몰아넣는 요인이었다.

그래서 그들은 부단히 과거의 악몽으로부터 벗어나 예전의 좋았던 시절을 회복하려고 노력한다. 그러나 프랑스 작가 마르셀 프루스트의 소설 제목처럼, '잃어버린 시간을 찾아서' 노력하는 것은 언제나 실패로 끝난다. 바로 그것이 모더니즘 계열 작가들이 공통으로 느낀 허부감이자 비애였다. 찰리 역시, 끝내 과거의 어두운 그림자로부터 벗어나지 못하고, 악몽 같은 과거 때문에 모든 것을 잃고 파멸한다. 과거의 망령은 끈질기게 찰리를 따라붙는다. 우선 영화의 초반부에 파리로 돌아온 찰리는 리츠 술집(이곳은 20세기 초, 실제 파리의 미국인들이 즐겨 찾던 장소였다)에 들르는데, 그가 지난날 방종과 방탕의 상징이었던 술집에 간 것부터가 잘못을 예고하는 것처럼 보인다. 방탕하게 생활하던 시절에 어울려다닌 옛 친구들을 다시 만나는 것이나, 그들이 끈질기게 따라붙어 결국 찰리를 파멸에 빠뜨리는 것 또한 그가 어두운 과거와 완전히 단절하지 못하고 있음을 은유적으로 보여주고 있다.

원작소설에서는 그가 아버지로서 딸과 정다운 대화를 나누고 카페를 나오는 순간, 방탕하던 시절의 옛 술친구들인 던칸과 로레인이 마치 떨쳐버릴 수 없는 악몽처럼 나타나 찰리의 꿈을 산산조각낸다. 딸은 그의 미래이자, 아내 헬렌의 분신이다. 그렇다면 딸을 되찾지 못하는 것은 곧 예전의 좋았던 시절의 회복이 불가능하다는 것을 의미한다.

모더니스트들은 과거의 영광과 아름다움을 영원히 간직하기 위해 시간을 붙잡아두기를 원했지만, 그것은 애초에 불가능한 염원이었다. 좋았던 '순수의 시대(당대 미국 작가 이디스 워튼의 소설 제목이기도 하다)'는 다시는 돌아오지 않고, 아름다움 역시 시간이 감에 따라 결국은 시들기 마련이기 때문이다. 그러므로 모더니스트 작가들에게 '상실'은 필연적인 것이었다. 모든 것을 잃어버린 그들은 한 곳에 뿌리를 내리지 못하고 방랑하는 영원한 '망명 작가'가 될 수밖에 없었다. 피츠제럴드와 동시대 작가였던 헤밍웨이의 《무기여 잘 있거라》의 마지막에 아내와 아이 모두를 상실한 주인공 헨리 중위가 허무와 죽음을 의미하는 비를 맞으며, 영원한 방랑을 의미하는 호텔로 돌아가는 장면 또한 그런 의미에서 상징적이다.

악몽으로서의 과거

영화 〈내가 마지막 본 파리〉는 원작 《다시 찾은 바빌론》과는 다소 다르게 구성되어 있다. 우선 영화는 군복을 입은 찰리가 미군을 환영하는 파리의 거리에서 우연히 헬렌을 만나 파리의 해방을 기념하는 키스를 하고 헤어졌다가, 나중에 리츠 바에서 헬렌의 언니 마리온을 통해 재회하면서 사랑에 빠지는 것으로 되어 있다. 영화는 찰리와 헬렌, 마리온이라는 삼각관계를 설정함으로써, 찰리가 딸의 양육권을 박탈당한 이유 중 상당 부분이 찰리를 짝사랑하며 자기보다 미인인 동생 헬렌을 싫어하는 마리온의 질투 때문인 것으로 처리하고 있다.

또 원작소설에서는 찰리의 방종과 방탕한 생활이 더 강조되어 있지만 영화에서 찰리는 처음에는 종군기자로서 그리고 나중에는 작가로서 글을 쓰느라 헬렌을 등한시하는 것으로 설정되어 있다. 소설은 프라하에서 돌아온 찰리가 리츠 바에 들려 바텐더에게 옛 친구들의 안부를 묻는 것으로 시작된다. 반면 영화는 이 년 동안의 프라하 생활 후, 파리로 돌아온 찰리가 리츠 바에 들러 벽에 걸려 있는 헬렌의 초상화를 보며 옛날을 회상하는 것으로 시작된다. 그리고 원작소설에서는 돌아온 찰리가 금주를 맹세한 사람으로 되어 있지만, 영화에서는 찰리가 리츠 바에 들러 예전에 좋아했던 술을 마시는 것으로 되어 있다.

다만 영화와 소설 둘 다 마지막 장면은 딸을 되찾지 못한 찰리가 쓸쓸히 파리를 떠나는 것으로 처리된다.

영화가 원작과 다소 다른 이유는 비교적 짧은 단편소설을 두 시간짜리 영화로 만들었기 때문일 것이다. 그럼에도 이 영화는 인간미 넘치는 밴 존슨과 청순한 엘리자베스 테일러 그리고 노련한 월터 피전(그는 영화 〈퀴리 부인〉에서 남편 역을 맡았다)과 개성미 넘치는 다나 리드의 뛰어난 연기로 원작소설의 분위기를 십분 살려내고 있다. 소설이나 연극을 영화로 옮기는 데 탁월한 능력을 가진 리처드 브룩스 감독 역시 피츠제럴드의 원작을 뛰어난 한 편의 영화로 만드는 데 성공했다.

보수주의와 진보주의
〈삼손과 데릴라〉

히브리인의 영웅 삼손

삼손은 구약성경 중《판관기》에 나오는 이스라엘 최고 영웅 중 한 사람이다. 이스라엘이 아직 왕이 없는 작은 부족국가로 강대국 블레셋의 지배를 받고 있던 시절, 삼손은 신이 내린 괴력으로 수많은 블레셋 군대를 물리침으로써 절망에 빠진 이스라엘 사람들에게 희망과 자부심을 심어준다. 이스라엘 백성이 이집트의 압제에 신음하던 시절의 모세처럼 삼손 또한 블레셋의 폭정에 고통받던 유대인들에게 신이 보낸 구원자요 메시아였다.

그러나 삼손 이야기가 범세계적인 호소력을 갖고 퍼져나간 보다 직접적인 이유는, 그가 데릴라라는 아름다운 이방 여인의 유혹에 넘어가 자기 힘의 원천에 대한 비밀을 발설함으로써 그녀에게서 배신당하기 때문이다. 힘의 근원인 머리칼이 잘린 후 신이 내린 힘을 상실한 삼손은 블레셋 군인들에 의해 두 눈을 잃는다. 그리고 그리스 신화에서 스스로 눈을 찌른 오이디푸스처럼 장님이 되며, 영원히 바위를 산으로 올리는 일을 되풀이하는 시시포스처럼 지하감옥에서 끝없이 맷돌을 돌려야만 하는 형벌을 받는다. 그는 눈이 있었지만 사물을 통찰하지 못했으며, 아이러니하게도 시력을 상실한 후에야 비로소 진실을 볼 수 있는 힘을 갖게 된다.

'여인의 배신'에 대한 고전적 신화로 자리잡은 삼손과 데릴라 이야기는 그동안 여러 번 영화화되었다. 그중 가장 대표적인 것은 1949년 거장 세실 B. 드밀이 제작 및 감독을 맡은 〈삼손과 데릴라〉이다. 빅터 마추어가 삼손 역을 그리고 헤디 라말이 데릴라 역을 맡은 이 영화에서 삼손은 후에 〈제시카의 추리극장〉으로 유명해진 앤젤라 랜스베리가 배역을 맡은 블레셋 여인과 결혼하게 된다. 그런데 결혼잔치에서 블레셋 사람들과 싸움이 벌어지고 그 와중에 신부가 죽는다. 분노한 삼손은 수많은 블레셋 사람들을 때려죽인 후, 자신을 유혹하는 처제 데릴라와 사랑에 빠지게 된다.

삼손과 데릴라의 이야기는 1984년과 2009년에도 영화로 만들어졌고, 1989년에는 프랑스에서 뮤지컬로 공연되었다. 1996년에는 '성서 이야기The Bible Collection' 시리즈의 일환으로 텔레비전 영화로 제작되는데, 러닝타임이 세 시간이나 되었다. 당시 에스티로더 화장품 전속모델이었던 엘리자베스 헐리가 아름답고 고혹적인 데릴라 역을 맡아 최상의 배역이라는 찬사를 받았다. 또 이 영화에는 〈007과 여왕〉에서 젊고 아름다운 본드걸로 출연했던 다이애나 리그가 삼손의 늙은 어머니로 출연해 영화팬들로 하여금 새삼 세월의 무상함을 느끼게 해주었다.

세실 B. 드밀의 1949년 작품이 화려한 화면과 의상으로 스크린을 장식한 낭만주의적 영화였다면, 훗날 제작된 1996년 작품은 황량한 사막과 누더기 같은 옷 그리고 어두운 조명과 쓰러져가는 움막 등을 그대로 재현한 대단히 사실주의적인 영화로 실제 일어난 역사적 사실에 신뢰성을 준다.

저항과 진보의 상징, 머리칼

삼손이 태어난 때는 이스라엘이 신의 미움을 받아 사십 년 동안 블레셋의 지배에 놓여 있었던 시절이다. 블레셋은 청동기시대였던 당시 벌써 철기시대로 접어들어 철로 병기를 만들던 선진강국이었고, 이스라엘은 아직 가난하고 약한 사막의 한 부족에 불과했다.

당시 이스라엘의 십이지파 중 '단 지파'에 마노아라는 사람이 있었는데 그는 아내가 임신을 못 해 슬하에 자식이 없었다. 어느 날, 그의 아내가 밭에 있을 때 신의 사자가 나타나 말하기를, 장차 그녀가 임신을 할 텐데 아이가 태어나면 절대 머리칼을 자르지 말라고 지시한다. 그리고 그 아이가 블레셋으로부터 이스라엘을 구할 사람이며, 태어나면서부터 신에게 바쳐진 '나실인(신의 선택을 받아 특별한 능력을 가진 인물)'이라고 말한다.

구약성경은 삼손의 성장과정은 생략한 채, 장성한 그가 블레셋 지방에 놀러가서 아름다운 이방 여인을 보고 온 다음, 부모의 뜻을 어기며 그 여인과의 결혼을 서두르는 장면을 기술하고 있다. 유일신을 섬기며 이교도의 우상숭배를 엄격하게 금하는 이스라엘인에게 이방 여인과의 결혼은 곧 불문율을 어기는 것이었으며 민족으로부터의 추방을 의미했다. 그래서 성경은 삼손의 결혼이 블레셋 사람들을 혼내주기 위한 구실이었고, 이 모든 것이 다 신의 뜻이었다고 적고 있다.

삼손은 그 여자가 사는 딤나에 가는 길에 어린 사자를 만나 찢어 죽인다. 그리고 나중에 죽은 사자의 몸에 야생 벌들이 집을 지은 것을 보고 꿀을 따서 먹은 후, 결혼잔치에 온 블레셋인들에게 "먹는 자에게서 먹는 것이 나오고,

강한 자에게서 단 것이 나오는 것이 무엇이냐?"라는 수수 께끼를 낸다. 블레셋인들은 그 수수께끼를 풀지 못하자 삼손의 신부를 꾀어 답을 알아낸다. 이에 격분한 삼손은 블레셋 사람 서른 명을 죽이고 집으로 돌아간다.

아내를 데리러 딤나로 다시 간 삼손은 장인이 자기 아내를 다른 남자에게 주었다는 사실을 알고 또 분노해 여우 삼백 마리를 잡아 꼬리에 불을 붙여 블레셋인들의 곡식을 태워버린다. 그리고 그를 잡으러 온 블레셋 병사들 중 천 명을 혼자서 나귀 턱뼈로 때려죽이는 괴력을 보인다. 블레셋인에게 삼손은 이제 공포의 대상이 된다.

이후 삼손은 소렉 골짜기 출신인 데릴라라는 아름다운 여인과 사랑에 빠진다. 블레셋인들은 데릴라를 돈으로 매수해 삼손의 힘의 근원을 없애는 법을 알아내라고 부추긴다. 데릴라의 간청에 삼손은 아직 마르지 않은 푸른 칡넝쿨 일곱 가닥으로 자신을 묶으면 된다고 거짓말을 한다. 그러나 그것이 거짓임이 드러나자 자신을 원망하는 데릴라에게 삼손은 아직 한 번도 사용하지 않은 새 줄로 자신을 묶으면 된다고 또다시 거짓말을 한다. 그것 역시 거짓임이 드러나자, 삼손은 자기 머리털 일곱 가닥을 베틀에 짜면 꼼짝 못 한다고 말하지만 그것 역시 사실이 아님이 드러난다. 데릴라가 화를 내자, 드디어 삼손은 머리칼을 자르면 안 된다는 자신의 비밀을 털어놓는다. 이윽고 데릴라는 삼손의 머리칼을 베어내고, 바로 그 순간 그는 신이 준 힘을 상실하고 파멸한다.

삼손 이야기는 헤라클레스처럼 센 힘, 괴수와의 격투, 수수께끼, 여인의 유혹과 파멸, 눈이 멂, 사련 그리고 복수 등 전형적인 영웅신화의 형태를 띠고 있다. 삼손 이야기가 다른 영웅신화와 다른 점은 아마도 '삭발'일 것이다. 문화적으로 머리칼은 힘과 저항의 상징이다. 그러므로 머리칼을 자르는 것은 곧 힘과 저항능력의 상실을 의미한다. 흥미 있는 것은, 기존 체제에 저항하는 진보주의 시대에는 사람들의 머리칼이 장발이고, 기존 체제를 따르는 보수주의 시대는 단발이라는 점이다. 예컨대 보수주의 시대였던 1950년대는 사람들의 머리가 단발이었지만, 진보주의 시대였던 1960년대는 세계적으로 장발의 시대였다. 1960년대 한국에서는 보수와 체제의 상징인 경찰관들이 장발의 청년들을 붙잡아 강제로 삭발하기까지 했다. 그리고 삭발당한 청년들은 힘을 잃은 삼손처럼 수치스러워했다.

브로드웨이에서 히트한 뮤지컬 〈헤어hair〉 역시 진보주의 시대인 1960년대의 산물이다. 영화로도 만들어진 이 작품에서 '헤어'는 기존 체제의 보수주의에 대항하는 저항과 반문화의 상징이다. 그래서 1960년대의 젊은이들은 마치 삼손처럼 머리칼 깎는 것을 거부했다. 그런데 당시 미국의 젊은 세대는 군대에 징집되어 강제로 머리를 깎이고 제복을 입은 다음, 죽음의 전장으로 보내졌다. 그래서 젊은 반항아들은 징집을 거부하고 캐나다로 도망치기도 했다. 영화 〈헤어〉의 주인공도 군대에 징집되어 머리칼을 자르게 된다.

데릴라: 남자를 파멸시키는 팜므파탈 또는 요부?

삼손 이야기의 또 한 가지 특징은 '남자를 파멸시키는 여자'의 고전적 표상인 데릴라가 등장한다는 점이다. 그리스 신화의 영웅 헤라클레스도 결국 여자의 질투로 인해 죽는다는 점을 생각해보면, 힘센 영웅을 파멸시키는 것은 또 다른 영웅이 아니라 부드럽고 아름답지만 치명적인 여인임을 알 수 있다. 그래서 1960년대 영국 가수 톰 존스가 부른 팝송 '데릴라'는 엄청난 호소력으로 만인의 사랑을 받았으며, 삼손 이야기는 계속해서 영화화되고 있다. 팜므파탈의 이미지는 많은 문학 작품에서도 나타난다. 예컨대 헤밍웨이의 중편소설 《킬리만자로의 눈》이나 단편소설 《프랜시스 매코머의 짧고 행복한 생애》에 등장하는 여자 주인공들도 모두 남자를 파멸시키는 치명적인 여인으로 제시되고 있다.

그러나 현대의 페미니스트들은 차마 조국을 버릴 수 없었던 데릴라를 옹호하며, 데릴라를 매도하는 것은 가부장제 이데올로기라고 비판한다. 그들에 의하면, 여성을 폄하하는 남성 위주의 역사와 신화는 인류의 원죄를 각각 이브(히브리 신화)와 판도라(그리스 신화)에게 전가한 데에서도 잘 드러나 있다. 그래서 남성에게서 부당한 평가를 받은 여성으로 이브, 데릴라 그리고 아담의 원래 부인이었다가 여권을 주장하며 아담을 떠난 릴리스, 세례 요한을 죽게 만든 살로메 등을 꼽기도 한다.

그러나 이것만으로는 데릴라가 삼손을 배신한 대가로 블레셋 사람들로부터 받은 천백 냥의 은을 설명하기 어렵다. 그리고 영화에서는 데릴라가 눈먼 삼손을 보며 눈물짓지만, 성경에는 전혀 그런 기록이 없다. 물론 성경은 다분히 남성 위주의 기록물이어서 데릴라의 상황이나 심정은 알 수가 없다. 삼손의 경우에도 그의 아버지는 이름이 나오지만 어머니는 그냥 '그 여인'이라고만 불린다.

'사사土師'는 아직 왕이 없었을 때 이스라엘을 대표했던 판관들을 지칭한다. 삼손은 이십 년 동안 이스라엘의 사사 노릇을 했으며, 이스라엘인들이 존경한 가장 유명한 사사로 기록에 남아 있다. 그리스 신화의 영웅 헤라클레스처럼 그도 신이 택한 힘센 자였다. 하지만 불행히도 여인의 계략에 의해 파멸했으니, 그것은 곧 힘센 자들은 부드러운 것에 약하고 강한 자들은 달콤한 것에 약하다는 것을 의미한다. 그렇다면 삼손이 냈던 수수께끼인 "먹는 자에게서 먹는 것이 나오고, 강한 자에게서 단 것이 나오는 것이 무엇이냐?"는 "힘센 자에게서 힘센 것(강인한 여성)이 나오고, 강한 자에게서 단 것(여성의 달콤한 유혹)이 나오는 것이 무엇이냐?"라는 뜻일 수도 있다. 사실 이 수수께끼의 답은 삼손 자신이라고도 말할 수 있을 것이다.

규정과 제도로부터 자유로운 천재들
〈굿 윌 헌팅〉

　심리학이 큰 영향을 미치고 있는 미국에서는 많은 영화들이 심리학과 연관되어 있다. 그중에서도 맷 데이먼과 벤 애플렉 그리고 로빈 윌리엄스가 출연한 〈굿 윌 헌팅〉은 특히 심리학자들의 관심을 끄는 영화이다. 천재적 재능을 가진 반항아 윌 헌팅의 특이한 심리상태도 그렇지만, 특히 그와 숀 맥과이어 교수의 관계가 환자와 상담사의 전형적인 모습을 보여주고 있기 때문이다.

　MIT의 청소부 윌 헌팅은 대학에 다니지 못한 노동자계급의 가난한 청년이지만 놀랄 만한 기억력과 수리력의 소유자로, 노벨상을 수상한 교수들도 풀지 못하는 문제들을 풀어낸다. 우연히 그의 재능을 발견한 램보 교수는 윌 헌팅을 설득해 그의 뛰어난 재능을 개발하려 하지만, 윌은 그것을 거부하고, 단짝 친구인 처키와 더불어 제도와 법을 조롱하며 사는 편을 택한다.

램보 교수는 예전에 자신의 라이벌이었던 천재 심리학자 숀 맥과이어 교수에게 도움을 청하고, 윌 헌팅에게서 자신의 젊은 시절 모습을 발견한 맥과이어 교수는 윌이 갖고 있는 감정적 문제들을 해결해주려 노력한다. 맥과이어 교수는 탁월한 재능을 가진 사람이었지만 한때 윌 헌팅과 비슷한 태도와 사고방식을 갖고 있었고, 그 결과 오늘날 이름 없는 조그만 대학교에서 영락한 교수로 지내고 있는 상처받은 사람이다. 그래서 이 영화에서 램보 교수와 윌 헌팅은 아버지와 아들 또는 서로의 모습을 비추는 거울 역할을 한다.

현재 맥과이어 교수의 삶에서 부재하는 것은 사랑하는 여성이다. 그러므로 여성은 윌 헌팅의 삶에 새로운 전기를 마련해주고 활력을 줄 수 있는 심리적 치료제가 되어주는 것으로 나온다. 윌은 하버드 대학교에 다니는 미니에게 이끌리고, 두 사람은 싸움과 화해를 반복하며 서로의 관계를 성숙시켜나간다. 이 영화는 스탠포드 대학교로 떠나는 미니를 따라, 윌 역시 서부로 출발하면서 끝난다. 윌이 서부로 가는 것은 물론 새로운 삶과 개척과 모험의 상징일 것이다. 결국 윌 헌팅은 맥과이어 교수와 미니를 통해 심리적 상처를 치유받고 새롭게 태어난다.

그런 맥락에서 보면, 이 영화는 단순히 감추어진 천재의 이야기가 아니라, 교육이나 사회로 표상되는 제도권에 저항하는 반문화와 반체제의 힘에 대한 이야기로 볼 수 있다. 윌 헌팅이 제도권 교육을 받지 않았지만 오히려 더 뛰어난 재능의 소유자라는 사실이나, 아폴로적인 명문대학의 청소부 일과 디오니소스적인 술집 아르바이트를 하고 있는 사람이라는 설정은 대단히 상징적이다. 그러나 반문화나 반체제 또는 사회에 대한 저항은 결국 제도권과 더불어 존재할 수밖에 없으며, 조금씩 공존의 길을 찾아나가야만 한다. 어느 하나를 완전히 부인하기란 불가능하기 때문이다. 그것은 기성세대의 지혜이기도 해서, 비슷한 경험을 해본 맥과이어 교수가 윌의 심리치료사 역할을 맡은 것이다.

그렇다면 이 영화는 결국 심리적 상처와 정신적 좌절을 치유하고 사회 속에서 살아나가려는 '긍정적인 의지력 추구와 탐색good will hunting'에 대한 이야기라고 할 수 있다. 그런 의미에서 이 영화의 제목은 대단히 상징적이다. 특히 맥과이어 교수와 윌 헌팅의 관계는 임상심리학 측면에서 흥미 있는 한 사례를 보여주고 있어서 감동적이고 기억에 남는다.

스티븐 킹의 호러작품에서 무엇을 읽을 것인가
《캐리》

스티븐 킹의 공포소설들은 단순히 무서운 이야기가 아니고, 언제나 예리한 정치 및 사회 비판을 담고 있다. 그가 1974년에 발표한 중편소설《가끔 그들이 되돌아온다》는 과거에서 찾아온 유령 이야기이고, 1975년에 발표한 장편소설《살렘스 롯》은 메인주의 어느 조그만 고립된 마을에 유럽의 흡혈귀가 와서 사람들을 해치는 무서운 이야기지만, 사실 이 소설들은 닉슨을 사임하게 만든 워터게이트 사건에 대한 통렬한 비판으로 알려져 있다.

《가끔 그들이 되돌아온다》의 주인공은 고등학교 영어교사인데, 어린 시절 자신의 잘못으로 형이 깡패들에게 살해당했다는 트라우마에 여전히 시달리고 있다. 그런데 어느 날, 그 깡패들이 전혀 나이 들지 않은 모습으로 그의 학교에 전학을 온다. 놀란 그가 그들이 전에 다녔다는 학교의 주소를 알아보자, 그곳은 학교가 아니라 공동묘지라는 사실이 드러난다. 유령인 그들은 수업시간에 그의 교실에 앉아서 끊임없이 그를 괴롭히고 위협한다.

스티븐 킹은 대통령 선거 때 미국인들이 선택을 잘못한 결과가 워터게이트 사건이며, 과거의 잘못된 선택은 결국 망령이 되어 우리를 찾아와 괴롭힌다고 말한다. 1952년과 1956년에 미국인들은 위대한 정치가였던 민주당의 애들레이 스티븐슨 대신 공화당의 전쟁영웅 아이젠하워를 선택했는데, 그게 닉슨과 워터게이트 사건을 만든 근본적인 원인이자 돌이킬 수 없는 잘못이었다는 것이다.

스티븐 킹의 첫 히트작 《캐리》는 표면적으로는 급우들에게 따돌림당하던 소녀가 염력을 이용해 졸업파티에서 자기를 놀리는 급우들을 죽이고 마을을 초토화하는 이야기다. 그러나 이 공포소설의 심층을 들여다보면, 이 소설이 미국 사회의 근간을 이루는 두 가지 특성인 청교도주의와 실용주의 또는 보수주의와 자유주의가 극단적으로 치우치고 대립할 때 어떤 결과가 찾아올 것인가를 경고해주고 있음을 알 수 있다.

열여섯 살의 순진한 소녀 캐리는 메인주의 체임벌린이라는 조그만 마을에서 기독교 근본주의자 광신도인 엄마 마거릿과 함께 살고 있다. 극단적인 순결주의자인 마거릿은 섹스를 범죄로 보고 캐리가 남자친구를 갖지 못하도록 강요하며 사춘기 딸을 정신적으로 고문한다. 당연히, 딸이 여성으로서 알아야 할 것은 하나도 가르치지 않는다. 그러한 집안 분위기에서 캐리는 점점 고립되어간다.

그런 상황에서 캐리가 학교에서도 외톨이가 되어 급우들과 어울리지 못하는 것은 당연한 일이다. 아이들은 캐리를 따돌리고 괴롭힌다. 체육시간이 끝나고 샤워를 하다가 캐리가 첫 월경을 경험하고 놀라서 소리 지르자, 학생들은 캐리를 감싸주고 도와주기는커녕, 오히려 공개적으로 놀림으로써 수치심을 준다. 특히 크리스라는 못된 여학생은 캐리에게 씻을 수 없는 상처를 안긴다.

졸업파티가 열리는 밤, 크리스는 캐리가 졸업파티의 여왕으로 뽑히도록 인기투표 결과를 조작하는 음모를 꾸민다. 그리고 기뻐서 어쩔 줄 모르며 왕관을 쓰고 무대에 서 있는 캐리에게 천장에서 돼지 피를 쏟아부어서 공개적으로 망신을 준다. 이에 분노한 캐리는 염력을 이용해, 크리스를 비롯해 그 자리에 있던 모든 사람을 죽이고, 전선을 합선시켜 주유소를 폭발시켜 마을을 파괴한다. 딸이 사탄에 사로잡혔다고 믿는 엄마는 집에 돌아온 캐리를 벽장에 가두고 폭력을 행사한다. 자기를 죽이려는 엄마에게 대항해 싸우다가 캐리는 정당방위로 엄마를 죽이지만, 그 과정에서 자기도 치명상을 입어 죽게 된다.

흥미로운 것은,《캐리》는 양극단의 직접적인 충돌과 싸움보다는, 양극화된 사회가 만들어낸 결과물인 피해자의 분노에 초점을 맞추고 있다는 점이다. 그리고 그 피해자의 분노는 사회를 완전히 파괴한다. 가정과 학교에서 받아온 박해를 오래 참아온 캐리의 분노가 폭발하자, 양극단의 가해자들은 모두 캐리의 손에 죽고 마을은 고스트타운이 된다.

이 소설에서 캐리의 엄마 마거릿은 극단적인 청교도주의의 상징이고, 캐리의 급우들은 극단적인 자유주의의 상징이라고 볼 수 있다. 청교도주의나 보수주의가 극으로 가면 인생의 모든 즐거움을 죄악시하게 되고, 실용주의나 자유주의가 극단적으로 가면 마약이나 성적방종을 합리화하게 된다. 캐리는 그 두 가지 양극단 사이에 끼어 박해받고 조롱받는 죄 없는 피해자들을 상징한다. 양극화된 사회에서 언젠가는 중간에서 고통받는 사람들의 분노가 폭발하게 되고, 그 사회는 필연적으로 무너지게 된다. 우리 사회도 언젠가 파멸해 고스트타운이 되지 않으려면 하루속히 양극단의 대립을 중지해야만 할 것이다.

그리스 신화 속 영웅의 메시지
〈허큘러스〉

그리스 신화에 등장하는 괴력의 사나이 헤라클레스는 힘센 남성의 상징이다. 헤라클레스는 올림포스의 신 제우스와, 인간인 페르세우스의 자손 알크메네 사이에 태어난 반신반인이고, 태어나면서부터 엄청난 힘을 가진 역사力士이다. 헤라클레스가 아직 요람에 있을 때, 제우스의 외도를 질투한 헤라가 아이를 죽이기 위해 두 마리의 뱀을 내려보내는데, 아직 갓난아이에 불과한 헤라클레스는 그 뱀들을 쉽게 목 졸라 죽여 사람들을 놀라게 한다.

헤라의 복수를 두려워하는 알크메네에게 테베의 눈먼 예언자 테이레시아스는 어린 헤라클레스를 일단 들판에 버려보라고 조언한다. 제우스의 부탁을 받은 아테네는 헤라를 부추겨 들판으로 산책을 나가고, 거기서 버려진 아이를 발견한 헤라는 헤라클레스인 줄 모르고 자신의 젖

을 먹인다. 힘센 헤라클레스가 젖을 너무 세게 빨자 헤라
가 아파서 아이를 떼어내는데, 이때 우주로 뿌려진 헤라
의 젖이 은하수Milky Way가 되었다고 한다.

여신의 젖을 먹은 아이는 죽지 않기 때문에 헤라클레
스 역시 죽지 않는 불사신이 된다. 나중에 이 사실을 알게
된 헤라는 헤라클레스에게 정신착란이 일어나도록 만들
고, 헤라클레스는 실수로 자기 스승을 죽인다. 이후 헤라
클레스는 양 떼를 키우며 정신수양을 하는데 거기서 사
람들을 해치는 사자를 때려잡아 영웅이 된다. 헤라클레스
가 테베로 돌아와보니 테베는 오르코메노스 왕국의 지배
를 받고 있다. 테베를 해방시킨 헤라클레스는 테베의 공
주 메가라와 결혼해서 테베의 후계자로 부상하지만, 헤라
의 농간으로 다시 정신이 이상해져 자신의 아이들을 죽
이게 된다.

크게 낙담한 헤라클레스는 아폴론 신전에 가서 신탁을
구하는데, 페르세우스 일족의 수장인 미케네의 왕 에우
리스테우스를 찾아가 그가 주는 시련을 겪어야만 한다는
신탁을 받게 된다. 에우리스테우스는 헤라클레스를 죽일
속셈으로 열두 가지 시련을 내린다.

1. 네메아의 사자 사냥

2. 히드라 사냥

3. 황금 뿔 암사슴 생포

4. 거대 멧돼지 생포

5. 아우게이아스 왕의 외양간 청소

6. 크레타의 황소 생포

7. 스팀팔로스의 새 떼 사냥

8. 디오메데스 왕의 식인 말 네 마리 생포

9. 아마존 여왕의 허리띠 가져오기

10. 거인 게리온의 소 데려오기

11. 황금 사과 구해오기

12. 케르베로스 생포

헤라클레스는 모험을 하던 중 어느 궁술대회에 나가는데, 시합에 지면 딸을 주겠다던 왕이 약속을 지키지 않고 그를 추방하자 싸움을 벌여 이올레 공주를 데려온다. 이에 질투가 난 그의 부인 데이아네이라는 히드라의 독이 묻은 반인반마 네소스의 피를 바른 옷을 남편에게 입혀 남편의 바람기를 잡으려 한다. 그러나 그 옷을 입는 순간, 헤라클레스는 근육이 타들어가고 극심한 고통 속에 괴로워하게 된다. 영웅 헤라클레스는 결국 제우스에 의해 올림포스 산으로 들어올려져 불사의 신이 된다.

헤라클레스 신화는 인생은 시련으로 가득 차 있으며 숙명처럼 주어진 그 시련을 이겨내는 각종 모험의 과정에서 인간은 비로소 성숙해진다는 것을 깨우쳐주고 있다. 헤라클레스는 그리스 신화에서 가장 힘센 사나이로 등장한다. 그래서 자칫 자만해질 수 있는 그에게 신은 온갖 시련을 주어 성숙하게 만든다. 그렇게도 강했던 그가 한 연약한 여인에 의해 파멸하는 것 또한 교훈적이다. 그는 '여인의 질투'라는 마지막 시련이자 어쩌면 가장 견디기 어려운 시련을 겪은 후, 올림포스산으로 올라가 신의 반열에 들어간다. 이제 그는 모든 시련을 다 겪은 완성된 존재가 되었기 때문이다.

수많은 모험으로 잘 알려진 그는 당시 모든 남성들의 우상이자 모든 여성들의 선망의 대상이었고, 원초적 힘을 상실한 현대인에게도 여전히 동경의 대상이 되고 있다. 헤라클레스가 아직도 만인의 사랑을 받고 있는 이유도 시련과 모험으로 가득 찬 그의 삶과, 그 모든 시련을 이겨낸 불굴의 의지가 우리 모두에게 귀감이 되기 때문일 것이다. 오늘날 우리는 헤라클레스 신화를 보며 문명이 빼앗아간 인간의 원초적 힘과 강력한 의지를 그리워하게 된다. 헤라클레스에 대한 영화가 여전히 인기를 끌고 또 계속해서 제작되는 이유도 바로 여기에 있을 것이다.

2014년도에 제작된 영화 〈허큘리스〉에서는 드웨인 존슨이 헤라클레스 역을 맡고 있다. 이 영화 속의 시기는 헤라클레스가 음모에 빠져서 약에 취한 사이에 사악한 에우리스테우스 왕이 보낸 세 마리의 검은 늑대가 헤라클레스의 아내와 아이들을 죽인 후로 설정되어 있다. 열두 가지 시련을 성공적으로 완수한 헤라클레스는 동료들과 함께 돈을 받고 싸워주는 용병 노릇을 하고 있다.

기원전 356년, 북부 그리스의 마케도니아 해변에서 포로로 잡혀 위험에 빠진 조카를 구해낸 헤라클레스가 자신의 부하들과 함께 술집에서 술을 마시고 있을 때, 트라키아 왕국의 에르게니아가 접근해 도움을 요청한다. 트라키아 왕인 자기 아버지 코티스의 군대를 훈련시켜 레소스가 지휘하는 반란군을 진압해달라는 것이다. 이를 수락한 헤라클레스 일행은 트라키아 왕국으로 가서 군사를 조련한 후, 잔인한 반군 악당이라는 레소스와 전투를 벌여 승리하고 그를 포로로 잡아온다.

헤라클레스 일행은 처음에는 자신들을 구해달라고 초청한 코티스 왕이 연약하고 선한 사람이고, 반군 대장 레소스가 강하고 사악한 사람이라고 믿는다. 그러나 시간이 지남에 따라 진실은 그것과는 정반대라는 것을 깨닫게 된다. 사실은 코티스 왕이 에르게니아의 남편을 죽이고 왕위를 찬탈한 잔인한 독재자이고, 오히려 반군 두목 레소스가 코티스 왕의 폭정에 대항한 용감한 저항군이라는 사실을 깨닫는 것이다. 반군들이 반인반마인 켄타우로스라는 코티스 왕의 말도 거짓임이 드러난다. 알고 보니 그건 착시일 뿐, 그저 말을 탄 기병들이다.

헤라클레스 일행은 그것을 묵인하고 황금을 받은 후 떠날 수도 있지만, 그렇게 하지 않는다. 용병이니까 돈만 받고 떠나면 그만이지만, 헤라클레스 일행은 악한 코티스 왕과 전투를 벌임으로써 정의감에 불타는 영웅의 모습을 보여준다. 전투 중에 티데우스가 전사하지만, 헤라클레스 일행은 끝내 트라키아 왕국을 폭군으로부터 해방시킨다. 이 영화에서 부각되는 것은 진실과 허위 그리고 정의와 불의 사이의 구분이 어렵다는, 최근의 세계적인 관심사이다.

'폭력'과 '정의'와 '법'에 대한 인문학적 시각의 필요성
김성곤

우리는 지금 '폭력적인 시대'에 살고 있습니다. 지구상 어디인가에서는 지금도 전쟁과 테러가 자행되고 있고, 우리의 일상 속에서도 보이지 않는 폭력이 진행되고 있지요. 폭력은 여러 가지 형태로 나타납니다. 예컨대 타자에 대한 차별과 배제도 폭력이고, 정치적 보복도 폭력이며, 자기만 옳다고 생각하는 독선도 폭력이 됩니다. 또 사회제도에 의한 폭력도 있을 수 있고, 세금폭탄 같은 합법적인 폭력도 있으며, 한강의 《소년이 온다》에서처럼 국가에 의한 폭력도 있을 수 있겠지요. 더 나아가 댓글을 통한 문자나 언어의 폭력도 있고, 우리와 다른 사람에 대한 편견의 폭력도 있습니다.

이러한 폭력 사회에 이성과 질서를 부여하기 위해 우리는 정의를 추구합니다. 그러나 정의란 과연 무엇인가요? 우리는 '정의'란 무조건 옳은 것이라고 생각하지만, 사실 '정의'란 때로 권력을 가진 자에 의해 결정되기도 합니다. 독재자들도 자신들이 하는 일이 사회정의라고 확신하기 때문이지요. 그래서 시작부터가 정의롭지 못했던 과거 군사독재 정부가 아이러니컬하게도 '정의사회 구현'을 구호로 내세웠던 때가 있었습니다. 또 정의란 확정적이 아니고 다분히 임의적입니다. 그래서 마이클 샌들이 《정의란 무엇인가》에서 지적하고 있듯이, 어느 한 가지만 '정의Justice'이고 나머지는 모두 '불의Injustice'라고 하기는 어렵습니다. '정의'도 상황에 따라서 달라지기 때문이지요. 그럼에도 불구하고, 우리는 지금 사람들이 오직 자기만 '정의'라고 믿고, 타자는 '불의'로 배척하고 비난하는 시대에 살고 있습니다.

그래서 우리는 법의 공정성을 믿고 법에 의존하게 됩니다. 법이 폭력을 다스리고 정의를 구현할 수 있다고 믿기 때문이지요. 그렇다면 법은 과연 무엇인가요? 법은 인간사의 모든 것을 '제 자리에 놓아주는 역할'을 맡고 있기 때문에, 어느 사회에서나 질서의 척도가 되고, 인간사의 기본이 되며, 사람들의 일상 그 자체가 됩니다. 그러나 유감스럽게도 법을 정하고 집행하는 것은 권력자들이지요. 그러므로 인문학적 시각으로 보면, 법도 경우에 따라서는 불의나 불법이 됩니다. 독재자가 만들고 집행하는 법은 악법일 수 있기 때문이지요. 그래서 법 역시 상황에 따라, 해석과 적용과 집행이 달라질 수도 있습니다.

문학과 영화가 폭력과 정의를 주제로 하면서 법을 다루는 이유도 아마 그런 이유에서 일 것입니다. 문학작품이나 영화는 다양한 형태의 폭력과 정의와 법을 통해 우리의 인식지평을 넓혀주고, 우리로 하여금 두 겹의 시각으로 사물을 보도록 해준다는 점에서 중요한 텍스트라고 할 수 있습니다. 과연, 폭력과 정의와 법을 다룬 문학작품이나 영화를 통해 우리는 '이것 아니면 저것'의 양극단 흑백논리가 아닌, '이것도 그리고 저것도'의 컬러풀한 포용능력을 배우게 됩니다.

이 책은 바로 그러한 의도 하에 쓰였습니다. 이 책은 법이나 문학이나 영화가 궁극적으로는 모두 인간의 삶과, 인생의 갈등, 그리고 사회정의를 다루고 있다는 전제 하에서 출발합니다. 과연 우리는 일상대화에서도 "그럴 수는 없어"라는 말 대신 "그런 법이 어디 있어?"라는 표현을 많이 씁니다. 그러한 시각으로 바라보면, 법이 곧 문학 텍스트나 영화 텍스트가 될 수도 있다는 사실을 깨닫게 되지요. 사실 법과 문학과 영화는 모두 우리의 일상생활과 삶과 사회를 다루고 있기 때문에, 인간과 떼어놓을 수 없는 불가분의 관계를 갖고 있으며, 더 나아가 우리로 하여금 '폭력'과 '정의'란 무엇인가를 성찰하게 해주는 훌륭한 문화 텍스트라고 할 수 있습니다.

우리는 또한 모든 것이 본질적인 변화를 겪고 있는 '격변의 시대'에 살고 있습니다. 예컨대 국민국가Nation-State의 개념이 사라짐에 따라 국경이 소멸되고, 인터넷과 소셜 미디어의 등장으로 사물의 경계가 해체되는 크로스오버 시대, 각기 다른 문화가 서로 만나 뒤섞이는 퓨전시대, 그리고 서로 다른 것들이 혼합해 새로운 것을 만들어내는 하이브리드시대에 살고 있습니다.

그러한 변화는 학문분야에서도 일어나고 있습니다. 그동안 기존의 학문분야를 지탱해주던 가설들과 전제들은 이제 그 근원에서부터 해체되고 있으며, 과거로부터 전수된 양식들과 범주들은 오늘날 우리가 경험하고 있는 새로운 리얼리티에는 더 이상 맞지 않게 되었습니다. 그러므로 학문은 이제 스스로를 고립시켜온 벽을 허물고 타학문 및 타 장르와의 대화를 시도해야만 하게끔 되었으며, 새로운 시대에 맞는 새로운 패러다임을 추구하고 탐

색해야만 하게끔 되었습니다. 문학과 영화와 법이 관습적인 경계를 넘어 서로의 영역을 넘나들면서 공통의 관심사를 추구하고 새로운 인식을 추구하게 된 것도 바로 그러한 시대적 요청 때문입니다.

이 책의 제1부에서는 문학과 영화에 나타난 법의 속성을 살펴보았고, 제2부에서는 문학 텍스트와 영화 텍스트에 나타난 폭력과 정의와 편견의 문제를 다루었으며, 제3부에서는 영화에 나타난 사회적, 정치적 이슈들과 더불어, 그것들이 인간의 삶에 미치는 영향에 대해 논의했습니다. 그리고 그 과정에서, 폭력에는 어떤 유형이 있는가, 정의란 과연 무엇인가, 그리고 법이란 무엇이며, 언제나 공정한가를 다각도로 천착했습니다.

이 책이 '법'을 주제나 소재로 다룬 문학작품과 영화 텍스트에 대한 분석과 논의를 통해서 독자들에게 '폭력과 정의' 그리고 '인간과 사회'에 대해 보다 더 폭넓은 시각을 제시해주고, 우리의 마음을 보다 더 유연하게 만들어주기를 바랍니다.